文
景

Horizon

小说榫卯

张秋子 —— 著

细节的秘密
与
冒险

上海人民出版社

献给尘白和我的学生们，

是你们启发了我

目 录

自序：窄门、光晕与游泳圈

我希望这是一本有趣的工具书。

作为一个曾被枯燥生硬的文学评论和乏味死板的课堂折磨多年的人，我对"趣味"格外珍视。严肃的评论家们总是轻视趣味，似乎只有高屋建瓴、忧愤深广的读法才能揭开文学那些关于痛苦或者幸福的奥秘。只是，太多人在刚刚触及文学魅力、心中一动的时刻，就被晦涩深奥的解读所吓退，于是停下了原本想推开的那扇门。对我来说，趣味是一切文学课堂与批评写作中最基本，也最关键的素质。我无法想象，一堂文学课上，学生们低头刷手机、神游他处，那样的场景对我而言简直如同恐怖片，而如果读一本书的整个过程都只剩下困惑挠头与味同嚼蜡，也许不如不读。

如果不进门，又怎么能见到小小门洞后面的大千世界，趣味，是入门的邀请。

批评的趣味并非由轻浮的玩笑、故作幽默的表达或者关于作家们的段子带来，这些东西都是围绕在理想批评之外最浮光掠影的存在。趣味的基础反而是虔敬、敏锐与冷峻——虽然它们乍一看都并不好玩。虔敬，是批评者对所阅读和讲授的文本保持全情投入的信念。这并不意味着将某位作家神化膜拜，而是出于内心真实的响应——对文学作为一个整体世界的召唤（calling）。唯有如此，批评者才可能说出真话——不是重复他人的观点，不是用现成的理论代言自己，也不是轻易采信人们公认的常识，而只说亲自体会过并且相信的东西。真实让趣味不至于沦为讨好；同时，文学批评不是作家轶事的故事集，不是对"金句"的剪贴与传颂。真正的批评要深入文本的字里行间，咂摸与捕捉它的气息、音调、质地、光泽，并对其进行个性化的爆破与开采。它需要一种千锤百炼锻造出的敏锐感，能够精确地锚定在那些他人往往视而不见的细节之上——像侦探破案一般，这种"发现"的过程本身，也会带来深切的愉悦。而且，我始终希望，批评能告别那种螺蛳壳里做道场式的自娱自乐，成为一种真正面向公共领域的创造。这正是冷峻的伦理立场不可或缺的时刻——它决定着我们为何而写、为谁而写，又为何在无数可能中选择某一部作品、某一类细节，予以注目、阐释、放大。这些选择，从来不仅仅是审美的趣味或理论的倾向，它们无一不是一次伦理的表态：我们愿意倾听谁的声音，愿意承认谁的破绽，愿意赋予哪一种存在方式以重量。

但所有这些"重量"，我想用最轻盈的方式去安置。我找到的，正是细节。

细节，是跻身一部文学作品的独特窄门。很多时候，面对皇皇巨著，读者心中惶然，不知能否读完。但往往只是因为偶然听到别人提起其中的一个细节，阅读的兴趣忽然被点燃，文本之山也就"芝麻开门"般豁然松动了。这些年来，我时常听到学生或读者朋友说，正因为我讲起某本书里的某个细节，他们就把整本书找来看完了。那一刻，我觉得，自己作为一个"文学中介"的任务也算圆满完成了。自然，细节不仅仅是入门的钥匙，它也是一种深入的创造：它刷新了原本被一扫而过的熟悉句子，就像洗净皮肤表层的油脂，让文字的毛孔得以呼吸，吐纳出新的气息。在我所钟爱的文学教学和写作中，一直有两种阅读在同时进行：一种是流动式的，不断打开新的文本，不断发现新的细节；另一种是循环式的，每年重复阅读几部作品（大多数是教学大纲上的必读书目），但在看似重复的阅读中所发现的新细节，其实并不比直接读一本新书更少。这些被唤起的"新"并非凭空而来，它们与我判断力的变化、经验的积累乃至此刻所处的生活状态都密切相关——没有哪一次重读会空手而归。它不仅重塑了我们眼前的文本，也在借由这些细节，悄悄重塑我们自身。这本书中我反复提到的，也是我读过最多次的《包法利夫人》，就是最好的例子。

当然，如我在书中反复强调的那样，细节不只属于孤独的阅读时刻，它也成为一种交流的语言，一种维系知识共同体的方式。在课堂上，有时我和学生们几乎是用细节对话。就在写下这段序言的前一天，我的一位学生提到赫塔·米勒《心兽》中用手帕擦审讯室的细节，他说，当小说中的一个母亲被警察抓到审讯室，出于无聊，她拿出手帕擦拭审讯室的桌椅。学生分析说，人们可能会奇怪，这个角色明明受了

3

冤枉，怎么还心甘情愿地替对方打扫起卫生，但其实，母亲正是用结实的生活本身来对抗极权的意识控制，也是用动作的具体及物性消解了审讯的不正当与虚空。听完之后，我马上回应了燕妮·埃彭贝克《客乡》里的一个类似细节，在描述历史长河中人们生活的动荡与变迁时，埃彭贝克总会煞有介事地为提及的物品加一个标记，比如一双大鞋，是"购于1932年，36马克"。这里，物质同样以其具体的、及物的真切感提供了人们存在过的证据，精确的数字是被动荡时局操纵的个体的生命证词，不容篡改、无法摧毁。当"对"完这两个细节，我们心领神会地点头，不用讲述更多的故事情节，一切都明白了。这两个细节之间的光晕，已悄悄发生了交会。

细节对我有一种先验的吸引力，也为我带来了无尽的乐趣，因此我试图总结一套具有普遍适应的方法论，能够让所有期待领略小说细节魅力的读者以更快捷的方式获得同样的乐趣。所以，我也把这本书称为"工具书"。经过近十年的课堂教学与更漫长的批评写作，我发现文学中的细节是有历史、有规律也有类型的。不同时代的作家尽管才具各异，但往往或多或少地遵循着某种细节的写法，一个历史时间段内出现的文学细节也具有家族相似性。所以，我抛开了常见的针对某个作家的某部作品的写法，而以一种更具有整体性的视角，从文学诞生之初一路梳理西方细节书写的演变轨迹，为那些宏大的风格史和流派史补上一枚微小但必要的脚注：对一个具有风格的细节可能栖居的时代做出相对精确的判断，实际上就能为理解这个细节本身提供足够丰富的资源。此外，我也注意到"挖掘细节""阐释细节"不是阅读本能，而是一种需要在高强度的阐释训练里反复磨炼的技术，故而，我将通过大量经过实践讨论的例子向读者介绍判断细节的方法、细节的分类以及解读细节的手法乃至解读思维的进路。本书涉及上百部作品及其细节，但读者不必非得通读原著才能进入其中。细节的神奇之处，正在于它的某种独立性——它固然隶属于文本的整体语境，却也足以在片段与切片中自行绽放，释放出令人顿悟的光亮。

当然，细节的解读与书写从不是套路，否则文学就是死水一潭，本书中全部的方法、立场都沾染着我的气息。读完这本书后，我期待着读者把书丢开，勇敢地跃向文学的丰饶之海，把我借给你的游泳圈直接扔掉，因为只要游得够久，你也能够总结出独属于自己的细节法则，哪怕路径迥异，水性不同。

为什么我们迷恋细节

1

在批改大二学生期末试卷的时候，我看了这么一道题："简析阿基琉斯与赫克托尔形象的不同"。题目出得规规矩矩，回答自然也就板板正正。大家的字迹虽然不同，但写下的内容大抵相似，而且，大家好像约好了一样，纷纷从心理观、战争观、荣誉观等角度作答，没有人援引原文，也没有人谈到自己私密的好恶与情感。改的份数多了，我变成了"毫无感情的改题机器"，在每一份雷同的答案上机械地写下一个并不难看的分数。

突然，我的眼睛被一个词抓住了："死亡"。

这个词跳出了百度百科式的抽象罗列，在词语的密流中如鱼摆尾地跃出河面——"胆怯的人和勇敢的人荣誉同等，死亡对不勤劳的人和非常勤劳的人一视同仁。我心里遭受很大的痛苦，舍命作战，对我却没有一点好处。"这段引文来自《伊利亚特》第九卷的第 320 行，那是英雄阿基琉斯满腹委屈的申诉，他被同袍大将阿伽门农夺去了应得的战利品，现在一门心思只想回家——带着青灰色的铁与束着美丽腰带的妇女，不想再替人做嫁衣、为人卖命。这份答卷的答题人完整地引用了阿基琉斯的原话，并且由此推论，阿基琉斯是全诗中唯一对"死亡"有自我思考和哲学洞察的形象，这使他超越了完全被荣誉或者使命驱使去参战并交付生命的其他英雄角色，比如赫克托尔……

我把试卷翻回第一页，发现了一个陌生的名字。

她在课堂上肯定不是积极发言或者抢占第一排座位的那类学生，一个学期下来我居然一点印象都没有。但是，随着批阅的进行，一张脸，或者说一种鲜明的个性逐渐清晰了起来，她几乎在每一道刻板无聊的试题里，都轻盈地展现出阅读的品位、判断与记忆，对文本中微小细节的抓取，让我的眼睛有了饱腹感。如果走在路上，我还是认不出她是谁。但是，我又分明看到了她涓涓流淌的阅读生活与沉思瞬间。这些东西构成了一个人最内核的存在，也让一个人变得具体了。细节制造了差异，让她的回答从大量千篇一律的回答中现身，而她捕捉到的文本细节——比如阿基琉斯关于死亡的沉思——也许正是在回应她自己有过的困惑。我想象不出，一个没有在夜深人静时被死亡的焦虑萦绕于心的读者，会注意到阿基琉斯这声藏在抱怨中的轻轻叹息。这一刻，英雄那患得患失的委屈中有某种超逸出来的东西，它串通了荷马、英雄与当代的一位大二女生。

任何一种对文本的阅读都必须从自身开始。我们理解、批判和爱的唯一方式就是把自己当作方法。越是坦诚与赤裸地把自己交付给文本,就越能发现文本的广阔天地与自我栖存的空间的重合之处。借助细节的窄门,文学阅读实际上已经把苏格拉底那句"认识你自己"的箴言扩展为"成为你自己"。

细节,构成了文学的魅力,也标记着读者的个性。

2

评论家们就像数学家,为文学罗列了几十乃至几百种要素。没有人物,故事就无法展开,没有视角,故事就会失焦,缺了节奏也不行,拖泥带水的情节可没人喜欢,意识与内在声音也是重要的,不然人物就会傻得可爱,当然,修辞同样无法被忽视,普鲁斯特写不出格里耶的风格,而海明威会对着莎士比亚的修辞扭头而去。

但是,我关注的是细节。没有细节,文学就不能称之为文学。细节标记了它与其他学科最大的不同。柏拉图一定也注意到了文学的细节,可是他不喜欢这些细节,在哲学文本中重新讲述同一个故事时,他偏偏把所有的细节与修辞都删掉了。在《理想国》的第三章,柏拉图笔下的苏格拉底谈到了教育的问题,为了让人们受到良好的教育,首先就得把诗歌中那些具有煽动性或者暗示性的修辞删除,让诗歌不再信口雌黄、不再凭空捏造,这样,也才不会对战士们产生坏的影响。于是,他大刀阔斧地删掉了《伊利亚特》中各种"多余"的细节。在《伊利亚特》的开篇，有这么一个情节：太阳神阿波罗祭司的女儿被阿伽门农掳走，祭司试图向大王阿伽门农讨回自己的女儿，大王却拒不归还战利品，还扬言说要让这个女孩服侍自己一辈子。祭司只能痛苦地离开了。这令人心碎的一幕，在柏拉图的复述中只配享有轻描淡写的一句话：

> 于是这个老祭司在畏惧与静默中离开了。
>
> （郭斌和、张竹明 译）

但是，荷马的原文是怎么写的呢？

> 老人害怕，听从他的话。
> 老人默默地沿啸吼的大海的岸边走去，
> 他走了很远，便向美发的勒托的儿子、
> 阿波罗祈祷，嘴里念念有词，这样说……
>
> （罗念生 译）

就这样，失去女儿的老祭司呼唤阿波罗，展开他的复仇大业，天神降下瘟疫。在柏拉图看来，"啸吼的大海岸边""走了很远"都是无关紧要的东西，完全删掉也不影响意思的表达，反正老头儿回去的目的就是要请阿波罗复仇，这是直接关系到后文情节突转的要素。而且，在柏拉图看来，文学中所有可能动摇人心神的悲情场面都应该统统删除，连"悲惨的""阴间""死人"这类名词也不该出现。

可是，在荷马多写出来的几笔细节中，老头的情感变得具体和可视了，他来到了我们身边。"呼啸的大海""怒啸的大海"本来是史诗中套路化的修辞，荷马但凡写到海洋的场景，就得来上这么一笔，毕竟对走街串巷的说书艺人来说，套路化的讲法最为高效和省事。不过，在祭司的这个场景中，"呼啸的大海"突然刺破了程式化的表面，它不再是某个随机表达自然景观的"模块"，而是积极地参与了祭司情感世界的建设，祭司灵魂的痛苦程度突然被敏感地测知——它拉长了海岸线，拉大了祭司的忧惧，他不得不"走了很久"，它的咆哮喧嚣，也如同方才阿伽门农发出的威胁，震耳欲聋，令人沉默——在汹涌的海边，我们总会因为噪声太大而选择沉默。

也就是说，海岸与祭司行走这两个小小细节，蕴含着澎湃的情感，它们邀请我们不要把祭司当成无名小卒，一眼扫过，也提醒我们每一个细节背后展现出的个体的生动性，他们的欢喜悲哀与我们保持着相同的频率。柏拉图的故事似乎也表明，文学与其他学科最大的差别，正在于对细节的呈现与保留。自然，微观史学也讲细节，但细节不是目的，更近乎辅助历史脉络易于被接受的手段，政治书写也讲细节，但更重要的仍然是从细节中提炼出某种更为抽象的律令与准则。只有在文学作品中，细节本身就可以是目的与意义，它帮助读者从模糊进入清晰，从远方走向切近，从横向的故事之流扎根于纵向的处境与感受，它说"事件"，但又不仅仅是交代"事件"本身。一个好作家会提供足够精彩的细节，而一个好读者则有能力发现足够多的细节，在细节的问题上，作者与读者旗鼓相当，互相增益。

在小小的"细节"背后，藏着一个浩大的情感世界。

3

细节的英语 detail，来自古法语 détail，意思是"小块"或者"切成碎片"。

文本细读专注于对整个文本的拆解与切块，也就意味着它将放弃对一部作品笼而统之的讨论，这些笼统的论断以陈词滥调的形式剥夺了人们对一部作品、一个角色的真实感触，让阅读的理解仅仅搁浅于前人总结好的套话中。细节，则会引导读者进入更为精细和确定的文本片段中，从"具体"推导出作家未曾说出甚至未曾想到的"抽象"。文本中无数的细节犹如密集的蚁穴，读者择其一而入，进而连通到另一蚁穴中，当整部作品的蚁穴都被爬梳过，文本整体的结构、倾向、气质就会昭然若揭。

可以说，细节是建立文本秩序的法门。

生活之流本身是无意义的，但文字的排列组合带来了意义。比如说，地上散落着一些杂乱的树叶，你没法说它们有什么意义，但是把这个场景描绘进小说或者诗歌中时，即使是最偶然的一连串单词和短语也会被赋予意义，如果想不到其他可能，至少你会觉得，满地黄叶可以解读为荒凉或者萧条，我们从小就背诵的"枯藤老树昏鸦"正是这种有意义的细节的组合。由是，词语与写作成为对无序与无意义的生活的炼金术。赫塔·米勒在《国王鞠躬，国王杀人》里记录了一个真实存在过的匈牙利木匠，因为工作空间有限，他只能把乱七八杂的木制品堆在车间里，比如把一辆童车放在一副空棺材里面。这个场景对木匠来说，不具有什么隐喻，但是经由写作的拓印，生死之间的关联就清晰了起来，它们互相包含、互相嵌套，构成了对一个人存在的完整寓言。不仅如此，生活中的细节非但是没有意义的，可能也是无序的，人们往往只有在事后才能追加之前发生过的事情的意义，也才会为前尘往事安排某种秩序或者序列，就好比在一个人自杀后，我们才会倒追细节，为他的死亡寻求某种说得通的秩序和原委——哦，怪不得他昨天晚上没有吃饭，怪不得他最近都失魂落魄的，总是忘带手机，散佚与漂浮在一个人生命中的诸多琐事被有秩序地拴在了一条推理的绳索之上。

然而，谁能保证人们倒推回去的细节能够真正地解释一个人的自杀呢？生活是随机的，但细节很少是随机的，作家们就像剔肉取骨的厨师，把复杂的生活事件提纯、聚焦、凝视，在纵横交错的琐事中梳理出围绕着主角故事进展的那一条路线，并在这条路线上事先点缀上一些有意义的细节。一旦读者敏锐地触碰到这些细节，就像触碰到了预埋的机关，合乎逻辑的故事线索立马——铺陈，虚构世界的秩序也就逐渐立体了起来。19世纪的小说家特罗洛普甚至用"榫卯"来形容悬疑小说家威尔基·柯林斯预埋的细节机关，在写作之前，他会把从头到尾的每一个细节都事先计划好，以此确保每一个"榫头"都能插入"卯眼"中——请记住，星期二凌晨两点半准时发生了一件事，或者一个女人在第四块里程碑后的路上消失了。

在托尔斯泰笔下，在人们做出越轨的举动之前，他就预先安排好了一只疯掉的狗与一枚掉落的扣子。

《复活》中，主角聂赫留朵夫一度是纯洁热心的大学生，他关心农民、关心下层人士，也真心爱着姑妈家的女仆玛丝洛娃。然而，颓废放荡的生活毁了他，让他变得毫无顾忌，只把女人当作享乐的工具。他再回到姑妈家时，早已不再是当年那个青春懵懂吻了玛丝洛娃的大学生了，他欲火中烧，终于把姑娘搞到了手，随后，又弃之如敝屣。在这一桩完整的诱奸故事的开头，出现了一只狗。那是聂赫留朵夫刚到家时，随口问仆人家里的狗的情况。老仆人回答道：

波尔坎（狗名）去年得了疯病。

（汝龙 译）

此前，小说根本没有提及有一只狗，此后，这只叫作波尔坎的狗也杳然无踪了。托尔斯泰为什么要突然插入这么一笔，交代一只无关紧要的狗的情况？这个细节像是一个隐喻，悄悄暗示读者，其实，此时的聂赫留朵夫已经丧失了以往的克己与理性，他整个地被"兽性"所包裹，犹如一只疯掉的狗。晚年的托尔斯泰又恢复了早期小说中喜道德劝谕教的倾向，他无数次逼着聂赫留朵夫承认自己的兽性压倒乃至吞没了人性，这个贵族青年毫不在乎地诱奸并抛弃了姑妈家的女仆，也就在这桩事件刚开始时埋下了伏笔。实际上，在后文中，托尔斯泰又想起了小狗，他把身处窘境中的聂赫留朵夫比作"被主人揪住项圈的小狗"。

一般来说，托尔斯泰喜欢通过某种"丧失"或者"丢失"状态来隐喻人的道德缺陷，就像他同样对"获得"与"得到"感到惴惴不安。同样，在《安娜·卡列尼娜》中，安娜第一次在火车上见到日后的出轨对象沃伦斯基后，已经心摇神驰了，安顿完哥哥的家事再次坐火车回家时，她心绪烦乱，逼着自己不要总去想沃伦斯基那张"多情恭顺"的脸。托尔斯泰让安娜在车厢里坐着时，再次上演了他的戏法，让安娜看见一个瘦瘦的乡下佬：

> 她清醒了一刹那，知道那个穿着掉了纽扣的粗布长外套的瘦瘦的乡下佬是个生炉子的，他进来看温度表。
>
> （草婴 译）

与那只疯掉的狗波尔坎相比，这个乡下佬甚至连名字都没有，而且，从情节上来说，这个人出不出现，似乎都不会对故事产生什么影响，但他的身上有一个明显的特征：他的纽扣掉了——迷迷瞪瞪想着心事的安娜真的能看见这么细微的纽扣缺失吗？与其说托尔斯泰是要让安娜看到，倒不如说是要让我们看到：她的道德防线已经崩坏了一小块，犹如这个乡下佬衣服上缺失的扣子，因为太小了，所以连他们自己都不曾发觉。只等日后遇到更大的情感冲击，道德的整件衣服都会因为这粒小小的纽扣而撕裂、脱去。果不其然，下了这趟车以后，安娜再次遇到了沃伦斯基，面对这个情场老手强势的进攻，她毫无招架之力。这场情感风波初起的縠纹，早已藏在了那枚缺失的扣子里。

在托尔斯泰的两个细节中，细节发挥了作为关键砖石为整个故事铺路的作用。通过大量细节的铺设，故事的整体结构与秩序才能建立起来。这种秩序是虚构的，是小说独有的，在现实生活里，我们断不可能看到一个人衣服折了一道，或者家里宠物生病，就能联系到他的家庭丑闻或者个人道德缺陷。显然，文学中的细节为我们筛选和提供了一种更加容易的"洞悉力"，而事件的整个框架与秩序，正建基于此。至少在传统小说中，作家们倾向于剔除故事中所有看似难解的细节，并以一种可理解的、与理性宇宙兼容的意识来取代偶然的、错误的超自然秩序。从这个意义上来说，最复杂的小说都比最简单的生活更容易被"读懂"，反过来说，通过细节把握到的虚构秩序又能帮助我们观照生活本身的繁密丛流。这也提醒着我们去思考写作的本质是什么，对作家来说，它更像是一种建构应然秩序的法门。

4

在课堂上讲述里索斯的《几乎》时，我做了一点手脚，没有告知大家标题，还把最后一句话省略了部分，所以，诗就变成了这样：

> 他把一些不相配的东西捡到手中——一块石头，
>
> 一片碎瓦，两根燃过的火柴，
>
> 对面墙上的烂钉，
>
> 窗外飘进的叶子，从淋过水的花盆
>
> 滴落的水滴，那一点点麦秆
>
> 昨天夜里吹进你头发的风——他带着它们
>
> 并在他的后院子里，几乎造起了一棵树。
>
> 诗，就在这 XX 里。你能看到它吗？

（周伟驰 译）

大家都在猜，最后一句的 XX 到底是什么，他们猜到了叶子、花盆、火柴、石头、风、头发、树等等，当全部被否定以后，有一个声音玩笑且迟疑地说："几乎。"然而，里索斯真的是这样写的，他相信诗就在几乎里。这是什么意思呢？里索斯试图翻开诗歌的核心：诗歌永远不会用确定的方式向我们传递含义，它总出现在语言与含义的飘忽不清、暧昧与含混之中，也就是那些类似于 almost、几乎或者差一点的东西。和"几乎"相比，叶子、花盆、火柴都显得精确和固定，这也正是诗歌与小说的差别，对小说的解读自然可以是多义和不定的，但是小说——尤其是小说的细节——往往会用一种精确之感捕获人们的注意力。我是从《喧哗与骚动》开始细读之旅的。在课堂里浮光掠影地介绍一个作家的生平与作品梗概让我厌倦，如果一个人真的读了文本，那么他具有个性的感受与困惑是无法被概要性质的介绍所满足的。所以，当我翻开《喧哗与骚动》的第一页，反复慢读时，一种强烈的兴奋感涌上心头——啊哈！原来这个词或者那个意象背后别有洞天！这些词语、动作与语气，都必须是清晰而非混沌的，确定而非近似的。人是一种寻求意义的动物，事实上，我们可能会被诱惑去解读几乎所有的信息。

在抓取和释读每一个细节时，一种强烈的生理性快感总会伴随着读者。这种感觉本质上可能会和一位侦探通过物证的搜寻推导出真相的过程相似，福尔摩斯可以根据客人靴子上附着的泥土成分判断出他是从哪里来到伦敦的，他还写过关于一百四十种烟灰的专著，百科全书式的细节把握将他引向了每一桩凶案背后必然的真相。我总觉得，福尔摩斯的故事本身就象征着文学体验的核心特征：警觉、洞察与惊诧——它们共同构成了"发现"。当然，领受细节的乐趣也可以像一个孩子催着父母解释绘本中的文字含义那样，单纯地只是想知道"为什么"和"然后呢"。也就是说，细节帮我们看到了文字背后的东西，而通过解读细节，读者把不确定变成了确定，把黑暗中的阴影拖到了阳光之下，它饲育了人的求知欲，驯化了不可控的文本，甚至，创造出文本原来不具有的含义。

可以说，细节满足了我们对发现以及创造的渴望，这是根植于人类认知论里的根本欲望。

面对一部文学作品时，细节帮助每一个读者化身成狄更斯《远大前程》中的那个男孩匹普。他生下来就没了爹娘，完全不知道自己的父母长什么模样，于是，他只能对着父母墓碑上的字体展开各种稀奇古怪的联想，当他看到墓碑上母亲"乔治安娜"这个名字写得"瘦骨嶙峋"时，他便得出一个孩子气的结论：

母亲脸上一定长着雀斑，是个多病之身。

（王科一 译）

匹普在阅读碑文的时候，发现了文字的风格这一细节，所以，他展开了想象以及创造，想了解和触及那位为他带来生命的女性，换言之，他的阅读动力来自某种本能的爱意。文学作品的读者与匹普巧合地类似，我们怀着本能的爱意与信赖打开一本书，发现其中的世界如此勾人遐想，总不免摩拳擦掌，试图更接近眼前之物，甚至绕到它的后面一探究竟。当匹普接着描述他那五个小兄弟的墓碑时，读者也被邀请与他一同对无形之物进行捏制、浇筑与塑造："父母的坟墓旁边还有五块菱形小石碑，每块约有一英尺半长，整整齐齐列成一排。"看到这样的墓碑形状，读者已经学会了匹普的诠释方法，这几个兄弟多半不会长得高矮不齐，倒是应该长得差不太多，匹普的创造性想象附和了我们的解读，他猜测：

> 我相信这五个小兄弟出娘胎时一定都是仰面朝天、双手插在裤袋里的，而且一辈子也没有把手拿出来过。

近代许多文学批评的出现都依赖于打破字面的表达，解构主义试图发现文本的缝隙，钻入其中揭开一个故事讲述得表里不一的地方；后殖民批评则将小说视为某种时代意识形态无意识的表达，一张红木大床就可能折射出整个被殖民地区的经济贸易史；文化研究会把整个文本视为某一文化现象的延伸与再现，于是，整个故事成了相应的隐喻。文本细读也是从这些批评的范式中生长起来的，但是它剥去了过于理论化的坚硬外壳，向更多的普通读者敞开胸怀，鼓励他们大胆地调动自己的知觉与感受，从而与文学形成一次深度的对话。对那些抓住细节的读者来说，他不需要动用各种理论与术语，单纯地逗着自己的求知欲与创造力，就能完成一次不错的解读。

追逐细节、寻得隐语、获悉确定性、创造新东西，这些当然可以是手持各种武器的福尔摩斯的专长，但是，细节又以它与生活密不可分的关系，邀请每一个读者成为孩子气的匹普，任性地解读一块在时间磨蚀下变得漫漶的碑文。我无法忘怀，在一堂堂文学课上，当青年学子们对《百年孤独》里的"镜子、玻璃与冰块"或者《伊利亚特》里的"回合制战斗模式"给出花样百出的解释时，创造力与求知欲的光彩是如何胀满整个教室的。

5

也就是说，细节的魅力还在于文本和每一个读者发生的生命交换。

读者通过追索细节，观照出的是自我。因为个体的差异，阅读同一部作品时，每个人都会关注到不同的细节。如果在课堂中大家共读，那么，参与者极有可能享受到一道美味的"细节拼盘大餐"。

一个人的生活阅历以及阅读经历决定着他能在多大程度上抓取并解释细节。很多时候，人们读完一本书，发现什么细节也回忆不起来，最多只能干巴巴地复述几句情节，未必是他读得太快或者读得不够认真，而是因为他的生活与文本没有产生足够的摩擦力，文本作为一个外在于他的、与他无关的故事轻轻飘了过去——我读了无数次《包法利夫人》，从来没有注意到宴会上"乐师用舌头舔舔手指"的动作，直到学习小提琴的学生告诉我，这是因为拉琴拉太久，指头摩擦会产生灼热感，所以要舔手指降温。富有沉思的生活体验与大量的阅读经验同等重要，它们都构成了析出作品中万千细节的必要溶液。反过来说，为什么我们迷恋细节，也是因为这些被析出的细节解释了人的过往、经验与存在。因而，细节的丰富性与人的丰富性互相印证。无趣乏味的人可能很难抵达文本的最细微之处。这样说来，文学中并非每个细节都是细节，而只有充满个人视觉能量的细节才是。在冷漠的目光掠过之处，艺术家的苦心都平白被辜负了，更直白地说，你不理会细节，细节也不理会你。自然，细节发微于对生活的二次处理：不仅是经历一件事，而且需要复盘和反思这件事。作家需要提炼与熔铸出最能向读者告密的生活经验，又把它们散落和埋藏在行文的深处。对读者来说，生活与个性的本能驱使也会使他们差异性地接收作者发出的讯息。

如果一个人出乎本能地爱过，或者有过欲求，他也许就能更快地领悟小说中关于爱的细节。作家们偏爱用先于理性的感受来描述人们相爱的瞬间。还是在托尔斯泰的《复活》中，我们上面提到的那个年轻的贵族聂赫留朵夫在尚未堕落前，真诚而纯洁地爱过女主角玛丝洛娃一段时间。他第一次吻她时，是在一个野外"躲猫猫"的游戏场景里，他们俩躲到了花丛后面，不料那里有一条小沟，沟里长满了荨麻，聂赫留朵夫一脚踩空，托尔斯泰用极为抒情的笔调写道：

> 他的两只手被荨麻刺破，沾满已经在黄昏前降下的露水。

为什么要写这个细节？为什么非得是荨麻？

荨麻的表面长满了绒毛小刺，人的皮肤若是接触，会出现过敏反应，要么瘙痒要么起红斑。托翁是否想暗示读者，这个时候，聂赫留朵夫已经不知不觉地爱上家里的这个女仆？他的感情是一种近似"过敏"的生理体验，跑到了他的理性分析之前，就像人们被荨麻蜇到之时，首先会吃痛，然后才会反应过来：呀，我被蜇到了。他完全没有来得及去想贵族爱上女仆可能带来的种种麻烦。读者如果要读取这一细节，并不需要动用关于爱的理论，只需要回忆自己在爱上一个人时的体验——我们总是先爱上，然后才会事后归因地解释爱的原因，很少有人在感情感性地萌生之时，就能条分缕析地解释爱上一个人的理由。可是，哪怕在爱上之后追根溯源地总结"值得爱"的种种原因时，人们也会发现似乎并不完全吻合最初的感受。与此相反的，则是在现代的婚恋市场上，人们总是先理性地计算匹配的条件，然后再谈"过敏"的可能。

自然，在 18 世纪的小说中，读者也会遭遇大量被仪式或者规则事前筹措好的婚恋故事，在简·奥斯丁笔下，就很难看到这种荨麻式的非常本能的情感反应，在选择夫婿的问题上，奥斯丁的女孩子们总是出奇地讲究道德与人品。《理智与情感》中的女孩发现所爱之人已经订婚时，不会像现代人一样痛斥男人脚踩两只船，而是始终保持着克制，一直等到男人的未婚妻抛弃了他，再与他结为伴侣。18 世纪的社会框架设计了一套保护婚恋双方地位及财产的仪式，人们用理性不停地评估求爱的每一个环节，确保男女双方的社会关系始终处于稳定的结构中，情感的"过敏"也只能是评估后的结果。这种彬彬有礼的模式在 19 世纪的小说中被大量冲破，男人诱奸、女人出轨、私生子浑不憷地上场抖出了人们被规训已久的私密情感，托尔斯泰笔下情感的"荨麻过敏"也就被播下了种子。

生活在现代的读者，在情感上肯定会更贴近聂赫留朵夫。所以，当他的双手被荨麻刺破时，我们也许会更本能地意识到一种隐秘的情感已经诞生。果然，在这之后不久，玛丝洛娃蹲到聂赫留朵夫身边时，他吻了她，而"他自己也不知道是怎么回事"。黄昏的露水，花丛后的躲避，这一切也同时在昭示着这段情感的不可见人与短暂性。多年以后，加拿大作家艾丽丝·门罗写了一篇《荨麻》。我不知道她是不是参考了托翁的这个细节。《荨麻》中，离异的女人再次与青梅竹马的男人相遇，在女人对男人感情的暗流快要汹涌而出之际，门罗也这么交代了一笔：两个人躲在荨麻丛背后躲雨。

暗涌的情欲、躲避与荨麻，一个加拿大人的现代世界与 19 世纪的俄罗斯乡间就这样勾连起来了。

细节小史（上）

1

意大利的民间童话栖居在树上。

中世纪以来漫长的冬夜里，在卡拉布里亚小屋的壁炉旁，或者在托斯卡纳村庄里的广场上，各种童话故事在说书人与不识字的乡亲的口耳之间流转，构成了文盲社会里最为活跃的文化之泉——虽然文艺复兴运动早发于这个国度，但到了 16 世纪，意大利的识字率仍然不足 15%。在这些民间故事中，人们常常出奇一致地乐意待在树上而不愿下地，他们常常出于非常实际的原因，比如躲避女巫或者强盗的诱杀、私藏牛羊或者武器。

1956 年 9 月，在闭门不出九个月以后，卡尔维诺用一套自创的"半科学"方法重新整理与编纂了这些故事，《意大利童话》一书于当年问世。卡尔维诺在处理童话时，也一定注意到了意大利人的"恋树癖"。所以，两百则童话中，他至少保留了十五则待在树上的故事。对当时的卡尔维诺来说，任务可不轻松：不同地区的故事数量如何平衡？（有些地区如托斯卡纳和西西里已经编辑了故事集，而其他地区则没有一个有记录的故事。）方言如何统一？一个故事的数十个流变版本又该如何抉择和选取？当然，最关键的问题必然涉及对于文本处理的尺度：在字句和细节上如何保留、删除甚至增补？这时的卡尔维诺已经是一位颇具名望的国民作家了，我猜测小说家的本能不会使他单纯满足于收集别人的故事，一种内在的原创激情会推着他重新创造这些故事，虽然，他一再保证自己只是在"小心翼翼"地润色。

正是在微小的改变与增补中，细节作为文学变化史的腹语的角色逐渐清晰起来，不同时代的"待在树上"被不同的细节包裹着，被赋予了不同的含义。

在这个故事的早期版本中，核心的情节是一对驼背兄弟的遭遇。弟弟在森林里遇到女巫，他害怕被杀，于是逃到树上，女巫们在树下唱起了歌，弟弟没忍住加了一句歌词，想不到女巫们大加赞赏，治好了弟弟的驼背。哥哥听闻后，如法炮制，爬到树上，可是，他编纂的歌词却没能取悦女巫，作为惩罚，弟弟原来的那块"驼峰"被转移到了哥哥身上。像所有的童话与民间故事那样，这里的情节更近乎"信息"，也就是告诉读者"有这回事"而已，至于这回事是怎么运转的，并不太重要，所有逻辑空白和孔洞都被漫不经心地抹过去了。在意大利民俗学家朱塞佩·彼得雷（Giuseppe Pitrè）采写的《西西里故事集》中，类似的故事只用了一句话交代驼峰的问题：

女巫们见他毫不害怕，就把他的驼峰取了下来，挂在墙上。

虽然我很喜欢把驼峰"挂在墙上"这个古怪且恐怖的细节，但是从整体表达中，读者很难想象具体场景是如何展开的：驼峰是砍下来的？割下来的？有没有痛感？止血是用魔法还是药水？此外，在这个故事的多个版本中，弟弟有时候逃到了广场的房间里，有时候又躲到了鞋匠的工具台后面，可谓五花八门。但是，在卡尔维诺编创的《意大利童话》中，他保留了待在树上这个版本，删去了悬挂驼峰的细节，接着又为去除驼峰加了一个微妙的细节：

小老太婆们拿来一把涂着黄油的锯子，锯掉了驼背，在他背上涂上药膏。

变化发生了。

读者最直观的感受就是故事变得更可信了。"挂在墙上"的驼峰消失后，传统民间故事中野蛮原始的因素减少了，毕竟，一块血肉模糊的驼峰挂在白墙上，鲜血滴滴答答淌了一地可不是什么令人愉快的场景；同时，人性的、现实主义的元素增强了，女巫不再是超能力或者超自然的象征，她也需要借助工具和药材。卡尔维诺的改写为读者提供了更为具体的想象介质，仿佛一开始大家只是在远观，但黄油与药膏将读者拉近到显微镜头下，把握到现象初次结晶时的物理场面。实际上，现实性是卡尔维诺在"润色"童话时一个非常重要的考量，因为他发现许多民间故事都以现实为基础，童话里固然有王子公主恶龙，但更多的是食不果腹的鞋匠或者壁橱空空如也的菜农。民间故事始于饥饿，它更像是广大劳动者的史诗与传记的片段。所以，卡尔维诺经常会在处理故事细节时，有意削弱"传奇""幻想"色彩，他强化了现实主义中种种必需的细节，让模糊的魔法服从于人类确凿的意志与技术，他对意大利童话最大的赞美，也正是其"具有很多现实的细节"。

消失的驼峰，出现的黄油与药品，这两处细节的变化以极为隐微的方式折射出古代民间故事到现代写作的变化。显然，文学虽然是细节的艺术，但在不同的时代，细节的意义、用法与目的是不同的。

古代民间故事的受众是更为普遍的劳动者，故事本身往往被视为一种道德教训与生存智慧，当然，它也可以被理解为一道对世界危险发出预警的哨声。所以，民间故事的功能意义往往大于审美意义，人们需要通过这种具有娱乐性质的文学体裁学会更好地面对险象环生的社会，血腥、残忍的细节捕捉也就不足为奇了。对一个中世纪的居民来说，让他知道遇到危险分子（女巫）的下场会很惨（身体会被切割和展示）比让他耽于艺术的享受重要得多，挂在墙上的驼峰如同一则简明扼要的告示书：生人勿近，注意危险！在这一刻，这块悬挂的肉与《列那狐传奇》中被脱了皮只剩血肉的手掌或者《堂吉诃德》里被乌鸦吃得只剩一半的尸体属于同一个冷酷遥远的世界。可是，对一个经历过人文思想洗礼的现代人来说，审美的生活与智慧的求生同等重要，现实所提供的具体物质填充了审美生活的逻辑，我们继而被卡尔维诺以小说家的笔法引导，捕捉驼背弟弟生命中重大瞬间的复杂性和可感性。

细节如同微小的花粉或者孢子，却饱含着整个生物群落的生存秘密，正是通过它们，驼背兄弟的故事从原始的民间形态向具有现代意味的小说叙事迈进了一步。

2

都是"待在树上"，细节处理的差异却透露出文学的内在变迁历史。

无论是在彼得雷采集的早期版本还是卡尔维诺改编的版本中，"待在树上"都是一个含义直截了当的动作：只有这样，才能远离女巫的追捕（真奇怪，民间故事中的女巫都不会爬树！），简言之，为了生存，得爬上树。可是，在与《意大利童话》差不多同时出版的《树上的男爵》中，卡尔维诺彻底改写了"待在树上"的含义，这个发源于古老民间传说中的细节也彻底获得了一种现代小说才具有的意义，他暗示读者，对一些现代人来说，为了存在，得爬上树。

从生存到存在，从改编到创作，卡尔维诺又一次让"待在树上"的细节含义发生了挪动。

树上的男爵通过宣布永不下树表达了他对庸俗乏味的资产阶级生活的拒绝，而他的家人们浸淫在这种生活中毫无觉察。这一次，卡尔维诺放弃了软乎乎的黄油与药膏，他想到了另一种软乎乎的东西：蜗牛。早在男爵决心在树上展开新生活之前，他已经开始拒绝家人准备的蜗牛大餐。蜗牛是一种黏糊糊的软体动物，它只能贴在泥土上前行，离天空的距离最远，也最不可能自由飞行，虽然叙事者尝试解救即将被吃的蜗牛，但因为它们行动缓慢、走到哪都留下一摊银色的涎迹，所以只能哀其不幸。小说不厌其烦地描述男爵家族对蜗牛的偏爱，他们追捕蜗牛，杀死蜗牛，将蜗牛制成大餐。在餐厅的一个细节中，卡尔维诺以近乎扭曲的现实主义笔法还原了这道姐姐制作的拿手菜：

> 然后就是蜗牛了。我不知道她斩断了多少只蜗牛的脑袋，那些蜗牛脑袋，我想她是用牙签插进软绵绵的甜食去的，每一块甜馅饼上放一个，好像一群极细小的天鹅飞到了餐桌上。那些美味佳肴的外观令人惊奇。

（吴正仪 译）

盘中形似天鹅的蜗牛是一种对飞行与升空的滑稽模拟，这群贵族对自由的想象只能在餐厅的范围内展开，对抽象与超越性生活的设计，也只能依托食物来实现。与此相比，则是男爵坚决地不屈从于吃蜗牛，继而，他决绝地展开了树上的生活，卡尔维诺没有用以往意大利童话里模糊的方式把它搪塞过去，而是令人欣喜地交代了他上树的方式——"他就这副模样往那棵多结的树上爬，手脚并用。"屈从与匍匐在泥土上前行与树上的生活水火不容，当男爵坐着热气球消失在天际，正是他离吃下蜗牛的家人以及他们的生活风格最远之时。仍然是"待在树上"这个细节，古老的童话里无数次地用过，可是，这一次，在一个现代作家笔下，细节的含义截然不同，它指向了一种轻盈的美学风格与存在论意义，也指向少数人对精神生活的选择与保卫——那些闻过树叶的气息、感受过夏天与夜空的广大并在天空寻得梦想的人。

看起来，卡尔维诺的改编与创作诠释了"细节讲述文学的历史"。

3

可是，细节本身有历史吗？

幸好，本雅明提供了一种极简的分类：收藏家与预言家。

在《拱廊计划》中，本雅明用这两个词描述了人们对待艺术品的态度。收藏家喜欢把同一类东西集中、整理与展示，他们总是想搞清楚物品之间的亲缘关系，或者在空间中尽可能地秀出所有宝贝；但是预言家从一开始就把事物从背景中剥离出来，依靠自己的深刻性来阐明这件孤立的宝贝背后的意义。对作家和读者来说，文学作品中的细节就是艺家们手里的宝贝，若既不采用机械的进化史观，也不想迷失在万千作者的个性化表达中，那么本雅明的比喻就提供了一种可能：当人们开始用文字系统性地记录传说与历史时，细节的历史已经分出了两条小道：收藏家用恋物癖般的热情慷慨地罗列着海量细节，预言家往往只在角落逼住一个语焉不详的细节，让它暗中吐真言，后世的作家们，无非在这两条主干上不断分叉、改道，继而形成自己的滩涂。

荷马一定是收藏家，凡是他提到的东西，就必须清晰，任何细节都不允许淹没在模糊的背景之中。整部《伊利亚特》中，荷马至少有二十次放慢了叙述的节奏，邀请读者奢侈无度地沉浸在某件物品的细节海洋中：一只高脚杯、一只碗、一件长袍或一把琴。荷马从不隐藏、从不剪裁也不省略，他总是力图在一个细节里填满所有可能的信息，直到这个细节膨胀饱和到近乎透明。《伊利亚特》第十章，狡猾的奥德修斯与战友准备夜探敌营，出发之前，他获得了一只头盔，荷马暂停了激动人心的夜探活动，把这只头盔推到了读者眼皮子底下，向它发起了凝视：

> 头盔里层用许多绳条坚固地网紧，
> 外面有牙齿发亮的野猪的闪光獠牙
> 整齐地分插在两侧，中间还衬有毛毡。
> 这顶皮盔是奥托吕科斯在埃勒昂潜进
> 奥尔墨诺斯之子阿明托尔的坚固宅第窃得，
> 他把皮盔交给库特拉的安菲达马斯

带到斯坎得亚，安菲达马斯把它当客情，

送给摩洛斯，摩洛斯把它交给儿子

墨里奥涅斯戴，现在正合奥德修斯的头型。

两人这样令人惶惧地武装完毕，

同高贵的首领们一一告别，出发上路。

　　这只皮制的头盔变成了女巫手中的魔法球，它的外观材质、前世今生无一不详细。荷马的世界，笔墨雨露均沾，每当他准备开始介绍一个东西时，他就会遵循一套极为系统的格式：简单的描述、材料、工匠、特征、大小、历史，偶有增减，丝毫不理会现代作家们关切的节奏或者速度问题——甭管多要紧的情节，先容我把这个宝贝给你掰扯清楚再说！我们追溯着荷马的笔，用眼睛摩挲物品的细部构造，感到了强烈的饱腹感，他不允许也不需要读者绕到这些物品背后琢磨更深的东西，因为一切已经摆在台面上说清楚了。这样一来，隐喻的魔法失效了，细节变成了程式。有可能，荷马对一件事物的精雕细刻本身就是反细节的，它们更像是各种材质、尺寸、历史故事的随机组合，真正引领我们抵达一块盾牌或者一只头盔的质感被程式化的修辞厚厚地覆盖住了，是奥德修斯还是阿伽门农戴它，好像并没有区别，它们也绝非佩戴者命运或者性格的延伸，而是像假肢一样机械地装在了英雄身上。古罗马的维吉尔在《埃涅阿斯纪》中沿用了这种罗列细节的手法，最多进行了一点浓缩。

也许，荷马从一位吟游大师那里学会了没有阴影的写作，当他打开他的收藏夹，强光遍泽每一件藏品，可这些密密麻麻的藏品多少显得有些雷同。

然而，我们必须理解荷马，吟游者如果想即兴吟唱，只能套用现成的表达方式，真正具有个性的细节会给听众与说书人都带来麻烦。以一种套路与程式化的方式来讲细节，则暗中吻合了人类经验的顺序性与懒惰——说不定，我们的记忆很可能正是根据这一原则组织的，而且，对那些熟悉的东西，我们接受起来更快。并且，荷马依旧开创了一种收藏家式的呈现细节的方式：精雕细刻、详细罗列、打消隐喻，这一切都是为了最彻底的呈现。哪怕在史诗向民间故事和小说的方向演进时，个性取代了程式化的套路，作家们也发现像收藏家一样面面俱到地描述细节依然是一种非常有效的叙事手段，于是，这只镶嵌着野猪獠牙的头盔的幽灵，时而游荡在巴尔扎克写满三页纸的古董店里，时而游荡在雨果写满一整章的教堂与下水道里，时而又游荡在福楼拜笔下叠床架屋的新婚宅邸中。

预言家与收藏家不同。

收藏家允许跳读，但预言家则逼着读者凝视故事中那少得可怜的细节，因为他们对细节"拣尽寒枝"，他们召唤细节背后的阴影，渴望发掘隐喻——隐喻正生活在阴影之中。话没有说完，或者没有说全，那么，对言外之意的诠释就开始了。古希腊人不是没有对荷马进行过"寓言"或者"寓意"式的解读，从公元前 6 世纪开始，各路哲学家就纷纷试图在荷马的长诗里寻找隐晦之意，他们相信，诸神以神秘的方式（神谕）表达自己，而世人则需要看破面纱、悟出真相，这种影响一直延续到了奥古斯丁。不过，少有人从文学的角度相信荷马有什么言外之意，因为他的作品里几乎都是明喻与明亮的细节。希腊化的犹太人菲洛（Philo）将预言家式的解读转移到了《旧约》。与《伊利亚特》或者《奥德赛》相比，《圣经》中的故事更接近于历史，历史写作要求的简洁风格塞不下海量的细节，讲故事的人必须做出抉择，甄选出最浓缩的细节来表达言外之意，而宗教本身的"大音希声""言不尽意"也必然使细节的表达转向隐喻，如果说荷马点兵点将地让我们看到了海面上所有的舰队，那么《圣经》的叙事者则在海面下偷偷放置了一只鱼雷，它悄无声息地潜行于深海，在必要的时刻引爆。

在《旧约》的《路得记》中，我们读到了一个爱情故事。外乡来的寡妇路得跟着婆婆讨生活，有一天她去田地里拾麦穗，正好来到了大财主波阿斯的地里。波阿斯注意到了这张生面孔，就问了问她的身世，并关照她可以在自己的地里拾麦穗，渴了也可以去喝仆人打来的水。到这里，两人的关系都还呈现为主仆关系，接下来，故事讲到了一个细节，到了吃饭的时候，波阿斯招呼路得一起吃蘸醋的饼：

> 路得就在收割的人旁边坐下，他们把烘了的穗子递给她，她吃饱了，还有余剩的。（2:14）

这个细节真妙啊!

它邀请读者大胆地想象,进而会心一笑。正如《圣经》中常见的那样,故事的背景是一个由农耕、田野和大地组成的乡土世界。拾麦穗这个动作本身就包含着"收获"或者"得到"的意味,所以从一开始,故事就以预言家的身份向读者泄密一桩即将获得的美好姻缘。进一步的,在吃饼这个场景里,大家都是拾麦穗的人,为什么别的仆人却要把收来的并且是烘好的麦子给路得?因为,他们非常狡黠地发现自己的主人已经爱上了路得,所以,这个动作里有一点顺着主人意思讨好的意味,毕竟,《圣经》中不会出现"他爱上了她,明眼人都看出来了"这样的表达,一切只能藏在画外音里;更何况,主人波阿斯给路得的饼已经超过了她的胃口,也就是说,食物不仅仅是用来饱腹的,也是用来表达爱意的。在古老的乡土世界中,吃饱肚子的幸福也许是现代社会中习惯于用玫瑰与钻戒表达幸福之人难以想象的。果然,在后文的叙事中,波阿斯迎娶了路得。

在路得的故事中,细节出现得很少,但是一旦出现,就非常关键,它以溢出文本的暗语向读者透露出那些没有明说的地方发生了什么。读者看不到连贯的、成副的远景,只有近景中关键人物的闪现与暗示,《旧约》的故事始终弥漫着一股令人难以释怀的悬念之感。由此,预言家处理细节的方式被确定了下来,他不直说,而是暗示,不多说,却直击要害。从《圣经》开始,另一种处理文学细节的方式诞生了:隐喻,或者不写之写,沿着这条路,从卡夫卡到卡佛、从契诃夫到奥康纳，又都走出了自己的河道——我必须援引卡夫卡主动删除的那个句子，在《城堡》的手稿，K. 想方设法进入城堡却无果后，本来自我揭露地说了一句："这样一来，我不是在跟别人斗争，而是在跟自己斗争。"但是很快，卡夫卡把这句删除了，他希望留下更多的孔隙，等待读者自行填充。

4

收藏家与预言家并非水火不容。

实际上，随着文学不断成熟，作家常常身兼两职，他们的作品也往往交织着阴影与光线，光线充沛的细节负责描述与讲述（telling），处于阴影中的细节则负责猜想与暗示（implying）。而且，细节虽然不构成风格流派，但反过来会受到风格、时代主流、意识形态与作家个性的影响，这些东西改变着一部作品中两类细节的比例。

塞万提斯的读者多半不会在堂吉诃德的故事中感到困惑，虽然在交代骑士的背景与相貌时，塞万提斯用了一些语焉不详的说法——"在拉曼却的一个村庄（村名我不想提了）"以及"身材瘦削，面貌清癯"——但是，在绝大多数情况下，他都像荷马一样慷慨地向读者提供丰富的细节，打消读者可能出现的疑虑。在下卷的第二十章，堂吉诃德带着桑丘出席了一场著名的婚礼：富翁卡马乔迎娶穷姑娘吉德莉亚。塞万提斯很罕见地先从嗅觉开始写起，这对主仆一开始闻到了"烤肉的香味，还带点儿香料的味道"，继而两人来到了凉棚前，通过桑丘的眼睛，读者看到了一场细腻无比的盛宴：

> 首先映入桑丘眼帘的是用整棵榆树做成的大木叉上烧烤着整只牛犊，用来烧烤的木柴堆成一座小山丘。柴火的四周安放着六只大锅。这不是一般的锅子。那是六只只剩下半截的大酒坛，每只酒坛足以容纳屠宰场所有的肉。一只只全羊扔进锅子里，就像小鸽子那样见不到影儿。树上挂着数不清的剥去皮的兔子和拔掉毛的母鸡，等着下锅。树上还晾着无数只禽鸟和野味。
>
> 每只容量超过两阿罗瓦的皮酒袋，桑丘点了一下，共有六十余只。后来证实，每只酒囊里全都装满了上好的葡萄酒。白面包像打麦场上的麦子一样，堆成一堆一堆的。奶酪就像砖块一样，砌成了一座高墙。两只比染缸还大的油锅正在炸面食，旁边放着一只满是蜂蜜的锅子。面食炸好了，就用两把大铁铲捞起来，在蜜锅里浸一浸。
>
> 男女厨师有五十余名，人人都手脚勤快，高高兴兴地干着活儿。那只正在烧烤的牛犊的肚子里，塞进了十二头肥嫩的乳猪，牛肚子外面缝上，这样烤出来的乳猪特别鲜嫩。

（屠孟超 译）

读到这一幕，读者也许会回忆起《奥德赛》或者《埃涅阿斯纪》中那些大吃大喝的场景，食物的种类、数量、肥瘦甚至餐具上的花纹图案都会被详尽地写出来，古典世界的餐桌上长久地飘荡着诱人的肉香。一个现代的批评者当然可以从时髦的"权力话语"里大谈"吃与被吃"背后的权力失衡或者"提供食物者的特权"，毕竟连 Lord（主）这个词都是从古英语 hlāford（意为"面包持有者"）里衍生出来的。但是，我想到的是一个更本能的解释：作家们用细节过量的食物文字喂饱了饥饿的读者。在古希腊罗马的世界中，很少有城邦的发展超出其领土的粮食生产能力，粮食供应短缺是非常严重的问题，正因如此，家有余粮甚至可以成为角逐政治地位的武器，从公元前 4 世纪开始，富人对谷物的捐赠就经常被记录在铭文中，他们也往往凭此进入政坛。至于塞万提斯所生活的 16 世纪的西班牙，情况也没好到哪儿去，这一时期最流行的文学体裁是"流浪汉小说"，塞万提斯自己也写过不少——因为全国有三分之一的人都是流浪汉，饿殍遍野是常见景象，《堂吉诃德》中，"饥饿"也常常成为人们（至少是桑丘）行动的重要原因。因而，小说中食物细节的罗列往往是以象征交换的方式满足着人的欲望。

如果我们相信文学是想象，也是满足，是欺骗，也是慰藉，那么就可以理解在饥荒或者匮乏成为常态的世界中，读一读那些关于食物淋漓尽致的描写，该有多么抚慰人心。我成长于 20 世纪 90 年代初贫瘠的小小厂矿中，那时候，关于物质最欢畅的想象，是笛福的《鲁滨孙漂流记》以及凡尔纳的《海底两万里》所提供的，翻阅文字时，"羊肉、麦片、荷兰干奶酪、巴西猪肉、炖乌龟肉、葡萄干"或者"鲨鱼脊肉、儒艮肉、鲸奶"不再是符号或者纯粹的纸上造物，它拓宽了人所能想及的物质的边界，并在幻想中喂饱了我。现代作家已经放弃了用罗列和展示的方式来描述食物的细节，因为世界上许多人都不再食不果腹，食物不再具有吸睛的效果，哪怕是以描述饥饿著称的赫塔·米勒，在《呼吸秋千》中，也换了一种悲剧且现实的方式来写：她先罗列食物，然后毫不留情地摧毁它们。小说中，她让饿到极点的少年偶然捡到了一点钱和上集市的机会，少年贪婪地看着街头"糖、盐、李子干、玉米面、甜菜糖汁、酸奶……"，他疯狂地买了一通，大吃大嚼，接着，赫塔·米勒写了一个不会出现在古代作家笔下的残酷细节：少年因为长期的饥饿后突然暴食，肠胃不适，他吐了出来，面对一堆呕吐物，他哭了，我也快哭了：

> 我用头抵着树干，盯着一堆闪亮的、嚼碎了的食物，仿佛能用眼睛再把它吃回去。

（余杨、吴文权 译）

回到《堂吉诃德》。在绝大多数时刻，塞万提斯提供的都是沐浴着强光的细节，它们用过于具体的姿态向读者宣誓了一切，甚至不惜冒着古怪离奇的风险——在下卷第二十三章，居然出现了一串念珠，每一个珠子比核桃乃至鸵鸟蛋还大！那么，在这部小说中，有没有躲在阴影里的细节呢？有没有尚未全部说出的话呢？

对很多并不熟悉小说的人来说，脑海中可能已经被植入了一幅刻板的主仆形象画：堂吉诃德高瘦，骑着一匹马，手里擎着一杆长枪，而桑丘则矮矮胖胖，跟在一旁。这部作品在视觉表现上比在文字表述上更有存在感。问题在哪里呢？在那杆长枪上。它给读者制造了一种错觉：仿佛这位骑士生活在一个冷兵器时代，每逢战争场面就是火花四溅的长枪碰短剑。可是，塞万提斯还写了另一种枪：火枪，这是仅仅靠道听途说这部小说的读者永远无法发现的一个细节。从小说上卷的第二十二章开始，火枪正式登场了，主仆俩在路边看到了一堆犯人被押送去海上划船，押送他们的人骑着马，拿着新式火枪。小说中最激动人心的一次枪支描写出现在下卷第六十章，然而，塞万提斯却通过一支枪写出了一场无可挽回的错误。

这一章，堂吉诃德突然遇到了一位罕见的女侠，她打马而来，一身戎装，身上带着匕首、剑，腰左右各插着一支手枪。她前来寻求帮助，因为她接受了一个小伙子的求爱，两人定下婚约，没想到那个青年却背着她另娶了别人，一怒之下，她决定报复：

> 我既没有对他抱怨，也没有听他解释，就拿这支猎枪对他开了火，随后又用这两支手枪补了几枪。我估计他身上中的子弹一定不止两粒。

用枪杀完人后，女侠只能寻求庇护。堂吉诃德来到案发现场，发现了青年垂死的身体，他遗憾地表示，女郎只是听到了捕风捉影的谣言，自己爱她至死，接着，他气绝身亡。得知错杀了情郎，女侠哭天抢地，悲不自胜，最后削发为尼。堂吉诃德作为事件的旁观者，责怪了人吃醋赌气惹麻烦的本性。在这个小章节中，为什么突然出现了火枪，而且还伴随着一场误杀的悲剧？塞万提斯仅仅是想表达对嫉妒的谴责吗？

有可能，在火枪这个小小的细节中，一些言外之意出现了。

至少早在 14 世纪，火药武器就被用于欧洲战争，很可能是摩尔人将火药武器引入西班牙的。可是，早期的火器并不太好使，它们体型巨大，准确性又差，所以一直耽搁到 16 世纪，也就是塞万提斯生活的时代，才成为战争与战斗中的关键元素。相比于传统的长枪，近现代的火枪有哪些特点呢？冷兵器的杀伤力具有不确定性，但一支火枪的力量大得吓人，致死率大大提升，当女郎拔出枪来射杀"负心人"时，她那句"既没有对他抱怨，也没有听他解释"就显得决绝酷烈，更关键的是，冷兵器需要近身搏杀，但人们完全可以躲在角落里"放冷枪"，在具有骑士精神的人看来，这是懦弱甚至可耻的，塞万提斯在前文曾借堂吉诃德之口说过："发明了枪炮后，一个卑鄙的胆小鬼竟然可以杀害一个勇猛的骑士！"很明显，火枪在小说中具有某种负面的谬误色彩，它带来了现代性的变革，但也加速了骑士理想的覆灭。在女侠的这个故事中，塞万提斯不仅想谴责字面上表现过的嫉妒之心，更想谴责现代武器的"不道义"，它们制造了太多本不应该的暴力——请注意，女郎的未婚夫是小说中第一具当场死亡的尸体，一直崇尚用暴力解决问题的堂吉诃德似乎又总在避免出现极端的暴力场面，他与人的搏斗也总是以伤筋动骨作为了结，但火枪的出现改变了这一切，真正的、极端的死亡出现了。骑士的挽歌并没有在小说落下帷幕、骑士病逝时才唱响，它早已缭绕在一支火枪口冒出的青烟中。

这就是火枪的暗语。

5

塞万提斯的写作意味着，在文艺复兴时期，文学中的两种细节——描述性的与隐喻性的——早已自然地融汇在一起，很难说两者交融的确切时间或者具体作品，但《堂吉诃德》为我们呈现了收藏家与预言家合二为一后的美妙结果。我们由此可能会习惯性地得出一种结论：看起来，世俗性的文学更偏爱描述性的细节，而宗教性的文本则更擅长用隐喻性的细节，毕竟《堂吉诃德》是这么通俗的一个故事，连当时的西班牙国王都爱不释手。在当时的西班牙，因为书卖得太好，还出现了太多盗版和冒名顶替的写作，以至于塞万提斯不得不在下卷发出正版声明，以正视听，甚至有传闻说西班牙国王在阳台上休息，看到远处有一个人一边骑驴一边读书，狂笑不已，他便和侍从打赌，此人看的肯定是《堂吉诃德》，一去打听，果然如此！

然而，文学的实践常常跳出所谓的文学规律。

就拿中世纪的圣徒文学或者都铎王朝时期的宗教戏剧来说，文本的隐喻性细节由于经常借助重复和俗套的情节，也变成了一种空洞乏味的描述性陈词。如果一个作家把信徒被敌基督者的虐待惨状写得很细，目的是要隐喻信仰者的坚定，那么这是成功的隐喻，但是，每个人、每篇传奇都这么写，隐喻背后个性化的情感就因为滥俗而枯萎了。翻开中世纪的《金色传奇》、弥撒庆典中的礼仪剧、受难剧，几乎都存在这个问题，每一个受难的圣徒都经历了花样百出的肉体折磨，然而，他们看上去只是名字不同，选择的"折磨套餐"不同而已。同时，也是在这看起来千篇一律的宗教题材作品中，一个贴合日常的描述性细节却往往具有出奇制胜的效果——比如剧作家让抹大拉的马利亚在去悔改前做了一件事：去买化妆品！这是多么生动又生活化的一幕，我们由此得知了一个女人，而非一个宗教符号生活的其他侧面，她和我也差不多嘛！

其实，到了 15 世纪左右，宗教剧与圣徒故事中老百姓日常生活的细节有点浓度过高了，倒引得当时的宗教人士惶惶不安，觉得神圣开始变得粗俗不已。相反，真正面向老百姓写作的通俗戏剧，又会因为文学风尚或者作家个人观念的偏好，出现大量象征意味浓郁的细节。

我还是以西班牙文学作品为例。整个西班牙现代文学的故事也许都可以归结为一系列对巴洛克风格的拒绝或者接受史。巴洛克的本意是"形状奇怪的珍珠"，这种风格的作品充满动感、线条感以及富有装饰性的细节，因其矫饰，和大家熟悉的浪漫主义风格有本质的不同。对浪漫主义诗人来说，感情越激烈，诗歌就会越直白自然——当我们爱一个人到了极点或者恨之入骨时，没什么比"我爱你"和骂脏话更畅快淋漓了——想想雨果在《静观集》里扯着嗓子说了多少声"我爱"吧！但是对巴洛克作家来说，情况得颠倒过来：感情越激烈，文体就越复杂，矫揉造作的细节与装饰就越堆越多，"我爱你"倒得从"今天晚上的月光皎洁"开始说起。巴洛克用违反本能的方式让修辞与感情构成了正比，作家们相信，没有什么情感是无法用语言和华丽的细节外化的，没有什么灵魂深处的角落是无法触及的。所以，在一般的巴洛克文学与诗歌中，描述性的细节非常之多，哪怕说一个乡下放牛之类的日常小细节，作家都引经据典上了瘾，恨不得从保护岳父羊群的摩西一直聊到放过牧的古罗马名门望族。描述性的细节以琳琅满目的方式进行着文本的填鸭。

然而，卡尔德隆的戏剧《人生如梦》出现了一些令人着迷的隐喻性细节，比如"蒙面"。

卡尔德隆与《人生如梦》这些字眼，如今肯定会让人们感到陌生，但是在三四百年前的一些欧洲国家，该剧远比莎士比亚的任何一部剧都受欢迎。奇怪的是，这部面向大众且颇受欢迎的作品，却充斥着隐喻性细节。这出剧的主要内容，其实和莎剧中许多发生在父子之间的权力斗争故事差不多，但是，从核心的剧情到微小的细节，卡尔德隆可谓隐喻套隐喻，这让整出剧产生了一种莎剧中罕见的如梦似幻的哀婉色彩。剧中，女扮男装的主角来到波兰，意外闯入囚禁王子的高塔中，王子的父亲通过占星术算出王子如果执掌王位，将变成暴君，使得国运衰退，所以，王子从一出生就被囚禁了起来。在开篇描绘女主人公和王子相遇时，卡尔德隆两次写到了一种并不起眼的装束：蒙面。士兵出动抓捕闯入者时，大臣交代他们说：

> 个个都蒙上面孔，
>
> 千万不能放松警惕，
>
> 我们在塔楼上，
>
> 别让人认出来。

（屠孟超 译）

接下来，当女孩子和同伴被逮捕以后，也毫无必要地被蒙住了眼睛：

> 夺下这两人的武器，
>
> 蒙住他们的眼睛，
>
> 不让他们看见，
>
> 从什么地方进入，
>
> 从什么地方走出。

蒙面在整出剧中，只出现过这两次，而且并没有触发实际的剧情转折，乍看起来无非剧情推进的伴生物，但是，它从根本意义上隐喻了《人生如梦》的关键走向：被遮蔽之感。戏剧中每个人几乎都处于某种被遮蔽的状态：女孩因为女扮男装被"遮蔽"在男人的身份里，国王因为占星术被"遮蔽"在预言带来的恐惧中，王子则因为预言被"遮蔽"在不见天日的高塔之中，哪怕是后来国王决定召见王子，又令他服下混合了鸦片、罂粟和水仙子的毒药，出了高塔，王子继续被夺去理性的梦境感所遮蔽。我想，卡尔德隆的野心不仅是写出一个起伏跌宕的王权更迭大戏，他更想谈论的，其实是人类的总体状况：所有人都被遮蔽在某种不真实的状态里，但所有人也都把这种状态当成了现实生活，"被蒙住的面孔"在刹那间把握到了人生的某种真相。因而，戏中说过这么一句："因为在这个如此古怪的世界里，人生不过是一场梦。经验向我表明，活着的人都是在梦中。一直梦到苏醒。""人生如梦"听起来像俗套的陈词滥调，因为日常生活温柔地包裹着我们，围绕在人们身边的所有事情都是以此时、此事、此地展开的，所以，人们要么忘记了悬临头顶的死期，要么对那么遥远的事情兴趣并不强烈，直到"那一刻"真的来临，人们才会被突然惨烈地撕开遮蔽和包裹的日常与附近——它们构成了蒙面的面纱，也只有在这些时刻，《人生如梦》才不是一出遥远的、几乎被人遗忘的外国戏剧，它变得极为个人化，与你最后说出的"哦，原来……"的经历有关。

蒙面的细节，也令我想到文学中各种各样类似的描述——《堂吉诃德》中，蒙着面扮成贵族的女管家一心捉弄堂吉诃德，说自己被魔法师害得长了满脸胡子；或者《局外人》中，默尔索来到养老院，看到一个护士鼻子上缠着纱布（因为她得了梅毒）；再或者《复活》中，聂赫留朵夫两次来到监狱长家，开门的侍女脸上总是蒙着纱布；抑或是《罪与罚》中沦落为娼的索尼娅总是拿一条绿色细呢大头巾蒙上头和脸……总而言之，作家们捕捉到了各种各样人的本真性被遮蔽的瞬间，它们都以蒙面之物作为隐喻。蒙面者，有时候是谎言，有时候是意识失常，有时候则是制度化的仪式乃至国家暴力机构与剥削机构。它们的共同点，都是使人的存在失去了敞开与明亮的状态。

在文学细节的故事里，收藏家与预言家时常交织，而隐喻性细节与描述性细节也以难以捕捉规律的方式此消彼长，它们似乎并不会单调而刻意栖居在某一种类型的作品中。

6

既然已经很多次谈到了"隐喻"，我就得先暂停一下，处理这个容易引发歧义的词。

文学的隐喻性细节和修辞上的隐喻不完全是一回事，前者是后者的延伸与发展。亚里士多德在《修辞学》中谈到了大量的"隐喻"：这是一种为了更好的表达制造出来的修辞转义。比如说，本来我要描述阿基琉斯的英勇，但是转了一下，不说他"像雄狮"，而说他"是雄狮"，这就是隐喻；修辞学最早是用来干吗的呢？是古希腊的一群智术师向大家传授的演讲技巧，就是说服别人或者说理的技巧。所以，从修辞上来说，隐喻更接近一种语言的饰物，或者言说的策略、技术与风格，而且偏向消极的含义，多少有点中文里"花言巧语""巧言令色"的味道。在早期文学中，作为隐喻的修辞往往比较套路化，比如罗马诗人喜欢把写作隐喻为航海，时间久了，航海和写作之间的修辞隐喻关系就固定了下来，一说起写文章就是"扬帆起航"，从贺拉斯到但丁，都会沿用这个套路，在《神曲·天堂篇》的开端，但丁就写道：

> 为了亲聆乐曲，在后面跟随
> 我的船，听它唱着歌驶过浩瀚。
> 回航吧，重觅你原来的水湄，
> 别划进大海；因为，跟不上我，
> 你们会在航程中迷途失坠。
> 迎我的水域，从来没有人去过。

（黄国彬 译）

这还是在提醒读者，我要开始写作和讲述新的篇章了，快快跟紧我。古希腊罗马的修辞系统中，形成了许多固定的、套话式的隐喻，直到现在，人们的书面语言中也还会有很多用惯了的隐喻修辞。博尔赫斯在《诗艺》中就发现，"人生如梦""时光是流水""死亡是夜幕降临""女人是花""火与战争"这些隐喻模式其实已经极为通用了，他甚至觉得这些例子可以涵盖大部分文学作品的隐喻。虽然我喜欢博尔赫斯，但我仍有小小的异议，他的讨论仍然局限在语言的修辞与修饰之上，并没有扩展到文学细节中，所以很难说"涵盖了大部分文学作品的隐喻"。尽管它们具有人人熟知的装饰性魅力，但其语义力量已被削弱到"感觉"而非"理解"的程度，也许它们最早都曾带给读者惊喜，但现在只有反复磨损使用后的乏味，也就是说，面对这些隐喻修辞，人们的反应是"哦"，而非拉长的"哦？"。修辞意义上的隐喻和我谈到的文学细节的隐喻有很大的不同，后者最明显的特点就是没有固定的对应解释，它的范围也不会局限在语言风格的修辞上，而是扩散到了词汇、动作、场景、整个段落乃至思想之中，它以一种更为开放和不确定的姿态期待着读者加入后的多元解读。

让我用一部近代小说为例：契诃夫《贼》中的火。如果放在中世纪的修辞学传统里，火因其温暖明亮往往会被理解为神的恩典与救赎，这是比较固定的解读。来看看契诃夫怎么写的。

在《贼》中，一个平庸无聊的医生因迷路而误入一家客店，没承想那里已经变成偷马贼的贼窝，他陷入了矛盾的处境，一方面，他羡慕这群人的放荡无忌、男女欢爱，一方面呢，他又觉得自己是读书人，拉不下面子像他们那样载歌载舞、纵情声色。他心中压抑着对店主女儿的情欲。店主女儿看穿了此人的心思，故意诱惑他，在他苦恼烦乱之际，马已经被偷马贼牵走了。这时，他十分生气地折回屋子，想要和姑娘讨个说法，因为屋里昏暗，他只能一根根擦亮火柴。好不容易找到了那个女孩，怨恨和情欲都奇怪地涌了上来，他又责骂打她又想和她睡觉，最后却被女孩打跑了。经历了这一系列的波折，契诃夫为读者贡献了一个无与伦比的细节，他说医生丧气地回到了屋子里：

> ……在长凳上躺下。他躺了一会儿，从衣袋里拿出火柴盒，毫无必要地一根连一根地划起火柴来，他把火柴划亮，吹灭，丢在桌子底下，又划亮一根，照这样一直把所有的火柴都划完才罢休。

> （汝龙 译）

了不起的契诃夫。

为什么他要让医生不停地划火柴？明明这时候已经躺下了，没有照亮的必要了，而且，是"一根连一根地划火柴"！很显然，这里的火柴以及火的细节，已经脱离了中世纪传统修辞学中那些与温暖或者明亮相关的含义了。我想，契诃夫通过这个动作和意象，表达了一种情欲无法实现的徒劳之感。在内心深处，医生更关心的其实始终是能否和这个姑娘睡上一觉，就像那些偷马贼一样，马匹被偷无非加速了他气急败坏的欲望，划亮火柴，接近女孩，这是一种欲火逐渐实现的过程，然而，被拒绝后，他的欲望无处发泄，就只能空划拉火柴，仿佛一人由于惯性刹不住车，让车白白地滑行了一阵，或者在打球时失手了，在空中挥舞几下球拍泄愤那样。人之所以感到徒然，是因为欲望还在，但是已经没有实施的对象了，一根根划着火柴，就隐喻着一点点把无计可施的愤怒和欲望泄干净。进一步地，我们还被契诃夫邀请继续深挖，火除了代表情欲，还有更深的含义吗？其实，医生并不单纯是色迷了心窍，他对这群贼人的羡慕，饱含着对自己平庸和循规蹈矩生活的不满，他希望脱去长衫，像这群人一样纵情声色，所以，火在某种程度上，又隐喻着自由，那种冲破乏味生活、无所顾忌的自由，是啊，我们也许已经想起来了，契诃夫最迷恋的主题，就是对庸俗无趣生活的瓦解。

所以，文学作品的细节隐喻从修辞技巧中发展而来，但大大超越了修辞本身，至少，修辞与语言的效果不是它的目的。当修辞术里的隐喻试图抵达一扇门时，使用隐喻性细节的作家则试图推开门，让人猜测黑洞洞的门后的可能。文学中的隐喻性细节没有标准固定的谜底。

文学中罗列性的细节与修辞术的关系同样很大。如果修辞的目的是说服人或者表达压倒性意见，那么哪些手段最有用呢？除了上面提到的隐喻，有一个可能是人们很少想到的：骂人、骂脏话，实际上，詈言的气势构成了修辞势头中很重要的一环。阿里斯托芬在喜剧里大骂苏格拉底的时候，往往是他的戏剧效果最好的时候，所以说吵架也是有艺术的，中文里"咄咄逼人""唇枪舌剑""气势汹汹"也有点这个意思。当然，更常见的就是铺陈、罗列、堆砌、同义反复的迂回，它们让听者的心潮在堆叠澎湃的语词之中跌宕起伏。这种对语言的堆砌性质的修饰构成了文学中描述性细节的前身。古罗马诗人奥维德在《变形记》中,让擅长音乐的俄耳甫斯开始弹奏竖琴,据说他的琴声能够感化天地万物,于是,琴声响起时,树木纷纷感应,奥维德一口气为读者铺陈了二十六种树!

> 有卡俄尼亚的橡树,有杨树,高枝的橡树,柔软的椴木,山毛榉,达佛涅女神变的月桂树,脆弱的榛木,适于做枪杆的白蜡树,光滑的银杉,坚果累累的栎树,令人喜爱的梧桐,五色缤纷的枫树,喜欢长在河边的垂柳,恋水的罗陀树,长青的黄杨,纤细的柽柳,双色的爱神木,结深蓝色浆果的灌木。听到了琴声,带青藤也迈开柔韧的脚步来了,和它一起来的还有卷须的葡萄,披挂着藤蔓的榆树,花楸,云杉,挂满红果的杨梅树,奖给优胜者的、柔软的棕榈,还有树干光秃、树顶宽阔叶茂、为众神之母库柏勒所钟爱的长松(库柏勒喜爱她的少年祭司阿提斯,把他的人形换成一个松树,僵立在树干之中)。

(杨周翰 译)

在诗人开始疯狂地罗列上述树木时,他可能很少考虑如下问题:这些树木能不能生长在同一个地区?它们会在同一个季节繁茂吗?当然,这不重要,真实性可能并非作家考虑的首要问题,字符带来的排山倒海的视觉效应,或者言辞之中压迫性的音响效果，才是修辞术真正要考虑的。所以，那些擅长与陶醉于铺陈描述性细节的作家，大概对"数量取胜"深以为然，而且，数量里的音响效果与视觉想象同等重要。

当然，我不想把每个时代作家们的细节表达描述成铁板一块，好像一说起奥维德或者荷马，就认为他们只会这样写细节。这当然是不符合实情的，细节小史的鸟瞰之下，细微处的差异难免被忽略。近代一些学者认为，哪怕是以明喻著称的荷马，也少量地使用过一些隐喻的细节。而在《变形记》中，奥维德也留下了个别令人印象深刻的个性化细节，他虽然无数次写到神或者人的头发"披在两肩""黄发披肩"，但有一次，他写到肩头不一样的东西："特里同从海底深处冒出水面，两肩厚厚地长满了一层蛤蚌"。时隔多年后重读，我发现这个肩膀的细节还是会打动我。

简而言之，随着文学的演变，原本用来装饰句子的细节逐渐摆脱了"小挂件"的修辞属性，具有了更值得玩味的解释性和象征性。

7

那么，让我接着聊细节的历程吧。

文学中细节的奇妙之处在于它几乎没有什么自身的规律性，它更多依附于文学或是时代观念的洪流。在读《金驴记》《巨人传》或者《堂吉诃德》时，我觉得几乎已经能咂摸出某种规律了——比如说描述性与暗示性的细节开始汇合——我又被挫败了：古典主义的时代到来了，无论是哪种细节，都应该尽可能地收紧自己，踩灭骚动的小火苗。

很长时间以来，细节都更像一个美学问题而非文学问题，美学的核心问题总是摇摆于整体与特殊之间，而且，传统时代的绘画批评家比文学评论家更重视细节，可是，细节却讨好不了这些骄傲的绘画评论家。18世纪非常重要的艺术评论家约书亚·雷诺兹（Joshua Reynolds）对细节做出了决定性的判断：由于细节的物质偶然性，细节与理想不相容，一位立意崇高的画家，绝不能让观者的目光被角落处那些格格不入的琐碎之物吸引。很显然，鲁本斯不是令他满意的画家，在呈现《最后的晚餐》时，鲁本斯画出了一只狗：画面中，一位使徒背对我们，一面抚摸着狗的脖子，一面聆听耶稣的教导。我喜欢这个细节，它让我想到很多英雄场景中人性的、家庭的、亲密的氛围，比如奥德修斯回家时，那只叫作阿尔戈斯的狗抬起了头和耳朵，它最先认出了乔装打扮的主人，或者《堂吉诃德》中与盾牌、瘦马一起陪伴着骑士的猎狗——虽然它在后文彻底消失了。但鲁本斯的狗令雷诺兹爵士生气："桌子下面一只狗在啃骨头，而这一主题毫无价值。"他觉得神圣晚餐的整体氛围被啃骨头的狗这个细节破坏了。

古典主义定下了这样一种信条：伟大的绘画的风格在于避免一切具有特殊性和细微性的东西。

一幅画中，如果细节过多，那么就会分散人们的注意力，阻碍崇高美感的发生。古典主义的美藏于完美的几何结构中，比如稳定精确的三角形。在文学之中，旁逸斜出的细节则会刺破这些代表着秩序的几何线条，为了简洁、为了规则、为了对称，必须克制细节的扩散。所以，古典主义的戏剧制定了"三一律"，即要求一出戏所叙述的故事发生在一天（一昼夜）之内，地点在一个场景，情节服从于一个主题。它把一切多余的和无关的情节全部剪除（虽然文学的魅力有时候恰恰在于无关和多余），让人物、言说、动作紧紧地包裹在一出戏剧的旋涡核心。读者可别期待能在古典主义的戏剧中看到关于饮食、起居、天气、景色这些日常生活细节的描述，就算是偶尔出现了，也必须为崇高的目的服务——莫里哀的《伪君子》全剧围绕着家产、继承权、财富与王权展开，全都是严肃庄重的大话题，好不容易出现了一块手帕，却也是伪君子本人用来捂住眼睛、以免看到女仆酥胸春色的工具，说来说去，就是得表明伪君子的坐怀不乱，虽然这是装出来的。莫里哀的戏剧中，看不到对社会制度、经济、人性更为复杂的讨论，一切内容都只是在主流道德与价值观的层面轻松地滑行，所以，象征意味浓郁的隐喻性细节同样是匮乏的；反过来说，是否还有读者能够想起，在《包法利夫人》中，当艾玛与情夫莱昂坐在马车里共春宵时，马车一路穿行，途经各种码头与广场，在哪位古典作家的雕像前停住了？是高乃依。现在想来，福楼拜之所以要设计这么一出闲笔，正是要通过《包法利夫人》这部充斥着海量细节的作品对克制细节的古典主义作家做出小小的嘲弄。

古典主义时代对细节的警惕与拒绝可能还有一个更深的含义。

细节总是动态的，当一位画家或者作家设置了诸多细节时，读者往往只能注意和挖掘其中的一部分。我在上短篇小说课时，明明自己已经把文本读了很多遍，而且每读一遍，都会发现一些上一次忽略的细节，然而，只有当课堂上大家一起读时，那些我死活都发现不了的细节，才会在另一位同学的视野中浮现出来，这就是细节的动态。有时候，我不免产生一种小小的骄傲之情，总觉得一个文本经历这么多人、这么多次的爬梳，我们所发现与释读的细节可能会比任何一个伟大的批评家所发现的更多。毕竟，文学总是一个充满了惯例和假设、期望和解释的宝库，它使读者能够阅读文本，对文本进行反复的洗牌与排序，并源源不断制造出新的意义。正因为有了这种动态的过程，细节就不是孤立的文本状态，而是一种行为，一种经由读者参与后从隐藏到暴露的行为，一种多元继而可逆的嬉戏与运动，细节既是艺术家们的表现过程，也是读者与观众参与时的感知过程。如果取消了一切的细节，那么文本的世界将会是静态封闭的宇宙，古典主义的典型作品总是以绝对权威、不由分说的姿态传递着文本的封闭之感，这是一种宣誓，作家的话语权，或者作家所代表的皇帝的话语权，是拒绝阐释、不容置辩的。实际上，古典主义的核心要义，正是拥护皇权，莫里哀的《伪君子》、高乃依的《熙德》《贺拉斯》、拉辛的《安德洛玛克》全都如出一辙，这些作品最终总是以天降皇帝、化解恩怨作为了结。

就此而言，细节就是民主。

人们总把18世纪称为小说兴起的时代，然而，哪怕是那些如今已经被加冕为"18世纪现实主义"的作家，也会在面对细节时犹豫不已，毕竟，心灵与观念的变迁，并不总像时间与日期的翻页那样斩钉截铁，古典主义的残云依旧飘荡在18世纪的天空之上。现代读者在阅读奥斯丁时，可能会感到"粗"，或者说"好读"，更直白地说，若是读页数相当的奥斯丁与狄更斯的作品，肯定前者会更快读完。她虽然钻入了男女情感旋涡的深处，但不设置多余的细节牵绊我们的注意力，你很难发现她有心思详细地描述人物的外貌或者衣着，哪怕他们是主角。奥斯丁在修订《沃森一家》时，有意删去了爱德华兹家的细枝末节，而她在写给正在创作小说的侄女范妮·奈特的信里也建议："你的描写往往过于细腻，不讨人喜欢……你给了太多右手和左手的细节。"奥斯丁想必也是认同古典主义原则的，太多的细节会割裂文本，放缓的速度与中断的叙事将破坏整个文本的完整与流畅。她的作品中，那些太注意细节的人往往令人生厌，对细节的关注也总是会被及时制止，在《爱玛》中，教区牧师大谈细节：

> 埃尔顿先生还在讲，讲述一个有趣的细节。爱玛发觉，他跟他那个漂亮的伙伴述说昨天在他的朋友科尔家吃饭的情景，她恰好听见他说起吃斯提耳顿干酪、北威

尔特乳酪、黄油、芹菜、甜菜根和种种甜食。

（孙致礼 译）

而女主角爱玛的反应则是：

我要是能多避开他们一会儿就好啦！

而在《劝导》中，相似的一幕发生了，一位夫人向我们的女主角报告说，可以为她提供关于某位女士的"根本想象不到的细节"，女主角安妮的反应也是："不，我对她没有什么特别要问的。"然而，疏于细节的奥斯丁还是俘获了我。我第一次读《劝导》时感到了微微的遗憾，女主角安妮两次听闻八年前分手的恋人即将再次到来时，心中想必是慌乱不已、暗潮涌动的，奥斯丁却只是惜字如金地写了两次她的动作：她顿了顿。我总是更贪婪地期待着更多细节来暗示安妮的内心世界，但出于谨慎的审美原则，奥斯丁绝不多写。可是，当《劝导》淡淡地说出遗憾时——那种爱而不得，最后分开的遗憾——我被深切地打动了，那是安妮与曾经的恋人的朋友们欢聚时的内心轻叹：

她心里这么想："他们本来都该是我的朋友。"

（孙致礼 译）

安妮甚至说的都不是"他本来应该是我的恋人"，而是用一种更为迂回和曲折的方式说到了恋人的朋友们，感叹与他们无法成为朋友。这句极为克制的叹息，写出了文学中最微妙最深沉的遗憾。令人唏嘘的是，当我在课堂上讲起这一句话时，我也听到了各种各样的叹息声，当现代人已经习惯了"打直球"时，古典时代由克制细节引发的迂回显得如此幽微动人。

细节小史（下）

1

在夏洛蒂·勃朗特最后一部小说《维莱特》中，出现了这么一封信：

它是女主角露西收到的，来自她的心仪之人。勃朗特用极为华丽的语言描述了信件："那封信表面是瓷釉般雪白，加上库克罗普斯[1]的朱红色的独眼，那么清晰而完美地印在我内在感觉的视网膜上"。令露西高兴的，这封信不是一张简单的便条，"感觉上不是轻飘飘的，而是硬硬的、厚厚的，令人满意"。试想一下，当你收到一封信，对心怀期待的人来说，信的厚度就等同于感情的浓度。接下来，勃朗特用奥斯丁根本不可能用的繁复修辞描述了女主角露西的欢乐之情，一个现代读者必须耐着性子，才能勉强消化掉足足写了一整页的兴奋与幸福。然而，在这个冗长的段落中，信件还是透露出两个关键的信息：首先，露西是用眼睛（她甚至具

---

[1] 希腊神话中的独眼巨人。

体到了视网膜！）看到了信，而且，厚厚的一封信是令人满意的，轻飘飘、分量不足的内容则不受欢迎。

如果把《维莱特》中的信件当成一个关于细节的缩影，那么便可以相信，18世纪以来，随着现代小说的兴起，古典主义的屏障终于被突破，细节开始疯狂地繁殖，变得越来越多，具有重量的细节使作者和读者都兴奋起来，而且，细节越来越依赖人们眼睛所采集和捕捉到的真实的物质世界。

我们不是没有在收藏家荷马或者奥维德那里看到大量物质的细节罗列。但是，回想一下吧，无论是荷马的野猪牙头盔还是奥维德的二十六种树，都更像是数据与词组的排列组合，根据不同场景的需求，随机重组，它们贴合的是史诗的套路，主打一个朗朗上口，而非肉眼所见的真实场景。所以，在传统的收藏家那里，真实性并非首要被考虑的问题，细节也不是"看到的"，而是"想出来的"或者"拼贴出来的"。只有在"现实主义"占上风的年代，"到底什么才是真实的"才会成为细节所关切之事。也就是说，18世纪以后，文学中的细节开始服从于一条根本的律令：现实感。亲眼看到的信件，比起向壁虚构的树木，给人的感觉当然更真实，更有一种现场的目击之感。

其实，我几乎有点害怕谈及与"现实"相关的词，它们极易引起争论，又容易催生没完没了的概念"再生产"。作家们已经为它打个不休了：福楼拜拒不承认自己是现实主义作家，伍尔夫哪怕冒着自负之名，也要论证维多利亚时代贴着生活表面写的东西是虚构且累赘的；理论家又相继加入混战的队伍，罗杰·加洛蒂要拼命证明卡夫卡与毕加索也属于现实主义的阵营，罗兰·巴特则指出现实主义小说的"物质真实"实乃幻觉。如果这个词遵从《牛津英语词典》的定义——"与真实的事物非常相似；忠实地再现"——好了，"模仿""再现"之类的概念又该把本来就混乱的局面搅得永无宁日了。我不想用主义和概念令读者感到烦闷与困惑，所以只能简单地用"现实感"这个词来描述，也就是不同作家对其心目中认为是**真实的**东西的追求。

这样一来，"现实感"变得充满了个性，或者说，个人主义填充了现实感的内核。

在 18 世纪至今的三百多年里，细节的变化与呈现远远比过去几千年要多——詹姆斯·乔伊斯可以模仿荷马的史诗细节，荷马却无法有先见之明地模仿乔伊斯的新闻体和论文风格。我们生活在一个更为流动不居的现代社会，组成生活的经验再也不像莎士比亚之前的那样，被人们认为是静态的、完整不变的。对古代人来说，《圣经》、传奇与历史的记录已经构成了人类经验的绝大部分内容，所以，作家们总是习以为常地运用传统的写作技巧，支撑着他们进行细节书写的意识也相对较为统一。但是，自从人类社会进入现代世界，小说家的身份代替了说书人或者讲故事的人，个体活生生的经验变得多元和重要起来，每个现代作家都相信自己的想象与经历是有价值的，就像每个传统作家都相信经文、英雄或者传奇的内容是有价值的一样。这样一来，近代作家首先考虑的问题就是：用什么样的细节表现**一个普通个体的**

活生生（比如我自己）的经历呢？哪怕你我不是作家，也能给出一些回答，比如"我的名字""我的记忆""我的个人史""我的触觉感知""我的思绪"，诸如此类，归结起来，不外乎时间、记忆与身份。

这些答案在近代小说中几乎都得到了回应。

先来聊聊身份。我们对自己身份首要的确认就是姓名，婴孩在六七个月时能应名是判断其智力是否健全的重要指标。普通人成为主角后，古典时代那些富有寓意、或奇异或怪诞的名字消失了，鲁滨孙·克鲁索或者汤姆·琼斯这类日常的名字登上了小说的舞台，据说，18世纪的一些小说家甚至随随便便从当代人名目录里挑出一个就成了自己的主角名字。这应该是一个世界性的文学现象：中国的文学变迁中同样如此。曹雪芹笔下的人物，名字往往有寓意，宝黛之名要和"玉带林中挂，金簪雪里埋"对应上，被拐卖的英莲要和"应怜"同声，被打死的"冯渊"那可真是"逢冤"了。但是到了余华笔下，人名的寓意消失了，许三观、许玉兰、凤霞、长根，就像我们的邻居或者朋友。名字这一细节的变化，意味着近代文学的视角下移，从云端转向了普通人的日常，为雅致的姓名提供抽象隐喻的传统世界已然风流云散。与此同时，每一个个体的价值却得到了确认，从他们的名字开始，继而是他们的成长、婚恋、工作与交游经历，一切的书写都有了看头，这些角色几乎就是在当时社会占据主流位置的工业阶级与商业阶级的缩影，这些人反过来也构成了主要的阅读群体。随之而来的是，我们发现文学挑选的主角变得越来越多元,不再局限于帝王将相、骑士贵妇,文学描述的经验也越来越丰厚,甚至令人瞩目地聚焦于贸易、商业和工业等方面。如果说传统文学的整体世界是一个小雪球,那么,滚到19世纪,已经变成了一个吸附了太多枝权的大雪球。

这样一来,文学中的细节怎么可能不变得异常丰富呢?

时间则标记着一个人的成长状态与生死尺度。回忆一下《埃涅阿斯纪》或者《巨人传》中的时间:作家们会用优美的笔调写一年或者一天之内的时间变化,写骑士在病榻上挣扎了六个小时,写整个上午因为阴天下雨而变得潮湿,写午后时间花在扎秸草、劈木柴、锯木料等活动里(《巨人传》有一章就叫作《下雨天卡冈都亚如何运用他的时间》)。但是,读者会产生一种感觉,这一个多雨的上午或者忙碌的下午,与漫长的中世纪里的任何一天没有区别,抽象、混沌、静态。仿佛古代世界的时间是一块凝固不动的肉冻,文学人物则像是肉冻里栖居的一条肉虫,因为吃得过饱而停止不动。你可能会注意到,古典小说里时间的尺度很大,动不动就是猴子在山下被压了"五百年",睡美人在"一百年"后才被王子发现,这是因为五百年、一百年其实都和一年差不多,因为时间流速很慢,给人的感受近乎静止,所以想象五百年后并不难,人们也不会觉得和想象一年后有太大区别。另外,传统作品中时间本身的流速也是象征性的,它更多地与大自然和宇宙的神秘节奏同频,在午夜的阴影遮蔽大地或者晨光的玫瑰色手指染红天空时出现,而和我们主人公的成长或者变化没有太大关系。

然而，在近代小说中，时间这一细节也变得精确了，它深深地镶嵌进主人公的生命际遇，就像每个现代人被时间深深俘获一般，于是，破天荒地，在塞缪尔·理查逊18世纪的书信体小说《克拉丽莎》中，很多信件都严格地标注了日期，这部小说号称是英国最长的小说，足足有九卷，理查逊铁了心要用一种精确的历史编年的方式记录普通姑娘克拉丽莎的个人史，熬到第九卷，我们被告知这样一个前无古人的时间细节，她死于：

九月七日星期四下午六时四十分。

万古长夜、混沌时空中，一个虚构角色的死亡第一次被精确的时间打捞起来，被赋予了真实的触感与个体性的存在之息。所以，个人主义色彩强烈的"现实感"首先带来了近代文学中细节的增殖与变化。

此外，我还想补充一个有趣的发现：近代文学中时间的精确性让人们讲述历史的尺度缩水了。史诗这种听起来最具有历史厚重感的文学体裁，其实是最习惯于架空时间度量衡的，而近代小说中，现实感逐渐等同于当代感，越是当下的故事，人们就越觉得"真"，相反，哪怕讲述一百年前的故事，人们的第一反应也是：嘿，又开始编故事了。这也导致那些具有"史诗"味道的小说的时间跨度变得越来越短，19世纪末还涌现出不少讲述三代人生活变迁或者家族史的作品，像《布登勃洛克一家》《卢贡－马卡尔家族》等等，但现代文学已经偏向于讲述一个人生命的某个片段。继而，讲述历史的起点变得无比清晰，而且逐渐后移，就拿大家更熟悉的中国文艺作品来说，《大宅门》是从晚清讲起的，《人世间》是从"文革"讲起的，而东北作家群的创作是从 20 世纪 90 年代下岗潮讲起的，对出生在千禧年以后的年轻人来说，下岗潮很快也会变成一种遥远模糊的史诗式记忆，对"95后"的年轻人来说，"二战"简直像几个世纪前的事情了。

精确真实的时间反而让人们的记忆尺度缩短了。

2

在一个最荒诞不经的故事中，笛福却用一个最毫不起眼的细节说服了我。

就像 18、19 世纪的很多英国作家那样，笛福也喜欢捣鼓鬼故事。短篇小说《维尔夫人显灵》中，维尔夫人突然拜访了老友巴格瑞伍夫人，二人一起读书谈天，聊到死亡与友情，然后，维尔夫人就辞别了。后来，巴格瑞伍夫人才发现，维尔夫人早在来拜访她之前就去世了，那么来的这一位，只可能是维尔夫人显灵的鬼魂。据说，这是英国文学里最早的鬼故事，总归显得难以置信，然而，笛福提到了一个细节，他说两位夫人在谈天时，巴格瑞伍夫人多次握住维尔夫人的衣袖，因为她感觉维尔夫人像是要昏厥过去了。为了转移她的情绪，巴格瑞伍夫人还评论了她的衣服：

> 维尔夫人告诉她这是精炼丝材质，是刚刚做好的
> 衣服。

这个细节何其有魅力！

它传递出一种女性之间的亲密感，女人比起男人更倾向于通过互诉秘密或者评价彼此的衣服外观来拉近距离，你也许在聊天时会注意到女性同伴衣服上的油渍，或者在谈话时很自然地拈去她身上的一根头发。所以，当笛福笔下的女人们品评着衣服的材质，聊起新做的服饰这些话题时，读者会突然忘记这是一个鬼故事，两位女士似乎置身在一个温馨亲密的午后家宅中，有一搭没一搭闲聊着。这个场景不仅在奥斯丁之后的无数英国小说家的笔下出现过，也在现实中女人们不经意的闲聊中出现过。更为关键的是，精炼丝（scoured silk）几乎没有在此前的文学作品中留下过痕迹，我只在一本出版于 1877 年的《化学工艺手册》（*A Handbook of Chemical Technology*）里找到了关于精炼丝较为详细的制作说明。这是一种去除羊毛纤维表面的胶装涂层的化学工艺，经过精炼处理的织物会变得柔软、富有韧性与光泽，工业革命之后的技术发展大大提升了精炼的技术，染色船、绞车、卷染机和漂煮锅都是需要用到的器械。也就是说，精炼丝是近代生活的产物。

我推测，在这篇鬼故事里，笛福是有意识地使用了"精

炼丝"这个词，作为一名曾经的袜商，笛福对布料的材质与历史都很熟悉，他习惯于将纺织品紧密地编织到他的小说中，所以，在鲁滨孙的荒岛上出现了"金属线"，而在《摩尔·弗兰德斯》中，出现了大量的"荷兰布"——只有在 17 世纪海上贸易发达之后，荷兰布才会大规模地出现在英国本土，这些物质细节都清晰地标记着他写作的时代性。可以肯定，一位作家在进行物质细节选取的时候，肯定会受到自己所处时代的影响：莎士比亚笔下不会出现电脑，就像菲利普·罗斯笔下不会出现铜枪一样，词语的选择与时代的物质供给常常会形成难以打破的闭环——某个物品就应该待在某个年代！直到现在，我身边进行旧体诗创作的朋友们都会刻意回避现代世界的诸多物质，他们所选择的意象与词汇长久地封存在古代世界，一首七律或者绝句中若出现星巴克、高铁以及微信，好像也不对味了。一些国外的研究者依靠计算机模型提取和分析了五万多本小说中跟时间相关的语言要素后也发现，20 世纪以来的小说中，夜里发生的事件明显变多了，这是因为电力与照明更普遍地进入了人们的生活。一个时代的物质与技术总是以各种各样的表征进入它的文化作品。

笛福笔下的精炼丝因此变得意味深长起来，它提示着我们近代作家在追求真实性时所依据的，是现代工业革命之后空前繁荣的物质文明：越来越多的商品被制作出来，文学作者也越来越变成了商品拜物教的信徒，从前史诗中只能耽于空想的大量物质符号，在机器的轰鸣中，成了真、落了地。

不过，追溯物质的历史起源可能会制造小麻烦。

读一部小说而已，我们真的需要追根溯源的历史化理解吗？不知道历史难道就无法破解细节的秘密吗？说白了，精炼丝已经变成了书面文字，就像夏洛蒂·勃朗特《简·爱》中的红木床或者是盖斯凯尔夫人《玛丽·巴顿》中的蓝白格纹窗帘一样，都属于它们被制作的年代，也都像琥珀中的昆虫一样被文字与书页包裹起来了，别说我们这些跨国跨时代的中国读者，就连那个时代的读者，也未必能准确地剖取出这些物质的历史起源与脉络——红木床和加勒比海地区的殖民经济有关，而蓝白格纹的窗帘则编织着英国北方纺织业的进程。也许，近代以来的小说细节，暗示着读者另外的可能：把细节背后的历史当成一块背景板，别那么较真，它的作用就是在我们看到以后，说一句：嗨，这样啊，反正是在这个时期发生的故事呗。

去历史化的写法和读法让细节变得轻盈无比，近代社会制造业与工业的发达又为细节提供了无穷无尽的支撑材料。小说中围绕着大量物质展开的细节不过是现实中消费社会海量商品的苍白投影。笛福之后的现实主义小说中，密集的物质细节令小说的体积膨胀、臃肿起来。细节进入了自我繁殖，读者的厌烦和困倦也就同步发生了。猜猜看，有多少人能逐字逐句读完雨果在《巴黎圣母院》中描写圣母院建筑整整一章的文字呢？比起菲尔丁在《汤姆·琼斯》中描写哥特建筑的六个自然段（这是小说史上对哥特式建筑的第一次描述），雨果的书写纵有千般深意，还是长得令人打哈欠，更多的读者焦心于那位大主教和吉卜赛女郎之间究竟发生了什么样的爱恨情仇，然而，第一部第三卷的细节铺陈就像实体建筑物一样，挡在了大家追逐情节的路上。在繁殖细节方面，狄更斯和巴尔扎克也不遑多让，《董贝父子》中，狄更斯描述了董贝父子公司所在辖区的街景和某座雕像主人店铺里的杂货：

> 拐角处巍然挺立着华丽的东印度公司巨厦，它的巨宝使人浮想联翩，有贵重的织品和宝石，有老虎、大象和象轿、水烟筒、雨伞、棕榈树、轿子，还有衣着华丽的棕色皮肤的王子悠闲地坐在地毯上，穿着脚尖部分向上翘起的便鞋。附近，随处可以望见船只扬帆驶向世界各地的景象，货栈在半小时之内就可以为整装待发的人准备齐全，去往各方；木制的小小的海军候补生穿着过时的海军制服，永远不动地站在航海仪器制造商的店门口，观察着来来往往的出租马车。
>
> ……
>
> 这位老先生店铺里的货物不少，有航海表、晴雨计、望远镜、指南针、航海图、地图、六分仪、象限仪，以及用于确定航线、计算航程和发现情况的各类仪器。铜器和玻璃器皿放在抽屉里和架子上，只有知其内情的人才能发现这些物品，猜出它们的用途，或者在看过一遍之后，第二次可以无须帮助放回它们的红木巢穴。每一件东西都紧紧地塞在盒子或箱子里，放在最狭窄的角落里，挡在最不招眼的垫子后面，压进最细小的暗角里，

为的是使它们沉思冥想的宁静不会受到海波的侵扰。

（王僩中 译）

我真好奇，哪怕是上面这两段引文，又有多少习惯了现代速度的读者能认真读完？

其实，读者完全不必为"扫了几眼"而羞愧，因为19世纪现实主义小说中的海量物质细节让我们学会了不读之读，或者跳读，让我们的眼睛学会了挑选和掠过，无论是晴雨计、地图，还是雨伞、水烟筒，它们的作用是填满空白画布的角落，但不必计较是不是都有什么隐喻。它们成为罗兰·巴特所谓的"真实幻觉"（reality effect）——一种"我是真的，但你可以不必深究"的幻觉。本来，细节的出现让原本平滑的文本变得充满孔洞、凹凸不平，读者可以在钻进钻出、上下颠簸中享受解谜的快乐，但是，过量的细节又让文本的表面涂了一层油，眼睛不那么细致地滑过去，也能读。面对一部充斥着大量物质细节的19世纪小说，你就像面对一个精美的橱柜、奇珍柜或者博物柜——如果恰好你有收藏杯子、盘子、书籍、手办、盲盒的习惯，你一定理解打开橱柜门之后扑面而来的喜悦。别忘了，从左拉的《娜娜》到巴尔扎克的《驴皮记》再到狄更斯的《我们共同的朋友》，集市、橱窗、货仓、商铺与古董店里密集的展览物，都得到了惊人的描写，那里面飘荡出同一股芳香。那是物质陶醉的味道。现代人厌倦了这群老先生的喋喋不休时，也许又该心怀感激，只有这个时代的作家为读者带来了如此之多的物质细节，它们比任何其他年代的作品都更能逼真地进入当时社会与生活的褶皱。

这是小说最接近历史、档案、卷宗乃至物质本身的年代。

3

17 世纪的荷兰画家赫里特·道（Gerrit Dou）画了一幅《纺纱者的祈祷》。画面中，年老的纺纱女坐在家中，双手支在小圆桌上祈祷，她背后的窗口敞开着，温暖的光线穿过窗外的枝叶，从窗口泻入，洒在了纺纱女的脊背、桌上的食物以及地面的金属器皿上。赫里特·道本并不算什么有名的画家，这幅普普通通的画也很可能会被淹没在艺术长河中，但是，两百年后，一位作家看到了它，将其打捞起来，转换成了自己小说中的场景。乔治·艾略特在《亚当·比德》著名的第十七章这样写道：

> 我会毫不迟疑地舍弃天上的天使和地上的先知，抛却神秘的女巫和英勇的武士，去关注一位俯身在花盆上或独自进午餐的老太婆，午后的阳光透过层层的树叶，柔柔和和地洒落下来，洒在她的帽子上，洒在她手纺车的边缘，洒在她的壶上，洒在其他一些普通、廉价却又是她生活中不可或缺的器物之上。

（傅敬民 译）

艾略特迷恋静物画，尤其是荷兰小画派的风格（这个画派恰恰是古典主义最鄙视的流派），所有被崇高风格所鄙夷的琐碎细节，都在荷兰小画派中重新获得了敬意。她的小说在细节设置上追求一种静物画之感，她要让我们看到画面而不是文字。所以，在《亚当·比德》或者《弗洛斯河上的磨坊》中，细节变成了一种对眼力的固定乃至夸张，我们有时候分不清是在读小说还是读图，读者会看到"用干活磨粗糙的手擦洗胡萝卜的老妇人，在昏暗的小酒馆里休憩的粗笨的乡下人"，看到"那些有着宽广的脊背、呆滞而又饱经风霜的脸庞挥锹干粗活儿的人"以及"那些有着锡铁制锅、褐色水罐、毛茸茸的杂种狗以及一堆堆洋葱的家庭"，甚至不用读内容，仅仅是翻开《亚当·比德》的目录，我们就会发现很多章节的标题简直像一本风俗画的目录！

乡间作坊

霍尔农场

制奶酪场

亚当家中

林中夕阳

两间闺房

教堂礼拜

盛大舞会

……

艾略特是那个时代讲故事的高手，但是这些章节的标题流露出一种非常我行我素的倾向：她显得很自信——似乎是在说"我才不想用什么戏剧化的暗示来招揽读者呢"——标题只是静静地待在那里，如同一幅幅画，等待着读者眼睛的翻检与凝视。别忘了，《维莱特》中的信件是通过"视网膜"看到的，而19世纪至今的读者们已经习惯了用眼睛挑选和略读——人与物质相遇的方式是观看：19世纪的文学中，与极具个性与真实性的人物匹配出现的，是一个令人眼花缭乱的物质世界，这些人物向令人兴奋的商品洪流投去了一瞥，目光炯炯。没错，有丰富的物质还不够，必须通过明察秋毫的眼力还原它们，才足以让细节栩栩如生，所以，若是要评价19世纪的某位作家优秀与否，还得加上一个条件：有着对视觉的信仰以及足够敏锐的视力，否则，那些独具特色的细节就无法被拣选而出。

对画面与视觉的迷恋可能是19世纪留给现代人最大的遗产，当现代人沉迷于短视频、电脑游戏与虚拟现实眼镜时，可能并不知道，我们两百年前的先人们也沉迷于镜子、万花筒、全景图、舞台剧、马戏团、博览会和畸形表演乃至眼科医学。18世纪以来，至少有三位杰出的视觉研究者因为盯着太阳观看而造成了永久失明，可是他们带来的光学技术却让19世纪的视觉化的细节描述有了可能——还是在勃朗特的《维莱特》中，露西甚至为"看"赋予了疼痛感，她说自己被"看"得刺痛和心碎："她的眼睛像钢针一样用坚硬的射线擦着我。"——"坚硬的射线"原文是 steel stylet，直译过来也可以说是铁探针。在什么情况下，眼睛会遭遇铁探针呢？做眼科手术时。19世纪的外科器械目录中提到的细探针有不同的叫法，其中就包括stylet，这种细细的探针会进入我们的眼睛，处理泪道瘘管（也就是眼泪流出的那个小洞）的一些病变。这个画面，光是想一想，就令人不寒而栗，对患有近视但又拒绝治疗的勃朗特来说，这肯定也是她从自己的身体情况出发所能想到的最恐怖的折磨。无论如何，与视觉有关的意象还是被勃朗特纳入对观察、痛苦与恐惧的表达之中。

相比之下，古代人可能更习惯于触觉。《圣经》中的人们相信，耶稣的"神圣触摸"具有巨大的疗愈作用，耶稣对麻风病人的治疗并不通过医药，而是通过轻轻的拍击；荷马也迷恋肉体接触带来的情感抚慰，当阿基琉斯与阿伽门农争辩过后，他流着眼泪坐在海岸边，伸出手向母亲祈祷，这时，母亲"拍拍他，呼唤他的名字"，微小温柔的触觉放大了母亲的庇护之感。但是，享受过视觉快感的19世纪作家可没那么容易被满足了，他们渴望自己用笔建造的物质世界被"看"到。狄更斯在给福斯特的信中形容自己的创作："我没有发明（invent）什么，我只是看到（see）了，并且写下来"；而在1854年的一封信中，萨克雷不失幽默地评价为其作品《纽科姆一家》制作插图的道里说："道里应该感谢他把蚀刻用的钢尖笔握在手里的那一天，他做到了我所无法企及的优美与轻松"——插一句，在成为成熟的小说家之前，萨克雷也为狄更斯画过插图，为小说制作插图也是在这个时期流行起来的。

绘制小说细节而非写作小说细节，成了 19 世纪的欧陆小说家们的当行本色。

正因为这样，每次重读《双城记》的时候，我都会想到狄更斯那双冷静又敏锐的眼睛，他的眼睛具有记忆力与洞察力，足够他像照相机一样捕捉物质的轮廓与本质。小说中，当他写贵族坐在自己的旅行马车里到乡下的场景时，会不会也想到了马车车厢如同走马灯的观赏屏幕或者相机的镜头呢？ 19 世纪的马车顶部甚至会装有透镜，当车窗上的百叶窗完全拉上时，它们就成了带轮子的隐形照相机。这样一来，老爷下乡这个细节就非常值得玩味了，坐在被夕阳染红的华丽车厢里，他看到外面：

那一片山野的景象仍然依稀可辨。山脚下，有一个小小的村落，村后是一抹绵亘起伏的丘陵、一座钟楼高耸的教堂、一处风磨磨坊、一片狩猎的森林，还有一堵陡峭的崖壁，悬崖上屹立着一座用作监狱的城堡。在苍茫的暮色中，侯爵带着一种临近家门的神色，打量着四周这些逐渐模糊的景物。小村子里有一条破败的街道，街上有一间破败的酒坊、一个破败的硝皮作坊、一家破败的酒店、一处破败的驿站、一眼破败的泉水。一切的一切，全都那么破烂寒酸。这儿的人也一样，一个个都寒酸潦倒。不少人坐在家门口，正在剥着干瘪的洋葱之类，算是在准备晚饭，还有许多人在泉水边洗着树叶、野菜以及地上长的其他可以果腹的东西。

（宋兆霖 译）

车厢的窗子就像取景框，把穷人的一切匮乏、萧条与破败全都收入画中，观看者因为画框的存在，并不会产生情感波动或者怜悯之情，因为画框预设了虚构，也就是眼前所看到的东西都不是真的，它提供了一种具有娱乐效果的、安全的距离。就好像你在看恐怖片的时候，实际上是在享受着一种安全的刺激，画面里的黑发女鬼绝不会爬出屏幕来吓唬你，而《双城记》中"取景框"外的穷人绝不会爬进来弄脏老爷的手套。画框既是敞开，也是隔绝，既是真实，也是虚假，从始至终，老爷都只看到了一些"模糊"的景物。狄更斯用一个与视觉关系密切的车窗细节，冷酷地打造出两个彼此相邻却永不相关的世界。

就这样，个人主义化的现实意识、商品经济与视觉迷恋，构成了 19 世纪文学中细节膨胀的三块压舱石。

4

是时候请回我们的收藏家与预言家了。

其实，收藏家一直徘徊于那些精美的集市、橱窗后与古董店里，发达的商品经济为他们招魂。他们穷极了眼睛与物质的可能，却也限定了读者解读的范围。欧陆作家们履行着收藏家的职责，除了无意识的炫耀，也许还包藏着一颗对读者的教导之心——左拉对每个人物都会进行身高测量，为了确定一个角色的遗产和债务，他还会去银行查阅具体的户头账目，而艾略特写到一条"素淡的衣衫"时，用长达数页的篇幅对其精雕细刻，确保读者不会想歪，所有关于这条连衣裙的联想都基本上被"锁死"了：它反映出的主人的历史、身份、性格乃至信仰教派。在这些沉迷于陈述性细节的作家笔下，角色还没有舒展四肢、活动一下，就已经像标本那样被大头钉静态地钉在书页上了，他们保持着一种标本般的真实感。读者呢，照单全收就行，就此而言，从荷马到艾略特，作家们的初心倒也没变过。但是，19世纪的俄罗斯作家绝对不会这么做，当同时代的欧陆作家在"现实感"的指引下变得越来越笨重僵化时，他们却飘然而去，化身为超逸的预言家。在那些最富有暗示性与表现力的细节中，俄罗斯作家展现出对完美艺术更为自觉的追求。

比起艾略特长篇累牍的"素淡的衣衫"，俄国作家冈察洛夫只淡淡地写了一笔"睡衣"。

《奥勃洛莫夫》中，冈察洛夫打算塑造一个慵懒委顿的主角，知道有很多事等着自己去做，却始终躺在沙发上不肯起来。如果我们为文学的写作设定一些极限，比如，只能选取一个细节表现某人的慵懒和无所事事，你会怎么写呢？当我在课堂上抛出这个问题时，学生们提到了身上的气味、踩踏的拖鞋跟，还有疏于打理、满是褶皱的衬衫，最后的这个描述其实已经很接近冈察洛夫小说中的设定了——因为冈察洛夫选择的是：睡衣，而且是带有褶皱的睡衣。在整部小说中，他只写过两次睡衣，但睡衣与其主人之间的关系足够有机、自然和亲密，因而显得四两拨千斤。他让我们的主角奥勃洛莫夫一出场就散发着游移与无忧无虑的气息，他的脸、他的眼睛、他额头的皱纹，都只是被一笔带过，接下来，只有这么一句：

> 这种无忧无虑的神采从脸上转移到整个身体的姿态上，甚至在睡衣的皱褶里。

（李辉凡 译）

带有皱褶的睡衣说出了多少秘密啊。它的主人肯定懒得出门，总是穿这件衣服，它的主人也许还懒得浆洗与打理这件衣服，天长日久，衣服变成了皮肤，与人合二为一。主人的精神中也一定编织了睡衣的倦意、怠惰甚至睡眠所代表的本能。这件起皱的睡衣象征性地把整个故事统筹起来，极具代表性地把主人公的内在精神世界、他生命的过往与未来全部具象化了。它看起来像一个喜剧元素，但始终伴随着无所作为的、荒废蹉跎的人生悲剧。细节是私密地表现作家评价的地方，也是留待有心的读者读取并发散的地方，冈察洛夫的睡袍，因为年深日久，成为其主人性格的延伸或者浓缩。

在预言家一击必中的细节选择中，简洁与集中成了最高美学，故而托尔斯泰在谈到契诃夫时说道："每一个细节要么是必要的，要么是美丽的。"契诃夫自己也说："没有细节，事物就无法生存。"在细节的美学与暗示性方面，契诃夫作为预言家是当之无愧、无出其右的。

在他的每篇小说中，几乎都有一个高浓度的细节，凝缩着人物的情感世界、性格特征或者具体处境——《渴睡》中，做女佣的女孩陷入了极度渴睡，我们在日常生活里最多只会说"啊，我困得要死"，但契诃夫为这种合逻辑的感受加了一层反逻辑的表达，女孩被要求刷一双雨鞋，她竟然觉得"要是能把自己的头伸进这双又大又深的雨鞋里，略微睡上一会儿……"。靴筒那么小，脑袋那么大，怎么可能钻得进去呢？然而，靴子是女孩唾手可得的，又深又黑的靴筒则是唯一能与子宫、洞穴、幽暗的卧室或蒙头盖被产生联系的东西。反逻辑的细节，以最大的强度呈现了女孩的瞌睡。而在《冷血》中，列车停运，牛贩子的牛被耽搁在铁路上，他万分担心地去火车站的办公室里打听消息，透过他的眼睛，契诃夫简洁地勾勒出几个房间里的场景：一个房间里躺着穿列车员制服的人，一个房间里有一架电报机、一盏绿罩子灯，另一个不大的房间，"倒有一半给黑色的食器橱占去了"。这寥寥几笔里有没有什么秘密？如果我们把自己代入这个焦急的牛贩子，看到眼前的场景，会生出什么样的感受呢？我们大概会气急败坏或者怒火攻心地暗骂：人呢？怎么一个管事的都没有？都吃白饭去啦！我觉得，这正是契诃夫要诱使我们做出的猜想，闲置的电报机与躺着的工作人员都表明火车站人员工作效率低下，懈怠于处理目前的状况，而那只占去了大半个屋子的"食器橱"，更生动地表明了工作人员的生活大半围绕着吃展开，饱食终日，无所用心。在这些时刻，物质的、动态的、心理的细节，都可以成为一个灵魂或者一种状态的"索引"，甚至不留痕迹地取代它们。

欧陆文学盛产收藏家，大概因为它的历史太沉重，现实抱负又太强，相比之下，19世纪的美国或者俄国作家，则能在神学或者超验主义的指引下甩脱过载的历史负重以及繁密的细节。也就是说，哪怕仅仅用细节作为透视点，也可以完美地呈现出两种小说传统之间的对立——欧陆的小说传统喜欢把小说当成社会批判，文学因而变得质地密实，厚重深广，但俄国与美国的小说传统喜欢将小说视为哲学故事、黑色神话或者信仰与救赎的探索，因而哪怕在他们最为厚重的作品中，也飘逸出一股超越的、极致的气息。当前者关注人类存在的客观世界的属性时，后者却掉转枪头，观察起物质世界背后人的灵魂的存在状态，这使得他们对细节极度珍视，又极度克制，毕竟，如果放任物质挤满人类的空间，灵魂就无法拥有广阔的生命感，难以自如地呼吸。这倒不是说俄国或者美国作家不会写描述性细节，但哪怕在罗列物质时，他们仍然希望获得一种隐喻性的暗示，预言家始终主导着收藏家。

来看果戈理的例子，《死魂灵》中，他是怎样呈现主人公房间的呢？

在一张桌子上甚至搁着一把断了腿的椅子，旁边是一座停摆的钟，钟摆上已经结了蛛网。也就在那儿，靠墙放着一口橱，里面有老式的银器、长颈玻璃酒瓶和中国瓷器。写字台原是镶嵌螺钿的，现在好多处螺钿已经剥落，只剩下几条填过胶的淡黄的槽痕，台上放的东西五花八门：一叠字迹密的小纸片，上面压着一块有卵形把手的、颜色已经发绿的大理石镇纸，一本红色书脊皮封面的古旧的书，一只整个儿干瘪得不比榛果大的柠檬，一段圈手椅上的断把手，一杯不知是什么名堂的饮料，里面浮着三只苍蝇，上面盖着一页信，一小段火漆，还有一小片不知打哪儿拣来的破烂布头，两支蘸过墨水的、干得活像害痨病的鹅毛笔，一根完全发了黄的、可能还是法国人入侵莫斯科之前主人剔过牙齿的牙签。

（满涛、许庆道 译）

具有暗示性的细节有着强大的解释性，哪怕我们没读过这部小说，也可以通过上面这些描述性的细节看到某种启示，乍看一眼，上述所有内容都在讲一件事：抠门！然而，若是只写抠门，挑选一两样来写也是够的，比如那些舍不得扔的干瘪柠檬，或者断了腿的椅子，为什么果戈理还要像巴尔扎克或者狄更斯那样大写特写呢？因为此人的抠门并不是因为穷困而生出的节俭，他还有第二个特征需要被交代：他并不穷，甚至颇为富有，所以才会被各种物质所包围，毕竟，穷人的生活里，可不会出现中国瓷器、大理石镇纸、火漆之类的东西。除此之外，这些细节还在吐露什么信息？它们均匀地散发出一种僵死的霉味儿，失去了新鲜之感。果戈理似乎很喜欢用不新鲜的东西来透视人的灵魂，在《旧式地主》中，他让地主夫妇热衷于把食物"熬呀、腌呀、晒呀"，反正就不吃新鲜食物——这些细节都透露出人内在的枯萎，失去对鲜活生活的把握能力。所以，在《死魂灵》中，第三个可以推断出的信息就是主人公的灵魂萎缩，物质的霉味儿则是灵魂萎缩的外化，他对自己与他人的生死都是漠不关心的，所有的生命在其眼里，都是可以兑换成钱财的工具而已。这样一来，他的性格就被三位一体地构建了起来，他是个不差钱的抠门鬼，也就是守财奴，对充满活力的生活退避三舍，这一性格既对应着小说的标题"死魂灵"，又对应上了他买卖农奴死亡人头数的罪行。

在 19 世纪的俄国作家笔下，预言家的暗示性细节发展出了空前的艺术水准，这也决定了，在下一个百年，人们更愿意成为预言家的嫡长子而非收藏家的遗腹子。

5

我的女儿发烧后被诊断出感染了"副流感 3 型病毒"，我从来没听过这个词，于是开始在搜索引擎里疯狂了解这种病毒，秉持着一种不必要的科学精神，我想知道它与流感的关系、它的分型、它的临床症状（并和我女儿的症状比对）以及治疗途径。仿佛我知道得越多，了解得越详细，就越有一种掌控感，细节帮我不至于在闻所未闻的病毒名词之前惊慌失措。对细节的追求就是对确定性的追求，而确定性是使人自我平静和稳定的手段。

如果我们认同这一点，那么回望19世纪现实主义、自然主义中此起彼伏的收藏家的身影，大概也会相信他们对细节迫切、一丝不苟的关注不仅是将想象力的工作简化为对细节观察的微观检验，甚至本身就具有治疗作用，是一种使自我平静和稳定的手段。在这个从古典猝不及防转入现代的年代，剧烈的社会波动使得人心惶惶，巴尔扎克笔下的人物同时经历着破产与发家，就像狄更斯或者布雷登夫人笔下的人物同时经历着等级的跃迁与地位的衰落，紧紧握住那些确定之物，仿佛在汪洋之中登上了一块陆地。不过，细节大师福楼拜的例子也许最有说服力，福楼拜自21岁起，就患上了一种精神疾病（他自称"脑系疾病"），现在看来似乎是癫痫一类，动辄就会出现抽搐和幻觉，寻遍医生后，福楼拜觉得只能"自救"，靠什么自救呢？忍耐与写作。他无数次地宣称对"物"或"物质"的迷恋，因为稳定无比的物质正是幻觉、抽搐与迷狂的反面，所以，用写作精雕细刻每一件物品的细节，成为他稳定自我情绪的良方。

然而，精雕细刻的稳定本身就暗含着危机。进入20世纪，人类经验的复杂性呈几何倍数增加，小说家们所利用的想象秩序变得庞大又破碎，凭借一己之力写尽一个"全景式"的社会变得不再可能。所以，这个时代不会再有歌德的《浮士德》或者巴尔扎克的《人间喜剧》，也不会有人物像拉斯蒂涅克一样站在一座巨大的城市面前试图与之决斗，最后一部全景式的作品可能是乔伊斯的《尤利西斯》，然而，哪怕是这样一部巨作，其描述性的细节与真实的现代生活相比，也还是微不足道。同时，小说发现自己身边出现了强有力的竞争对手——新闻与非虚构写作，它们以更有说服力、通俗性和真实感的方式刺激着读者的味蕾，相形之下，文学中令人眼花缭乱的描述性细节只会让人觉得"又长又假"。所以，人们常常认为描述性细节的衰颓伴随着现实主义文学的退场，但是从更为广阔的时代意义上来说，或许也因为人类发现在颠簸不定的现代社会中，没有什么东西是逻辑的，也没有什么是确定不变的，一切坚固的东西都烟消云散了。通过摄影术一般的精确来描写和固定物质生活的细节，不过是我们对稳定生活的一种希望，或者说，虚妄。

正因为如此，伍尔夫才会在著名的散文《贝内特先生与布朗夫人》中批评专注于陈述性细节描写的作家只会去关注"车厢里的装饰物与壁毯"，却对人与生活视而不见；法国诗人布勒东则在 1924 年首次发表的《超现实主义宣言》中揶揄陀思妥耶夫斯基笔下的房间描写是"陈词滥调"，不过"是一些画册的重叠画"，他语气骄傲地谈道："我是不会走进他那间房子的……"总而言之，20 世纪的作家普遍意识到，精雕细刻的陈述性细节背后是对"什么是真实？""什么是生活？""什么是确定性？""什么是人性？"等一系列问题的虚饰与假定。

所以，20 世纪的文学中，最为明显的特点就是纯粹描述性细节的退场（小说也变得更短了）。

对速度的追求使得现代人没有耐心再读三页关于长裙的描写了，对一个人脸上疣子的形状或者虹膜颜色的精细描绘也减少了，很多时候，小说中的角色可以没有脸庞，没有衣着，甚至没有具体的名字就登场，比如卡夫卡笔下的 K.，角色们甩去赘肉，穿上了亨利·詹姆斯所谓的"紧身衣"；对不确定生活的接受，已经让这些看起来坚如磐石的细节罗列虚如云烟。罗兰·巴特之所以在 20 世纪 60 年代向 19 世纪的小说细节发出诘问，认为如此之多的细节不过是"真实幻觉"，正因为他是一个已经接受了现代生活实乃汪洋之舟的假定的现代人。总体而言，从 20 世纪开始，人们对"真实"的理解从外部转向了内部，人的精神被安置在天地世界的中央，文学的目标也更新为对精神世界折射或者扭曲的世界的描写。因此，扎根于物质世界的细节退潮，相比之下，隐喻性细节所具有的不确定之感与现代生活的流动性高度吻合，所以，预言家可能自己都没想到会在 20 世纪的文学中获得深耕。

其实，对隐喻的迷恋可能根本就是深植于我们心中的本能，不独文学家或者哲学家，连脑科学学者和生物学家也加入了讨论的队伍。一些科学家相信，隐喻是用来"组织"我们的思想的：一个概念提供了一个筛子或者过滤器，通过这个筛子来看待第二个概念，从而使某些特征比其他特征更突出，就好像我说某个企业是"狼性文化"，那么，我就把这个企业的其他细节特征忽视和过滤了，只突出其残酷竞争的一面。自从乔治·莱考夫的《我们赖以生存的隐喻》出版后，他几乎变成了生活与语言本身即隐喻的大祭司，他同样强调，隐喻并非语言的饰物，而是思想的重要组成部分。精神生活始于一些非隐喻的经验，也就是那些被植入我们机体内并与外界物质世界打交道的感觉、行动和情感。莱考夫是乔姆斯基的高徒，本身从事的是语义学和认知语言学的研究，但是，我觉得他几乎就是在解释文学中暗示性细节的本质：它们来自波动不安的经验，经由人们感觉、意志与情感的处理，最后套上伪装的壳，躺在文本深处，而它们也不总是镶嵌于行文中的装饰马赛克，它们望向了那些更高处的精神生活。在这个过程中，除了根植经验的隐喻，推理、逻辑公式、客观规律都不再是人类思想活动的必然条件。

这样一来，文学的隐喻与生活的隐喻之间就产生了前所未有的、最大强度的对称关系。

很多时候，理解生活成为我们理解文学细节的唯一法门。当然，理解生活可能是更难做到的事情，绝大多数时刻，人们只是无意识地活着，一个猛子扎入生活之流的深处，任其推动和摆弄自己的四肢体态，但从来意识不到需要爬到岸边，作为局外人来旁观这条河。克尔凯郭尔在《恐惧与战栗》中说得残酷又直白："在某些情况下，很多人——也许是绝大部分人——能够在对自己的生活毫无真正意识与洞察的情况下生活。"克尔凯郭尔描述了那种生活就在眼前，我们过着，但是我们感觉不到它的状态。这就导致人们对生活本身暗含的隐喻是冷漠的。与之相反，什克洛夫斯基在研究了托尔斯泰 1897 年的一篇日记后感到震惊。在这篇日记里，托尔斯泰写道，他不记得自己是否给沙发掸过灰尘，他对习惯耗费了他如此多的有意识生活感到震惊，如果许多人的整个复杂生活都是在无意识中流逝的，那么这种生活就好像从未存在过一样，"于是，生活消失了，化为乌有。自动化吞噬了一切，衣服、家具、妻子和对战争的恐惧"。托尔斯泰发誓不因习惯性的意识丧失而失去生命，而什克洛夫斯基则将艺术定义为一种过程，即重新唤醒我们对已知事物的感知，也就是我们熟悉的"陌生化"。国内的文学理论常常把"陌生化"当成一种漠然的技术手段来讨论，但所有伟大的理论与伟大的作品一样，都深切回应着关乎存在的痛苦之诘。陌生化意味着我们需要对自己熟悉的生活以及描述这种生活的方式感到异样和不熟悉——加缪也曾谈到《局外人》的缘起，就是一个人如何对他自己熟悉的生活突然陌生了起来——然后破坏这种熟悉感，从而更新我们感知的能力，让它变得清晰起来，这一切，是要以摧毁过去的习惯、过去的艺术乃至过去的生活为代价的。

所以，我常常觉得，一个对生活无知无觉的作家，可能很难捕捉生活里的细节并将其浇筑到小说之中。我在读马来西亚作家黎紫书的《流俗地》时，对一个微不足道的细节震惊不已，那是一群成人围着一个三个月的婴儿逗弄，"嗫口学童音"的样子。震惊是因为，我绝对做过这个动作，但从没有意识到我做过，只有好的作家能够将动作剥离出个体，像水油分离一样让我们反观动作本身，黎紫书就有这样的眼力。同样，如果是一个对生活无知无觉的读者，也会觉得小说所描述的一切对他来说都过于习以为常，他可能意识不到自己面对的并不是文学，或者不单纯是文学，而是一个人所困惑乃至不满的现实生活。20世纪以后的现代生活以其复杂性，对读者和作者都提出了更深重与更严峻的道德挑战，没有什么一以贯之的律令可以始终依靠了，如何在压倒性的全民娱乐、道德收紧、意见审查、庸见包裹与政治正确中保卫自己，成了一个人真正的课题。在古典主义的时代，细节一度代表着民主，而在当代，细节代表着自我。没有将自己或者文学"陌生化"的能力，所有预言家的细节都会恭顺地镶嵌在文本深处，自动流远。

还是让我赶快举一个例子，来说明20世纪小说中隐喻性细节背后所召唤的生活反思能力吧。雷蒙德·卡佛在《主意》中，刻画了一对经常宅家的夫妇。他们的生活里只有两件事：不停地吃喝，然后偷窥邻居的动态。我想邀请读者重点看看卡佛摆在这对夫妇桌上的饭菜：

> 我把面包和午餐肉放到桌子上，又打开一个汤罐头。我取出些饼干和花生酱、冷肉馍、酸黄瓜、腌橄榄和土豆片。我把东西都放在了桌子上。我又想到了苹果派。
>
> （小二　译）

必须回到生活的现场，我们才能理解这个关于食物的细节。面对着这么一堆食物，你作何感想？在什么情况下，你会吃它们？或者说，你会长期吃它们吗？这些食物呈现出共性：它们都是腌制的、不新鲜的预制品，口感也偏重口，有大量的盐与糖，它们的颜色也都显得黯淡，棕色、深绿色、暗黄色，至于温度，它们都是冷的。卡佛是果戈理的继承人，他们都在食物中发现了关于生活的秘密。这对夫妇所选择的食物就像他们的生活一样乏味无聊，缺乏温度，只能用偷窥或者重口味激活对生活的感受，就像他们只能偷窥邻居的做爱来满足自己性无能的婚姻生活。小说本身永远是用极端的细节或者情节来进行隐喻的，它会把我们日常生活里的状态推向更极致并且能构成小说的地方。所以，如果现实中，有人过着类似的生活，他会习焉不察地读过去，有人旁观过类似的生活，他则会不寒而栗——我的学生在读《包法利夫人》中艾玛厌恶地看着丈夫吃饭粗俗的动作时，想起了自己曾经旁观一个同样出轨后打算离开丈夫的女人的家庭场景：早餐时分，男人把前一夜的剩饭倒在早上新煮的米线里吃。

——一切都有了解释。

这真是一个无与伦比的文学化细节，但它扎根于生活之中。

实际上，生活中有大量细节都是文学化的，或者说，细节本就在生活之中，不过文学将其进行了提纯罢了。我常常听到学生们和我聊起他们观察到的现象，比如和 AI 聊天到深夜的女孩，或者在课堂上因为无聊打开电脑，一篇篇论文麻木地看下去的男生以及将自己胖揍一顿后，在一旁沉默而满足地吸着烟的父亲……虽然我还没有在具体的作品中看到类似的描写，但我觉得生活其实就是最大的文本，一个人如果能敏锐地提取生活无意识提供的隐喻，那么，他也能顺利地破解文学作品所提供的隐喻。

6

到现在为止，我讨论的所有细节历史以及对细节的解读，都非常依赖"逻辑"。

通俗一点来说，就是这个细节总得说点什么，或者它不拒绝被我们解读出点什么含义。逻辑一度是我们理解生活与文学的标准，就像我们相信几何学从点到面的推断，理论家们也往往乐于假借逻辑感极强的数学名词为看起来飘忽不定的理论赋形，什么欲望几何学，什么道德微积分……整整二十个世纪的文学之所以能立得住，正是因为作家们总是想方设法让故事能被读懂，让言外之意能被捕捉到，或者让故事内涵的价值判断与教诲得以传达。所以，贴合常识的逻辑一度是文学的根基与命脉。在小说的细节中，逻辑常常表现为叙事的顺序：先讲 A 再讲 B，和先讲 B 再讲 A，含义就很可能截然不同。

在福楼拜的《包法利夫人》中，主人公夏尔第一次看到艾玛时，福楼拜写道：

夏尔看见她的指甲如此白净，觉得惊讶：指甲光亮，指尖细小，剪成杏仁的形状，看来比迪埃普的象牙更洁净。然而她的手并不美，也许还不够白，指节瘦得有点露骨；此外，手也显得太长，轮廓的曲线不够柔和。如果说她美丽的话，那是她的眼睛；虽然眸子是褐色的，但在睫毛衬托之下，似乎变成乌黑的了；她的目光炯炯，看起人来单刀直入，既不害羞，也不害怕。

（许渊冲 译）

如果我们为夏尔的目光勾勒一个轨迹，会发现它的顺序是指甲—指尖—手指节—眸子—睫毛—目光。这个顺序有什么含义呢？它以极其隐微的方式为我们揭示了夏尔的内心世界，甚至预示了两人未来的关系状态。他没有胆大且冒失地一上来就盯着人家姑娘眼睛看，他是小心翼翼地从下往上看的，这种谨小慎微与羞怯里有一种退让感以及敬畏感，它总是让我想到古希腊诗人萨福的那首《在我看来那人有如天神》，萨福从来没有写诗中的恋人是如何看对方的，是不是也从手指甲看起呢？但是她补充了夏尔的心理，"我只要看你一眼，就说不出一句话 / 我的舌头像断了，一股热火 / 立即在我周身流窜，我的眼睛再看不见，/ 我的耳朵也在轰鸣……"夏尔与艾玛的关系模式也正是在这一次观看的逻辑中就注定了，艾玛一定是主导者，而夏尔一定是跟从者。小说中，福楼拜很多次写到夏尔对艾玛出轨的异常毫无察觉，比如艾玛夜逃出门幽会，而夏尔面朝墙睡着了——这真是一个可疑的动作，他到底是不知还是不愿面对呢？与之相反，艾玛后来的情人罗多夫第一次看到她时，顺序颠倒了过来，福楼拜说他一眼就看到了她的整个身体线条，然后，是"脚"。在情场老手罗多夫眼里，观看的逻辑是以性的吸引力展开的，他不可能尊重她。

依靠逻辑展开的叙事顺序里包藏着情感的线索与脉络。

或者，让我们来看看契诃夫的例子。在小说《我的一生》中，出生于知识分子家庭的主角却选择了一条劳动者的路，他干的体力活让他的父亲感到很丢脸。这位父亲是个建筑师，契诃夫在介绍他画图施工的顺序时写道：

> 每逢人家来请他设计，他总是先画出大厅和会客室。如同旧日贵族女子中学的学生跳舞必得从炉子旁边跳起一样，他的艺术构思也只能以大厅和会客室做出发点，往前进展。他画好大厅和会客室以后，再画饭厅、儿童室、书房，各房间都有门通连着，结果那些房间就不免成了过道，每个房间都有两道以至三道多余的门。

这里的顺序又意味着什么？大厅和会客室是最公开的房间，它们用来招待客人，向外展示，我们去别人家做客，对房间的探索也就到此为止，跑到别人卧室里总是不礼貌的。所以，这两个房间意味着家庭的面子。父亲每次设计图纸，都从这里开始，就意味着他看重面子，看重别人对他的看法，对儿子的选择，他首先考虑的不是儿子的喜好，而是自己的面子是否保住了，一个知识分子的儿子却去做苦力活，这无疑是对他尊贵生活的讽刺。所以，契诃夫在这里写到的图纸顺序意味着这个家庭的价值排序，它直接决定了父亲对儿子的态度。接下来写到的其他房间，则向读者暗示这位父亲对别人看不到的地方，那些隐私和向内的世界，是并不在乎也不留心的。

在福楼拜或者契诃夫这些19世纪的作家这里，小说的逻辑是一个天然且先验的概念，它不需要经历怀疑就自动躺在整个小说的底部，成为奠基之石，在此之上，所有的故事都是"说得通"的、具有因果关系的。这种逻辑感，或者说对顺序的追求，本质上还是和我之前谈到的"秩序"有关，也就是说作家相信世界是有意义的，而这个有意义的世界能够被文字完整地描绘与传达。所以，整个19世纪以来的现实主义小说，都可以说是始于经验，终于倾听后的理解：一开始是作者理解了它，然后又把这种理解传递给了读者。在第一人称展开的自述故事中，细节会尤为有秩序地构成意义，只要叙述者打算将自己塑造成一个人物，那么，文本中的任何细节都可以被先后赋予揭示人物性格的功能，就好像一块吸铁石，不停地往前移动，沿途会"啪啪啪"地吸上各色金属物，让它们成为吸铁石的一部分。

在另一些时候，不合逻辑的细节同样能成为作家展开其个人逻辑书写的地方，他们要对细节进行"反其道而行之"的写法，但得出的推论仍然是能够被理解的。

比如果戈理在《鼻子》里，让面包师吃早餐的顺序是

"坐到桌子旁边，将两颗洋葱放到旁边，又把一些盐倒出来，跟着开始用刀切面包"，以色列作家奥兹觉得这个顺序有问题，就类似于我们先涂抹酱，然后再摊开饼，完全搞反了，他因而认为这个顺序上的不可能与不合逻辑实际上指向了整个小说的荒诞气息，我们接受这个动作，也就接受了小说荒诞的基调——小说中，官员的鼻子丢失了，第二天竟然藏在了面包师的面包中。也就是说，这里的细节虽然是不合逻辑的，但依然邀请读者去探查究竟，也依旧是可以做出解读的，甚至，细节处的不合逻辑从整体上规定了小说的基础风格：荒诞性。

但是，如果连对"荒诞"的描述也是诉诸逻辑的呢？

比如说，我被有关单位要求提供一张"我是我"的证明，我会说，这太荒诞了，这种不合理包含了我对大家都能理解的官僚制度缺陷的控诉。无论是我的不满，还是制度的缺陷，当它们被曲折地表达出来时，大家自然心领神会，所以，这里对"荒诞"的控诉仍然是能够被大家所理解的。说到底，荒谬就是人们"非得搞清楚"和"就是搞不清"之间的矛盾，我们总是在经历这些时刻，所以对这一状况并不陌生。因而，对"荒诞"的描述绝非荒诞本身，我们依然需要诉诸逻辑才能将其说清。可是，从 20 世纪下半叶开始，作家们对小说依赖的逻辑越来越怀疑，就像 20 世纪初的作家们开始怀疑世界的真实性、稳定性与物质性一样，两者之间是一脉相承的。作家与哲学家都开始起疑，"井井有条"是最大的谎言，是人们面对变幻不定的世界编造出来的最具有说服力的自我安慰。充满逻辑的小说与电影，同样参加了这场集体性的欺骗。加缪描述了一个令人伤心的场景，在电影院里，大家看男默女泪、英雄美人、坏人终究受到惩罚而好人洗净了冤屈，一切都是那么顺理成章，可是，一走出电影院，普通人真正的生活的真相暴露出来，无稽、无规律、没有道理可讲，应然与实然断裂，这时候，人们才会发现，所有的规律与逻辑，可能都是人造的产物，也是过于简单的总结，它们并不能完美地指导我们的生活。

因此，托马斯·曼写到了一种古怪的牙病。

曼让他笔下布登勃洛克家族的成员都患上了牙病，这些牙齿要么动不动就发炎、牙龈长脓包，要么就疼到无法忍受。敏锐的读者肯定会意识到，这些遗传性的牙病指向了这个家族内部的瑕疵，就像托翁笔下的美男子沃伦斯基在厌倦了安娜时，阔大洁白的牙齿突然患上了牙病，疼痛不已，这都是对一个人或者家族内在问题的隐喻。然而，托马斯·曼在使用这个隐喻性细节时，还增加了一个不符合常情或者说不合逻辑的情节，他让可怜的托马斯·布登勃洛克去拔牙，然后突然死掉，也就是说，此人死于牙病。在现实生活中，牙病很少杀死一个人，而托马斯·曼的这个细节看起来正是否定了"牙病不致死"的医学推论，显示了一种存于文学隐喻中的可能：一个虚拟人物被另一种象征之物杀死，其真正的原因并非我们看到的那个，人类贫弱的视力与理解力往往只能捕捉最直接的因由，我们对一个人的覆灭、一个家族的覆灭也总是抱之以简化的结论式理解。托马斯·曼笔下牙病的细节，因而可以理解为一种现代人生存的寓言：现代生活的复杂性超出了人类的理解力，使得人们只能用一种简化的、本质是不合逻辑的方式来理解世界。

无论如何，曼的作品并不拒绝被读懂，他不合逻辑的细节也是能够被解读的。他并没有几十年后的作家们走得那么极端，因为，他们彻底取消了逻辑，放逐了隐喻。

7

明星们在综艺节目里种田、送外卖、跑滴滴、穷游和做饭。

看综艺的人会产生什么样的联想与解读？至少有一种：明星也和我们差不多嘛，也得过普通人的生活，这样的明星让我感觉好亲切啊。然而，这种亲切感可能恰恰是一种神话。罗兰·巴特在《神话学》中呈现出一个悖谬的结构：名人们因为展现"日常性"，而显得离普通人更远了，因为他们的"日常性"恰恰是稀有的。巴特通过对神话学手术般的剖析，试图还原一个现象最本真的状态：明星所有亲民的行为，本质上都与其日进斗金的生活相去甚远，并且具有表演性质。人们往往会用各种想法、概念、意图包裹一个原来简单的现象，使其变得复杂，而且这些经过了包装的想象总以"我一向就是如此"的天然面目出现，在明星这个例子里，伪装成天然和自然的想法就是"明星过着和我们一样的生活"。其实，这就是隐喻发生的过程，它是一种思维方式和言说方式，不是欺骗，不是谎言，而是变形或者翻译，经过隐喻的阐释，现象本身发生了形态的改变，不再是其原本的样子。有时候，人们为一个现象赋予某个隐喻性解释的内容，但两者之间可能本来就没什么关系，就像语言学家发现 cat 这个词和"猫"的含义是硬扯上的，慢慢地，大家也就约定俗成了，甚至觉得，cat 本来就是猫的意思呀！所以，巴特认为，绝大多数的隐喻都是一种将事物神话化的过程，所以，他提出了"零度写作"，就是反对有任何隐喻或者情感暗示的写作风格。

巴特不是第一个对隐喻心怀忌惮的人，早在德国宗教改革时期，马丁·路德就对诠释《圣经》时的过量隐喻式解读提出了批评，公元 600 年至 1200 年间，《圣经》的诠释文本到处流传，哪怕是最微小的一个意象都被解读得五花八门。就拿"海"来说，你既可以认为是本意"水的汇聚之处"，还可以认为是在隐喻"人的心灵""活跃的生命""净化与洗礼"等等——那到底听谁的呢？哪一种解释才能够引领信徒获得救赎呢？近代以来，苏珊·桑塔格的拒绝阐释、现象学的"回到事情本身"、诗学中的"拒绝隐喻"以及巴特的"零度写作"，几乎都谈到了相似的问题：隐喻不再令人迷狂了。其实，隐喻受到质疑与逻辑遭遇颠覆几乎就是前后脚的事情。在上文大量关于隐喻的呈现与解读中，作家与我所依赖的都是逻辑。逻辑的推演之下，事物会陷入环环相扣的逻辑链条，一个个联想与诠释也才会渐次展开。所以，逻辑的断裂必然伴随着隐喻遭受责难。

由此，在 20 世纪下半叶的文学中，擅长隐喻性细节的预言家们走上了分叉的两条路：一条仍然沿袭 19 世纪伟大的现实主义作家开辟的路，他们以更浓缩的方式提供了各种隐喻性的细节，比如卡佛、海明威、特雷弗、塞林格等等，我们今天当然会把他们视为现代作家，但是从细节功能的传承上来说，他们也许仍旧是古典的；同时，一波新小说、实验主义小说在战后涌现，作家们深知，在细节方面，只有剑走偏锋，才能够彻底摆脱两千年传统的束缚。于是，他们拒绝隐喻，也拒绝被解读，拒绝逻辑，甚至，拒绝写得好看。普通读者多半会对他们敬而远之，而专业读者或者学院派也很难真正地"享受"这些作品，更多的，是把它们当成某种需要攻克的难关。

当托马斯·曼或者加缪还试图用不合逻辑来表现"荒诞"时，克劳德·西蒙直接取消了逻辑，他意识到小说传统中强大的隐喻习惯，所以，他把以往的小说称为"寓言"，寓言总是贴合着世界的起伏变化、按照因果逻辑扮演并且传达点什么主张，类似于本雅明说的"建言"，意思就是，读了一个故事，我总要从经验上获得一点启发或者教益。在一次讲座中，西蒙引用格里耶的话申明了自己的主张："这个世界既没有意义，也不荒诞，而仅仅只是存在着。"这句话要是契诃夫或者巴尔扎克在泉下听到，可真的要惊跳起来吧，因为西蒙直截了当地"废掉了"他们的"招子"。在西蒙笔下，细节是现象的直接呈现，拒绝任何意义。

我想邀请大家看看《弗兰德公路》中的细节，是主人公回想起一个赛马时的片段：

我仿佛又再看见这情景：在当当的钟声里，骑师纷赴赛马起跑处，排队走过，在那干大叶茂的野栗树绿得无可比拟的、几乎近黑的颜色前清楚显现。这些骑师像猴子似的高踞在那些纤细优美的马上。他们穿的各式颜色鲜艳绚烂的绸上衣在阳光的小圆点图案中相继出现：黄色的绸上衣，蓝色的背带和窄边软帽——野栗树墨绿的衬底——黑色上衣，蓝色的圣安德烈十字和白色的窄边软帽——野栗树形成的墨绿色的墙——蓝与粉红相间的方格，蓝色软帽——野栗树形成的墨绿色的墙——樱桃红和蓝色的条纹，天蓝色的软帽——野栗树形成的墨绿色的墙——黄色上衣，环滚黄红两色边的袖子，红色软帽——野栗树形成的墨绿色的墙——红色上衣，灰色的缝线，红色软帽——野栗树形成的墨绿色的墙——浅蓝色上衣，黑色袖子，红色的护臂与软帽——野栗树形成的墨绿色的墙——石榴红上衣，紫酱色的软帽——野栗树形成的墨绿色的墙——黄色上衣，绿色的滚边袖和护臂，红色的软帽——野栗树形成的墨绿色的墙——蓝色的上衣，红色袖子，绿色的护臂和软帽——野栗树形成的墨绿色的墙——紫色的上衣，鲜红色的洛林十字，紫色软帽——野栗树形成的墨绿色的墙——红色蓝点的上衣，红色的袖子和软帽——野栗树形成的墨绿色的墙——栗色镶天蓝色边的上衣，黑色的软帽……

（林秀清 译）

其实，我很难在西蒙的作品里遇到和挑选出能够分析的细节，不是因为没有细节，而是因为细节过载，所有的细节又都贴着物质表面运行，生怕承担一丁点多余的意义。乍一看，读者可能会有点恍惚，疑惑是不是我们熟悉的收藏家又回来了。可是，西蒙的陈述既不同于古典史诗中细节罗列的向壁虚构，也不同于果戈理或者福楼拜进行描述时的饱含深意，读惯了果戈理和契诃夫的读者，可能会很自然地问：这个颜色会不会有什么深意？那道墙会不会隐喻着什么？但是，西蒙的上述描写只呈现了一个视觉场面，也就是身着各色衣服的骑手在野栗树中间穿行。他要求我们用眼睛看，然后不再想。不仅读者被禁止联想，作家也克制一切可能引发解读的描述，他把世界打碎成色块与物质的组合，就像物理学家看到的世界是由原子组成的那样。

传统的作家相信，能让人"沉浸"的小说一定是有鲜活的画面感的，然而，在《弗兰德公路》中，充满细节描述的画面不仅不能将人"吸进去"，反而会把人"排除在外"，我们就像在一块干掉的油画板上无处落脚的可怜人。《弗兰德公路》与西蒙的其他作品一样，显然不是为了阅读而生的，它令人费解、令人时时出戏，读者仿佛在泥沙流中无法迈步，所有的细节都被剥夺了讲述或者隐喻的功能。所以，20世纪80年代西蒙获诺奖时，舆论哗然，觉得他名不副实。

不过，我觉得普通读者倒不用因为被这些"物质—空间"的字块难倒而恼羞成怒，因为文学在发展了几千年后，势必有一些极端形式的反弹，从"意义"演进到对"语言"本身的探索，也是20世纪的主流思潮。

对细节的"隐喻与逻辑"最有针对性的写作，发生在几十年后的另一位诺奖得主那里：彼得·汉德克。通过戏仿一个侦探故事，汉德克全面瓦解了传统小说（尤其是侦探小说）所依赖的逻辑、因果与推理，并且架空所有原本应该饱含深意的细节，他更为彻底地驱逐了预言家和收藏家，甚至还不忘嘲笑几声！

如果你读过福尔摩斯，你就会明白，在一桩福尔摩斯的案件中细节有多重要，福尔摩斯的名言是："从一个人的指甲、衣袖、靴子、裤腿、食指和拇指的茧子、表情、衬衣的褶皱——每一件事都可以清楚地看出一个人的特质。"他能将商品文化中繁杂、多元的事物与事物之间建立起紧密的隐喻联系，而传统小说令人陶醉的地方可能也正在这里：微不足道之物突然被赋予了巨大的意义——在一顶帽子里，福尔摩斯能看出帽子主人生活的状态与变化：他从帽子的款式、质量和衬里的优劣看出了帽子主人在过去三年里生活是否富足；他从帽子主人在买下帽子后加了一个帽扣看出了帽子主人曾经的远见卓识，但帽扣的松紧带断了而没有更换则表明，帽子主人现在的远见卓识比以前少了，这是本性日渐衰弱的明显证据；帽子上的灰尘表明，他的妻子没有给他刷过帽子，因此也不爱他……读者的快感在于，他相信自己与福尔摩斯一块儿发现和解读了这些秘密。

在福尔摩斯的世界里，细节推导出真相。可是，汉德克的《推销员》摧毁了这一切，细节只能推导出虚无。

汉德克两手准备，左右开弓，在这部作品中总是先分析这类侦探小说的套路，揭穿细节凝视时的套路，他发现，每当作家开始聚焦某个细节，比如一个后脑勺、一扇玻璃窗，读者就会被提醒——嘿，注意这个地方！（你一定在悬疑片的弹幕里看到过类似提示）跟后文的案情关系匪浅，可这一切都是"刻意为之的秩序"。然后，汉德克开始自己仿写一个从推销员视角看到的侦探故事，他故意乐此不疲放出大量细节，小心的读者一开始不知道他的花招，还会认真地接招：

> 那个被咬过的苹果嵌在下水道的铁篦子里。液体停止了流动。那只猫在舔着石头。小板凳摆在角落里。一片树叶挂在蜘蛛网上。痰渍里的泡泡破裂了。在这个描述的时刻，就连从水壶倒进玻璃杯的水发出的声音都显得十分危险。

> （张晏 译）

本来，契诃夫有一句金句：如果在第一幕中，一支手枪被放在了一件斗篷上，那么它必然会在剧终射出子弹来。所以，按照惯性，我们头脑中的雷达应该滴滴作响——看，这个苹果是重要线索！瞧，那块石头提示着凶手的痕迹……每一个细节，都伪装成大有可为的样子，然而，每一个细节，最后都被证明是无意义的。它们彼此之间，也很难说有什么因果或者并列的关系。那种从细节的隐喻中见微知著的快乐消失了。读完《推销员》，很多读者估计会处于持续性的晕眩，搞不清到底谁是凶手，动机又是什么。细节在失去意义的时候，也被彻底取消了逻辑。

海量的细节要弄了我们。

8

读者不用在汉德克或者西蒙面前惊慌失措。

经历了20世纪下半叶的异峰突起后，文学的写作又转回了一条相对不那么实验的路上。一个作家当然可以说，我只为自己写作、我只进行文本与语言的实验，读者根本不在我的考虑范围内。但是，一旦文字变成铅字，进入市场流通的领域或者大众化的阅读圈子里，那么就很难完全保持纯粹的艺术独立性了。我很怀疑现代社会里还有哪个作家敢于像卡夫卡那样，在去世前要求好朋友布罗德把所有手稿付之一炬，这样一来，文学变成了纯粹的自我献祭。可是，在卡夫卡病倒之前，他也无数次为朋友们朗读新作并邀请点评呢，他并不像人们想象的那样决绝地拒绝读者。倒是莫里亚克说了句大实话："一个使你相信他只为自己写作和他不关心是否有人听他的作者，是个吹牛家，不是在自欺，就是在欺人。"诺奖不是评断文学好坏的唯一标准,但是它能反映出近些年来大众与评委口味的偏好。实际上,近二十年以来的获奖作家里,像汉德克或者西蒙这个路数的并不多,作品的实验性质大大衰退了。我猜想,这和近二十年来世界经济的整体性衰退以及创造活力的减弱有点关系,另一方面,读者在新媒体的冲击之下,对严肃深邃的虚构作品的接受度在直线下降,实验性质的作品哪怕在专业研究领域激起的浪花都越来越小。

描述性与隐喻性的细节再次以极为个性的方式在不同作家的笔下复苏。人类始终需要故事而非实验的安慰。**这也决定了,在本书的细节引用与解读中,我会非常倚重现实性强的作品,而很少涉足先锋小说与实验小说中的细节——我承**认,对它们,我实在说不出什么。

如果我们把西方文学中关于细节的故事理解成收藏家与预言家此消彼长的历史,就会发现,它们像是水中摇曳的水草,提示着水质、流向乃至河流温度的变化。不仅仅是文学思潮与作家个性构成了河流,那些看起来与文学没有直接关系的东西,比如时代主流的伦理与政治意识形态、审查、消费社会的兴起、物质文化、科学技术、视觉偏好、现代性生活方式,都会在无形中影响两者的比例。

细节 ABC（上）

1

　　一部文学作品中，哪些部分才算是细节呢？

　　这看起来像是一个废话问题，但在实际的文学细读课上，我注意到并不是每位读者都能精准地判断什么是细节，细节经常会和其他泛泛的描述与说明性文字混在一起，此外，对细节的解读更不是一桩"想一想不就知道了"的能力。有时候，读者抓住了一个细节，但他又没办法解读，甚至解读得离谱和荒谬。所以，我们可能高估了自己对细节的抓取与释读能力，又低估了细节本身所暗含的巨大能量。为了解答上面这些问题，我想先从一些课堂实践中遇到的例子开始聊起。这些年，我一直带着学生们读加缪的《局外人》，这部作品实在太过有名了，但这未必是一桩好事，它的名望很可能遮蔽了被真正理解的可能，各种评论照猫画虎地把它往"存在主义""荒诞"上解读一通似乎就完事了。

　　我们可能都被罗兰·巴特误导了。

　　按照罗兰·巴特的说法，加缪践行的是"零度写作"，简单来说，就是希望文字的表达摆脱以往充满暗示或者加载隐喻的写法，整体呈现出中性、自足、饱和、客观的观感，甚至连作家本人都必须始终克制情感，将澎湃饱满的感情降至冰点，不动声色地去书写。大家一看《局外人》的开头，一定会点头称是——"今天，妈妈死了。也许是在昨天，我搞不清。"确实，短句、零修辞、情感的冷漠，看来巴特说得没错，萨特又为这句话加了一句神助攻："这是你与荒诞的初次相遇"。可是，小说不是哲学论文，并不通过概念的推演与辩驳来传达主题，小说的核心就是细节，如果不用细节把抽象的概念压实、放到实处，那么，"荒诞""存在"这样的结论就只会显得轻飘飘的、毫无重量。实际上，加缪是一位通过细节来进行暗示的大师，表面上的克制与透明让他的细节选择变得珍贵且意义重大。

那么，在整部小说中，哪些部分可以算是细节呢？我们先比较这几个片段，它们都是课堂上由学生提出来的。第一个文本选段说的是默尔索和邻居雷蒙的交往，这个叫作雷蒙的人找了个女朋友，但女人只会一个劲儿花他的钱，还对他不忠，于是，雷蒙打了女友。这个时候，雷蒙遭到警察传唤，他想主人公帮他作证，证明自己也是受害者。学生挑出来的描述是主人公的反应：

> 他问我是否愿意和他一道出去走走。我下了床，梳了梳头。他说我得给他作证。我表示怎么都行，但我不知道该作证些什么。照雷蒙的意思，只需说那个女人冒

犯了他就行了。我答应为他提供这样的证词。

（柳鸣九 译）

学生认为这一段描述算是细节，并且它表明了主人公无所谓的态度，他对什么规则都不置可否。按照原始定义，小说中任何的片段与组成部分，好像都可以说是细节。但是从文本细读的角度来说，真正好的细节应该是一个"拔出萝卜带出泥"的过程，它需要见微知著地释放出某个小片段表面上看不出来的内容。在上面引用的这个片段中，读者读出的内容与文字表达的内容没有太大区别，确实都是在说主人公悬置各种价值评判的超然态度，作家已经通过不附加言外之意的陈述句表明了主人公的性格倾向，无论我们再怎么讨论，都不会超过已经给定的范畴。所以，在类似的陈述性段落里，留给读者深挖的余地就小了很多，言外之意的空间是关闭的。就此而言，这个摘选的部分很难说是细节，而更近于一种泛泛的信息交代或者是说明性文字，作家们在推动情节和勾勒背景时常常这么写，这是一种相对较为粗线条和快速的描述。这也意味着，小说细读不是句读或者注疏，读者没必要从小说的第一句话到最后一句都盯着不放，甚至不加筛选地解读一番，这种注释式的读法很多时候只是在重复作家已经交代出来的信息，就像我们上面看到的例子那样。再伟大的作家，都不会在小说里连续高频地设计有待解读的细节，一流文学作品的节奏缓急、叙事的有效性、信息的稀释与浓缩都是有讲究的，好的细节不会成群结队而来。

细节需要慧眼的抓取与拣选，不能西瓜芝麻一股脑都抓。

2

我们还可以再来看两个段落，继而判断它们是否属于可供解读的细节。下面是主人公从母亲的葬礼上回来后，自己待在屋子里消磨的场景，加缪罕见地给了一段空间场景的描写：

> 妈妈在的时候，这套房子大小合适；现在，我一个人住就显得太空荡了。我不得不把饭厅里的桌子搬到卧室里来。我只用我这一间，几张已经有点塌陷的麦秸椅子、一个镜面已经旧得发黄的柜子、一个梳妆台，还有一张铜床，我就生活在这个空间里，其他的空间我都不管了。

有学生提到了这个片段，但是他不知道怎么解读，只是奇怪为什么惜字如金的加缪突然开始写室内空间的陈设。其实，加缪对感情往往是"压着写"的，他不会让主人公滥情地呼唤"妈妈我好想你"之类的话，甚至一开篇就通过冷漠地宣布母亲死讯来误导读者，让大家以为主人公默尔索是一个不顾伦理亲情的白眼狼。在上面这个段落中，情感幽微地掩藏在家具的状态里。仔细看看这些家具吧，它们并不新，椅子是塌陷的、柜子镜面是旧的，这些都表明妈妈把这些物件用了很久很久，它们沾染着妈妈的气息，而此时此刻，主人公凝视旧物，就是在睹物思人。他表示自己要继续生活在这个房间里，"其他的空间我都不管了"，也意味着，他要守着这些旧物生活下去，就好像妈妈还每天伴随着他。所以，小说全篇都回荡着他对母亲的深情，只是从未说出口。正是因为这些幽微情感的存在，才能证明小说中的法官、律师、邻里对主人公的审判都是不公正的：他们认为此人不孝，故而断定他有罪，孝心似乎必须与音量成正比。不难理解，旧物中往往盘桓着绵长的情感，《红楼梦》里，宝玉挨打后送黛玉用旧的手帕，表明两人早有旧盟在前，不是什么金玉良缘可比；雷马克的《西线无战事》里，战士回到故乡后，摸到家宅的门把手是"磨旧的"，眼泪一下子就出来了，这是在说经历生死之后，回到生养他的家，温情与后怕交织的复杂感受；我甚至想起了我奶奶传给我一只红色的猪皮箱子，她说她的母亲每次做了新衣服，就放到箱子里，让女儿自己发现，现在箱子归了我，母女之间迭代的情感也顺流到了我这里。

所以，这个片段中细读的重点可以放在"旧"以及主人公之后的决心上。这些内容都是加缪没有说出来但是有意暗示的，读者放慢脚步，琢磨和玩味之后，就能发现加缪的言外之意。把这个片段列为"细节"没有问题。最后，来看一个例子，还是课堂上学生发现的，但是她解读错了。这个片段说的是主人公杀人后被送上了法庭，他的辩护律师按捺不住，想要侃侃而谈：

> 我的律师已经按捺不住，他举起胳臂，法袍的袖子因此滑落下来，露出里面上了浆的衬衣的褶痕，他大声嚷道……

加缪在小说中很少提到人物的外观或者衣饰，我在《细节小史》中已经提到这与现代文学中描述性细节的退场有关系，所以，这处难能可贵的服饰描写就显得可疑，它确实不单纯是泛泛的信息陈述与背景勾勒，而是有待挖掘的萝卜坑。可是，我的学生误解了"上浆"的意思，她望文生义地以为是指衣服常年不洗，都已经脏到包浆的地步，顺着这个思路解读，就有点离谱了，她相信这个细节透露出律师穷困潦倒，无暇打理自己，所以他为了拼命挣钱，只能想尽办法为主人公辩护，其实他自己并不关心主人公的处境。这个"漠不关心"的结论，从上下文来说，好像倒也不错，只是绕了一条错误的路。"上浆"是一种处理衣物的方式，为了保证柔软衣服的挺括，人们会在喷壶里装上淀粉水，均匀地摇匀后喷在衣服上，之后再用热熨斗烫，这样，干了的衣服无论怎么摆弄，都不会皱了。这个细节确实很重要，它以四两拨千斤的手法让我们看到辩护律师非常在乎外在的体面，他绝不允许自己在工作时衣衫不整，精致的折痕象征他严格的自我审查与自我掌控。这进一步暗示读者，此人其实乃遵循社会规则的一员，和主人公在养老院里遇到的门房、审判他的法官没有本质区别，出于对社会主流价值观不自觉的遵守，他们都把默尔索不哀悼母亲这件事排到了杀人一事之前，仿佛他是触怒了主流价值观而非法律才受到审判。也是通过这一细节，加缪把小说中前前后后出现的人都进行了暗中的分类与联通。

自然，文本的解读是多元且包容的，任何观点只要自洽都能够被接受，但是，如果在细节的基本含义上发生了误读，那么整个推论与联想就是不可置信的了。

3

通过《局外人》的几个例子，我们大概可以确信：并非小说中出现的任何片段都可以成为细读所要求的细节或者值得被解读。实际上，小说的绝大部分内容是由说明性文字构成的，它们提供了文本的框架与背景，推动了情节与人物的进展及变化。在我上文本细读课的这些年，我发现学生们会不自觉地形成一种潜意识，觉得万物皆可细读，他们会"死磕"小说中出现的某种颜色、某种酒、某种布料，但这些细节很可能都只是背景性的信息交代，并不与主题形成呼应，所以，在细读时有时候也需要克制自己的解读癖好，注意辨别可解与不可解的差异。我想强调，注释或者句读并不等同于细读，筛选并决定有效信息是关键一步，解读的技艺本身就包含着对不必解读之物的剔除，而且，面对那些确实值得深挖的细节时，难以下手的困惑和近乎离谱的误读也会始终伴随着左右。可以说，文本细读是一种理解和阐释行为，一种需要习得的知识与刻意练习的技术，它涉及在繁杂的信息中寻找秩序甚至制造秩序，有时候，也要耸耸肩，坦然地接受你发现的细节并不能吻合作家预留的细节。

回到开篇的问题——文本细读时，到底哪些片段值得筛选成为细节呢？下面，我想通过内容与形式两个范畴来尽可能详细地展示与说明。本篇，我主要讨论作品内容上值得我们筛选、提取并分析的细节类型，同时也会从经验的角度，提供一些解读细节的技巧。

人物或者角色是文学的起点——我当然知道这么说很危险，因为我自己马上就可以举出一堆没有明显角色或者人物的文学作品，比如卡尔维诺的《看不见的城市》、朱利安·巴恩斯的《10½章世界史》、帕维奇的《哈扎尔辞典》或者贝克特的《呼吸》——在这部不足三分钟的戏剧里，没有人物登场，只有一些呼吸的声音。然而，在19世纪以来绝大多数实验性质没那么强的作品中，人物仍然是作家首要下功夫的对象，也是读者在阅读与接受时最先产生亲近感的文本符号。比起自然风物或者社会景观，人物形象对读者注意力的吸引是更明显和直接的。让我举个例子——像所有俄罗斯的伟大作家一样，苏联作家巴别尔也总爱对俄罗斯广袤土地上的风物大写特写，《红色骑兵军》中，他动情地描述行军途中所见：

公路两旁的田野里，紫红的罂粟花盛开，正午的风吹拂着开始发黄的黑麦，少女般的荞麦挺立在地平线上，犹如远方寺院的围墙。寂静的沃伦蜿蜒起伏，渐渐离开我们没入白桦林珍珠般的雾海中。它爬上一个个鲜花盛开的山冈，衰弱的手在莠草丛中弯弯曲曲地延伸过去。橙黄的太阳像被砍下的头颅在天空滚动，把柔和的光线洒向幽暗的峡谷，映着晚霞的军旗在我们头顶上飘扬。昨日激战后的血腥和死马的气味渗入傍晚清凉的空气中。兹布鲁奇墨绿的河水咆哮翻腾，在急流处卷起阵阵水花。桥梁都被破坏了，我们只好蹚水过河。月亮静静地躺在水波上。河水没到马背，水流汩汩地从千百条马腿间淌过。有人给河水淹没了，于是传来响亮的骂娘声。河里黑压压地挤满了一辆辆大车，人声鼎沸，哨声、歌声混作一团，回荡在洒满月光的蜿蜒的河流和亮光闪闪的洼地上空。

（傅仲选 译）

这是一段精美的描写，几乎可以媲美契诃夫笔下的草原或者托翁笔下的农场，而且，还独有巴别尔对战争残酷性的暗示。但是，我很担心他再这么写下去，会让读者们失焦，阅读的注意力会逐渐稀释在单纯的景色描写中，肯定有人开始走神，跳读或者一目十行……幸好，巴别尔及时止住了景色，开始让人物登场，紧接着这一段，就是：

夜深时分我们抵达新城。在拨给我的住宅里，我见到一个怀孕的妇女和两个棕红色头发、细脖颈的犹太人；还有一个犹太人紧挨着墙，正蒙着头睡觉。

简洁的几笔，人物立刻从漫漶的大自然中被打捞了起来，读者的注意力也从茫茫的户外空间不断聚拢、凝缩，细化到"进了城"的"我们"，最终罩到了室内的"我"身上，一切都变得具体和清晰了。我们松了口气，感到好戏开始了，调整坐姿，放下水杯。也就是说，从人物开始，读者的理解、共情与参与的开关才正式启动，人们找到了与自我对称或者相似的投射对象。在一些颇具雄心的现代作品中，作者倾向于舍弃传统的大段风景描写，直接切入主题，让主人公在第一句话就登场，也就是从一开始就拽住我们的注意力，比如《尤利西斯》《到灯塔去》或者《变形记》。

所以，人物是文学的球心，整个文学世界的穹窿都需要围绕着这个球心膨胀拱起，它也是我讨论细节表现力的起点。

4

视神经科学家告诉我们，视觉总是对脸部最敏感，所以，说"看脸的社会"并没有错。文学中，塑造一个人物，最直观的方式就是使用陈述性的细节，将其背景、历史、外形、身份与活动一一介绍出来。你一定在狄更斯或者巴尔扎克那里读到过熟悉的配方，他们总爱从全脸开始说，巴尔扎克细得令人发指，在《幻灭》中，他描述了巴日东太太的脸部外形：

> 帽子下面露出一大堆黄里带红的头发，照着亮光的部分完全金黄，鬈曲的部分红得厉害。据说女人长着这种颜色的头发，别的部分很不容易配合；那位高贵的太太却是皮色鲜明，弥补了那个缺点。一双灰色眼睛闪闪发光，雪白宽广，已经有皱褶的脑门儿，轮廓很显著；眼睛四周的色调像螺钿；鼻子两旁有两条蓝血管，细巧的眼圈儿因之显得更洁白。神采奕奕的长脸孔上长着一个鹰爪鼻，成为一个鲜明的标识，说明她容易激动，像公台家的人。头发没有完全遮掉脖子。
>
> （傅雷 译）

可是，我还是得说，这段典型的19世纪脸部描写虽然十分精细，但并不是细读偏爱的隐喻性细节，我们无法通过眼睛颜色或者蓝血管进行有效的推断，五官的特征更像是点缀和附加在一张面皮上，并没有从更深处暗示巴日东太太的人格与内在世界。甚至，巴尔扎克忍不住跳出来自己解释：这个鼻子**说明**她容易激动——可是，这个**说明**和相面术一样毫无道理，是作家的生拉硬扯。因而，这段描写是说明性信息和自带解释的文字。与之相反，一个深谙暗示之道的作家则会狡猾地把"说明"省去，让读者自行猜想。所以，细节解读的可能与说明性的信息成反比例的关系——作家说的越多，你能说的就越少。这也意味着，在我们细读文本时，能够被筛选成为细节的面部描写必须遵守一种"文学经济学"，也就是以小博大、以少胜多的写法，作家一定会避免直白的说明，而是引导读者定睛于少量的关键意象之上。

奥康纳在名作《好人难寻》中描述一个少妇的脸，只交代了一句："宽脸蛋上总有一种卷心菜般纯洁天真的表情，绿色的头巾在头顶系了个结，像是一对兔耳朵"——够了，分量十足地够了，我们不需要奥康纳说更多了。为什么非得是卷心菜（cabbage）？它常常散发着一股难以忍受的味道，在主妇们的厨房里占据着必不可少又毫不起眼的位置，慢慢地，连 cabbage 这个词都染上了"极度乏味"的意思。所以，奥康纳无须介绍这个少妇的成长史与家庭环境、受教育背景与具体的面部细节，宽大的卷心菜脸就意味着此人的乏味无聊，那对傻乎乎的兔子耳朵则加深了她蠢笨的特点。读完全篇的读者会领悟，这个暗示有多么重要，如果没有她的蠢笨、懦弱与默许，她那位上蹿下跳的婆婆是不可能惹出一系列幺蛾子，最后导致全家人被杀害的。可以说，不起眼的"卷心菜"的细节，从一个必不可少的角度支撑起了整个故事得以实现的逻辑。暗示性细节需要一个作家对人的面部特点进行抽象的浓缩与想象的突出，它的写作难度要高于简单的白描。有时候，我尝试对着路人的脸做浓缩与提炼工作，发现根本找不出经典作品中那样不可替换的词或者意象，然而，若是照直了说这个人有什么形状的脸庞、什么颜色的嘴唇，额纹深或者浅，都是相对容易的。

当然，用卷心菜来隐喻角色的乏味无聊并不是奥康纳的发明，伍尔夫在《达洛维夫人》中，也是用卷心菜来形容女主角的——当年，她的旧情人说不喜欢花椰菜（cauliflowers），三十年后，她记成了"卷心菜（cabbages）"，记忆的扭曲与错位彻底暴露了她已经沦为一个与厨房儿女购物打交道的俗妇，连花椰菜一词原本附带的浪漫的"花"都不在乎了。陀思妥耶夫斯基则在《卡拉马佐夫兄弟》里形容无聊的修士们"整天你瞧着我，我瞅着你，吃卷心菜"。这些作家都在同一个意象里提炼出了相似的东西。

"卷心菜"这样具体的意象很容易捕捉读者的注意力，驱使你停驻和玩味，但是，有时候细节也会用一些看起来属于陈述性的修饰来传递深意，一不小心，就可能会和"泛泛的信息"与"说明性文字"混淆。来看看卡夫卡怎么写人的脸。《城堡》中，卡夫卡塑造了一个叫作阿玛丽亚的女孩子，这几乎是所有文学人物中我最热爱的角色，我猜想也是最能够表现卡夫卡自己情志的角色，然而，他不肯为她的脸多做停留，只丢给了我们三个词来描述她的目光："冷漠，明亮，呆板"。当 K. 被这目光照到时，他"吃了一惊"。读者倒不一定会感到吃惊，这三个寻常的词太容易混在其他情节与泛泛的描述中了，它不太像我们习惯的具象化细节，甚至，读者会被误导，这个女孩是什么麻木无聊的小人物吧。可是，如果读完整部小说，我们会发现小说中的所有人几乎都是没有脸的，他们面孔模糊，总是怀有恶意或者莫名其妙地嬉笑着，他们就像无数个淹没在巨大的官僚体系中或者城堡红尘的小齿轮，千人一面，毫无个性。这时候，也许那张有着"冷漠，明亮，呆板"目光的脸就会重新浮现心头：脸即人性，脸即个性。只有阿玛丽亚这个女孩，得到了卡夫卡馈赠的面孔，因为她用无与伦比的勇气逆行于人潮之中：当所有城堡村的女人都以为城堡高层提供性服务为荣时，她却回绝了上头的求爱信。从此，全村人开始孤立这个古怪的女孩，她的老父亲甚至天天跑到风雪中跪下，希望在高层人士经过时获得原谅——然而，何错之有呢？所有人都把不正常当成正常时，谁才是罪人呢？那"冷漠乃至呆板"的目光，不正象征着她超越流俗与风尚，甚至决绝勇敢地面对任何责难的勇气吗？她不动情，所以，不动摇。这个角色是文学中最接近古希腊悲剧中安提戈涅形象的女性，她们都代表了一种罕见的人类美德：不屈从。

　　卡夫卡对人物面部细节的处理，并没有遵循常规的隐喻性暗示来提示读者，他直接给出了白描性质的修辞。一般来说，白描形容词或者说明性文字已经是在解释了，就像巴尔扎克说巴日东太太的长脸是"神采奕奕的"，但是，卡夫卡的描写之所以可以成为有待玩味的细节，不在于它的暗示，而在于它的位置与状态——当全书之中，面庞细节的描写如此稀缺之时，面庞及其附属的目光本身就显得意味深长起来。显然，好的面目细节总不单纯是拓印五官的痕迹，更要折射心灵的深度与情感的强度，要寻得这样的细节，也不仅仅是围绕着它进行深挖,而更需要对比它在一个文本中所处的位置。卡夫卡对人物面部的处理方式,难免让人想到列维纳斯的"神圣面容"。当面容显现,五官与外表这些稍纵即逝的形式不再重要,面容"达到了它作为人类面孔的唯一意义。人的面孔所代表的首先是对痛苦与死亡的召唤。它负载和反映的是人性,以及对人类脆弱和不幸的提醒"。我们在卡夫卡笔下这张平平无奇的脸上看到了责任的重负。

上面这几个例子表明,并非所有对面部精雕细刻的写法都属于值得细读的细节,面部的"可读性"其实意味着"可解读性"。而且,真正的细节也并不总栖身在具体的意象里、以隐喻的面貌出现,有时候,那些看起来是解释或者说明的片段,也会暗藏玄机,更为重要的是,读者只有通读全文,领会了一个文本的核心意旨,才可能为细节的解读提供准绳,因为细节紧紧镶嵌在文本内部,一定会为意旨的成立提供大大小小的依据。其实,细节不具有独立性,它必须依附于整个故事,就像水草一样,我们领受它飘摇摆动的美,前提是必须把它放置在水中。所以,在细读时,一方面要"见微知著",但又不能"盲人摸象",对文本完整的把握是阐释细节的永恒前提。

5

现在,让我把光圈调大一点,从人物的面部扩张到肢体动作上。

　　动作不同于行动，我们说一个人骑马去巴黎，见到了公爵夫人，这是他的行动，也是一个粗线条的信息交代，但是说他在踩着马镫子上马时，左脚打滑，差点踩空，这是动作，或者说他在和公爵夫人见面握手时，不轻不重地捏了捏她的手，感到手心汗湿，这也是动作，带着感受的动作。动作比行动精细。在通常的文学作品中，对行动的描述其实远远多过动作，因为故事总是发生在一个时间段内，只有粗线条的行动延展才能填满整段时间，动作则需要作家停下，聚焦和凝滞在某一个时刻，文本的速度自然会慢下来。一般来说，细读所需要的细节会出现在动作而非行动里。当我们看到作家浮光掠影般地介绍某个人物成长的历程、过去十年生活的轨迹、爷爷是如何教他识字的、他是如何不断追逐剧院当红女演员的……大概就能判断，这种个人简史式的行动交代里，没什么细节可以挖掘，这样的叙事更像一张逐渐展开的物品使用说明书。然而，读者可以留意作者叙事时的速度，当作者以快速且匀速的方式推进故事，交代背景和信息时，一般不会预埋细节，但如果他突然停下来，放慢速度，放大镜头，读者就要警觉：有细节要出现了。

　　留心放慢与放大的片段，是读者捕捉动作细节的关键。

　　比如说托尔斯泰在《复活》里写男主人公前往一位枢密官家，请求这位司法界人士为自己奔走的案子通融一下，开个例外。前文一直是以行动和对话推进情节的，忽然，托尔斯泰放慢速度，把视角推到这位枢密官手里的雪茄上，读者得以在一枚清晰的高倍镜下观看他的动作。在男主人公的求情与枢密官的斟酌之间，托尔斯泰一直聚焦于枢密官对雪茄的控制，眼看烟灰开始要掉落，枢密官"慎重地把烟送到烟灰碟上，避免烟灰掉出去"。情节推进的过程中，掸落烟灰是一个不起眼而且很快的动作，我们之所以会看得那么清楚，是因为托翁故意放慢和放大了，他邀请我们近距离观看慢动作。这个动作细节的含义，实际上象征着枢密官的严苛，他不允许烟灰四散，就像他不会允许例外与通融，一切都必须规规矩矩，不越雷池。后文，他确实驳回了男主人公的请求。

6

我总是特别迷恋小说中对人物动作细节的捕捉，因为对动作的捕捉甚至比面部的捕捉更难，对精确性的要求也更高。这是因为，头部与面相大体来说是静态的、固定的，无论人们做多么夸张的表情，总不会超出脸的范畴。相比之下，身体的动作就夸张和复杂多了，哪怕是挥一挥手，力度、幅度、手型、方向，都够作家喝一壶的，动态图难于静态图。所以，我总觉得，考验一个作家是否一流，一定要看其对动作细节的观察和把控。在抓取文本中的动作细节时，我也常常模仿着做那个动作，我发现，一流的动作细节描写中，没有一个词是多余的，在那几个必然的词里，我可以毫无累赘地再现相应的动作，显然，好的动作细节暗含着严格的规定性与剪裁性。正因如此，卡佛才说起过自己在书桌旁的墙上贴着一张卡片，上面是庞德的一句话："陈述的基本准确性是写作的唯一道德。"

比如，理查德·耶茨在《复活节游行》里写一个人开车时的漫不经心，"他一只手把着方向盘，另一只手玩着自己的嘴巴，一再把下嘴唇扯开，然后让它弹回牙齿"。在外人看来，这个动作真好玩，它呈现出一个人不自觉、无所谓甚至傻乎乎的性格，我承认，我边看边傻乎乎地学着做了一遍。或者麦克劳德在《黑暗茫茫》里写一个父亲"他一般左手提着鞋子又同时揣着裤子，而右手正试图系上纽扣，拴起皮带"。这个动作非常传神，它几乎浓缩了一个人的一生，或者说，在一瞬间透视了一个人的历史。对没有读过作品的人来说，当我们面前出现这么一个家伙时，观感肯定不怎么样，我们会猜测，此人要么是因为宿醉或者毒品而疏于保持体面，要么是因为身体的伤残而只能勉强随意地穿衣服，麦克劳德选择的是后一种原因，在后文中，他才告诉我们，这位父亲以前当矿工时受了伤，手指被夺去了，所以只能勉勉强强地做扣纽扣、拴皮带一类的精细活儿。

所以，好的动作细节不仅能帮助读者从外向内地透视一个人的精神世界或者历史背景，也能为读者提供无尽的联想与解读空间。

来看看第一种有意识的动作细节。陀思妥耶夫斯基在《群魔》中写过一个让人毛骨悚然的"踮起脚尖"。陀氏总喜欢塑造被理念所驱使的人，他们会被各种智力的诱惑所吸引，进而产生某些古怪的实践，比如杀人或者强奸。《群魔》中的斯塔夫罗金是一位受教良好但做派诡谲的贵族，他租了一间房子与别人偷情，却遇到了房东年仅14岁的女儿，还目睹她被母亲错怪而挨打。斯塔夫罗金自认为患上了"冷漠症"，也许是要验证自己对生活是否还有兴趣，他决定诱奸这个小姑娘。当一切完事之后，他立马变得冰冷地走开了。可怕的是，斯塔夫罗金最兴奋的不是强奸，不是惩罚，而是强奸后少女的自杀，小姑娘果然出于羞愤躲在储藏间里自杀了，了解这一切的斯塔夫罗金甚至故意拖延时间，迟迟不去看已经横死的尸体，仿佛太快看到，快感就会过早地消失。终于，他来到储藏室外面：

> 储藏室的门虚掩着，但是没有闩上；我知道它也闩不上，但是我不想把它打开，而是踮起脚尖，开始向门缝里张望。

（臧仲伦 译）

门没有闩上，所以只要凑近门缝就能看清里面的情形，为什么斯塔夫罗金要多此一举地踮起脚来看？踮脚时，会发生哪些变化呢？人会变得更高，视野也就更有一种居高临下的意味，从读者的视角来看，我们眼前出现了一幅权力不平等的构图，一方绝对地低，一方又加倍地高。所以，陀氏写的这个"踮脚"的动作饱含深意，它以腹语或者旁白的方式

124

向我们呈现出斯塔夫罗金的内在世界，他并不是出于肉欲而要强奸一个无辜者，而是为了验证自己是不是真的患了"冷漠病"，所以要想尽办法来自我摧残，并且尽可能"用一种令人恶心的方式"，这样，他才不至于被诱惑自杀。因而，在他的故事里，小姑娘连人都算不上，只是他自我实验的一枚棋子，就像《罪与罚》中的拉斯柯尼科夫把放贷的老太婆视为臭虫一样，在这种等级与权力关系中，原本的高低差甚至还不够，一定要通过踮脚来说明更高的地位。我倾向于认为，这个动作是主人公有意识做出的，他甚至解释了自己当时"沉着和理智"的状态，这一切都是有计划实施的，所以，踮脚这个有意识的动作细节，是斯塔夫罗金"理念"的必然产物。

"踮脚"这个动作也加剧了小说的紧张之感，它本身就是小腿肌肉紧绷的状态，腓肠肌和胫骨前肌不断收缩，直到发酸发胀。在陀氏的小说肌理中，紧张感是始终弥漫的，他的小说仿佛也在持续踮着脚，你永远不可能在读他时惬意放松，他有的是办法使人筋疲力尽——荷马还会在战斗的间隙让我们嗅到微咸的海风、看到玫瑰色的天宇，浮士德还会在上天入地的探索中举办舞会、唱响情歌，但陀氏只会让你永远紧张不堪，直到浸泡在文字的泥沙之中往前迈步走的双腿发酸发胀。

7

在细读的过程中，读者首先可以注意的就是人物有意识的动作，因为它是一个人内在理念或者情感的直接外化，它直观地讲述了人物的内在性。然而，在更多的时刻，人们常常做出的是下意识的动作，至少在做的时候，并没有想到背后助推的心理动因是什么，动作跑到了意识之前，下意识的动作细节则是在暗示与预设人物的内在性，它是藏起来写的。读者就需要根据上下文先对发出动作的人物有一个理解，比如他是谨慎的、他是盲从的、她是多疑的，然后再看这个下意识的动作能否解释此人的性情，也即，对一个角色的综合判断是我们反过来解读动作的前提。

我想举的例子来自多丽丝·莱辛的《天黑前的夏天》。我注意到莱辛是一个对人的意识状态非常感兴趣的作家，她的笔下人物常常被塑造成在自知、自欺、下意识等观念中博弈的挣扎角色。与其他作品中的女主角相比，《天黑前的夏天》中的女性角色更倾向于长篇大论的自我分析与内心独白，用意识和思绪来构建人物对世界的反应，很多时候，她都像《达洛维夫人》中的女主角，所以，具体的动作在这部小说中不算太多。女主角原本是一个家庭主妇，她所有的思考与习惯都围绕着做一个称职的家庭主妇展开，意外获得一份体面的工作后，她有了一个比她小很多的情人。我想讨论的动作发生在这对"老少配"组合外出旅行的过程中，男孩突然生病了，四仰八叉地躺在旅馆床上，这时候，行动放慢，动作出现，特写浮现：看到男孩的这一幕，女人第一个反应是，"想把床铺整一整"，这还只是下意识地想想，然后：

　　接着她便不由自主地伸出两个指头搭在他的脉上，一手搁在他的肩头，检查他的身体和体温。

（邱益鸿　译）

　　这个动作真令人莞尔。

　　我们看到的不是一对刚结识不久热情如火的婚外情侣，而是一个母亲，娴熟地打算料理家务，铺平被子，熟练地处理儿子小小的头疼脑热，毕竟以往每一次孩子生病，她都是这样密切地守护与观察的。也就是说，这个不由自主的下意识动作，暴露了女人家庭妇女的本色。好好操持家庭是她一贯被要求并认真实践的，她以为有了工作，有了情人，就可以逃出家庭主妇的规训，可是"好主妇"已经变成流淌在她潜意识里的本能。她无处可逃。

　　近代作家对下意识动作的描述，意味着对人类精神混沌水域更深入的巡游。他们相信人的动作本身可能就是一种隐喻，通过穿透这层动作的帷幕，更幽微的情感与隐藏的心态才会被暴露出来，动作因此充满了假定性与掩饰性，好像某个人做出的某个动作一定是冰山一角，总有背后的深度有待揭露。我在契诃夫留存于世的照片里发现，每当他与他的情人或者崇拜者坐在一起合影时，他总是不偏不倚地挺直腰板，看向镜头，而他的情人（尤其是米齐诺娃）则向他探身或者扭头看他。这几乎也能证明下意识动作对我们的"出卖"：我们的身体会不自觉地靠近喜欢的人。

下意识的动作可能表明人难以获得真正的自知之明，当我专注于眼前的铺床也好、量脉搏也好，我可能并没有想到自己"贤妻良母"的本性又发作了，我们并不了解自己的本性；而无意识的动作则可能表明人对自我审查的疏忽与放松。实际上，无意识的动作可能占据了一个人行为总和超过一半的份额——事后回想一下，我写下上面这段话时做的无意识的动作，就包括揉肚子、搔了两下头发、窝起右手食指抬了一下眼镜框，而且，我不记得是什么时候跷起了二郎腿。所有的动作都悄然无声地滑过了我的意识关注——读到这里时，亲爱的读者，看看你除了翻书，还在做什么动作？想来，斯坦贝克在杰作《愤怒的葡萄》中写一个餐厅女招待员一边与人闲聊，一边"用手指轻轻摸着耳朵下面的瘤子"，这位女士肯定也没有意识到自己的行为，她的动作是通过全知全能的作者展现给读者看的，作者与读者共谋，成为观察角色的上帝。

所以，文学中的无意识动作还暗含一个有趣的悖谬之处：它其实是为读者准备的，因为人物"看不到"自己的动作，甚至"感知不到"自己的行为。在表现动作的无意识方面，作家其实可以取个巧，选择昏迷、被下药或者智力残障的角色来做主角就能天然地表现无意识行为。比如福克纳在《喧哗与骚动》的开篇，用白痴的自述来讲故事，我发现，这一段自述中最大的特点就是"说得多，做得少"，因为白痴可以絮絮叨叨说个不停，声音对他自己和读者来说都能听到，但相比言说，动作是消音的，所以，他做了，但是他自己不知道也不会说出来，读者就不可能知道。福克纳想出了一个办法，让读者目击白痴做而不知的行为，比如，安排一些健全人在旁边对他说"你别动来动去了""我拿鞭子抽你"——唉，可怜的白痴，都不知道自己被打了。

当然，并非所有小说中的动作都可以精准地吻合人物的下意识或者无意识。一些作家对动作的象征性充满疑义，他们认为人的动作并非总是隐喻或者象征，一个动作背后未必就是意义的深渊，相反，它可能无聊、贫乏得像一面墙，并没有什么特殊的意义。这一判断早有预兆，随着弗洛伊德将越来越多的心灵活动归于无意识，黑格尔关于绝对精神的理想也日益消退。在哈姆雷特之前，人们还是愿意相信，所有的心理过程都在反思的范围之内，然而，王子开始对自己的行为动机感到莫名其妙，他不明白自己为什么要拖延，拖延背后好像也并没有什么更深的意义可以被推导出来。他无奈地叹息说："我可不明白，我一天又一天活下去，只说是'这件事应该做'。"（I do not know. Why yet I live to say "This thing's to do".）正因如此，陀思妥耶夫斯基的小说中充斥着"自己也不明白为什么要这么做"的角色，而卡夫卡的小说中也出现了大量不可解释的动作，比如在《审判》中，卡夫卡写 K. 去见女房东时，女房东正在补一堆袜子，"K. 时不时把手埋进那堆袜子里"。面对这么前不着村后不着店的一句话，读者当然会打个问号，实在无法解释这个古怪动作有什么隐藏含义，这个不可解释的细节甚至会让我想到贝克特的名作《初恋》中那个同样匪夷所思的动作，男人把手插进空心的干牛粪里……这些小说里总是充斥着大量类似的不可破解的动作细节，某种程度上，是不是现代作家们对文学试图解释与凝练生活这一企图的怀疑呢？

8

网上有一个非常有趣的提问：为什么很多人的家没有美感？

我猜测，这种美感不是指不够奢华、不够流行或者网红元素不够多，而是指缺少个性。人们总是一窝蜂地追求奶油风、中古风、法式风，做满墙的柜子，考虑的也总是有没有符合当下最时尚的潮流，但很少考虑把自己的个性囊括进去。所有的装修最后都变成了好看、乏味又千篇一律的风格展示。人与他所栖居的空间并没有产生有机的、互动的、彼此镶嵌的关系，具体的人游离在既定的风格之外。

这也是我们在文学发展早期看到的情形。不仅时间的过去与现在的差别不大，人在什么环境里活动也没什么差别。在悲喜剧和传奇文学中，地点几乎像时间一样，显得笼统、暧昧又含混，堂吉诃德可以在任何一个村庄的酒馆里讲他的人生故事，而莎士比亚总是任性地玩着空间放大缩小的游戏——他让笔下的人物表明，世界可以像坚果壳，也可以是无限的，可以是一个剧场，同时又像宇宙那么大。随着现实主义技巧的推进，具体的内景和外景才受到了重视，也才逐渐构成了一个人物性格、命运与历史的外延。近代以来小说中环境的兴起背后有两个相辅相成的助推因素：个人主义与现实主义，一个有个性的人总得通过他活动的空间来表明他的个性所在，他不太能容忍生活在一个模糊、混沌、千篇一律的环境中了。所以，我们在细读时抓取的细节——尤其是在现实性比较强的近代文学中——就可以进一步落在环境的细节上，它是对人物理解的强化步骤。

然而，捕捉环境中的细节有个难处，一旦写起来，它所耗费的笔墨就比人物的外表或者动作更多。在动不动就是长篇大论的环境描述中，我们怎么能确定哪些是有价值的"萝卜坑"，哪些又是说明性的文字？有时候，现代读者一看到多达数页的环境描述，就想快速翻过，没有耐心留意和甄选里面的关键细节了。

实际上，细读意味着重读。第一次读时，我们在享受故事情节的时候，可以随机地期待那些恰好落入我们临时性视野中的细节，针对环境描写的段落就算是略读或者跳读也没关系。但在重读时，读者对全文梗概已经有了一个了解，视野扩大了，对细节的重新抓取和分析就变成了一个复盘的行为，以"后视之明"回看环境描写，意味着必须带着整体性的思维来审视布局，环境的描写就得留心了，因为一开始缺乏对应解释的细节处此时可能就会浮现出答案来，"啊哈"的时刻也随之而来——怪不得要这么写！所以，还是我在前文谈到的，细节的抓取与分析不仅需要与文本充满新鲜感的初次碰撞，也需要对整个文本熟悉之后的复盘和回视，就好像康拉德在《黑暗的心》中马洛描述的那样："一个故事的含义并不像胡桃肉一样藏在壳里边，而是在外层把故事裹了起来，而故事突出了含义，就像一股灼热的光散射出一抹烟雾来一样，这情景就好像那些迷蒙的月晕光环，有时候只是靠了月亮光怪陆离的辉映，才使我们能看得清它。"显然，故事的整体就是月亮光怪陆离的辉映，只有通过整体，才得以显示灼热的内核的意义。

来看 19 世纪作家冯塔纳的《艾菲·布里斯特》的例子，这段描写以色列作家奥兹也分析过。小说开篇是一段非常"劝退"的景观描写，介绍了女主人公小艾菲成长的环境：

自从选帝侯格奥尔格·威廉当政以来，封·布里斯特一家就在霍恩克莱门村定居了。邸宅的正厅面临大道，中午时分，岑寂的大道上洒满了明亮的阳光。正厅旁边是公园和花园，那儿造有侧厅，与正厅构成曲尺形，侧厅的硕大阴影起先投在用绿白两色方砖铺成的走道上，接着日斜影移，便笼罩在一个圆形的大花坛上。花坛四周为美人蕉和一丛丛大黄环抱，中央立有一口日晷。离此数十步，教堂庭院的一堵围墙在望，墙与侧厅平行，墙上爬满小叶常春藤，墙中仅有一处设有一扇白漆小铁门，墙后是霍恩克莱门村木板铺顶的钟楼。钟楼尖顶上装有一只风信鸡，新近才重新镀过金，闪闪发亮。正厅、侧厅和那堵围墙，从三面围成一个马蹄铁形的小巧精致的花园。空旷的一面，有一口池塘，塘边筑有一顶水桥，桥畔泊着一叶小舟，用铁链拴住。靠近池塘，还能看到一个秋千架，架子踏板的两侧上下，各用两条绳索缚住，架子的立柱已经有点儿倾斜。池塘和花坛之间一对高大、蓊郁的老梧桐，却遮住了半个秋千架。

（韩世钟 译）

好吧，如果你能挨过这段冗长且细节过量的环境描写，并且读完整个故事，你就会了解女主角艾菲的一生，她在父亲严格的管束下长大，并且遵从父命嫁给了一个比自己年长很多的贵族，家庭与婚姻生活令她感到窒息，她只能选择出轨来逃避。这个故事的时间晚于《包法利夫人》四十年，我发现两部作品中的一些情节几乎是完全一样的，但我没能找到冯塔纳读过福楼拜的证据，所以只能留给读者揭开这个谜题了。无论如何，两位作家都塑造了一个被压抑女性的出逃，而且她们选择的都是出轨。了解完整个故事，再回过头来看上面那段描写，一些有用的细节就浮现出来了，我用删除线表示说明性的、泛泛而谈的文字，用下划线表明有隐喻的环境细节：

自从选帝侯格奥尔格·威廉当政以来，封·布里斯特一家就在霍恩克莱门村定居了。邸宅的正厅面临大道，中午时分，岑寂的大道上洒满了明亮的阳光。正厅旁边

133

是公园和花园，那儿造有侧厅，<u>与正厅构成曲尺形</u>，侧厅的<u>硕大阴影</u>起先投在用绿白两色方砖铺成的走道上，~~接着日斜影移，便笼罩在一个圆形的大花坛上。花坛四周为美人蕉和一丛丛大黄环抱，中央立有一口日晷。~~离此数十步，教堂庭院的一堵<u>围墙</u>在望，墙与侧厅平行，墙上爬满小叶常春藤，~~墙中仅有一处设有一扇白漆小铁门，墙后是霍恩克莱门村木板铺顶的钟楼。钟楼尖顶上装有一只风信鸡，~~<u>新近才重新镀过金</u>，闪闪发亮。<u>正厅、侧厅和那堵围墙，从三面围成一个马蹄铁形的小巧精致的花园。空旷的一面，有一口池塘</u>，~~塘边筑有一顶水桥，桥畔泊着一叶小舟，~~用<u>铁链</u>拴住。靠近池塘，还能看到一个<u>秋千架</u>，~~架子踏板的两侧上下，~~<u>各用两条绳索缚住，架子的立柱已经有点儿倾斜。池塘和花坛之间一对高大、蓊郁的老梧桐，却遮住了半个秋千架。</u>

读者可以试着根据我的下划线与删除线提炼出关键的细节来，从房间构造来说，有"曲尺形""从三面围成花园"或者"一堵围墙"，且花园空旷的一面被池塘堵住了，所以空间总体上有一种封堵围困之感。再看陈设，秋千也好，小舟也好，都能让人们想到飞扬、飘荡等概念，可是，它们无一不被系住、遮住、锁住，封锁之感继续延续，再看时间，日晷、才镀金的风标，"自从 XX 时候起"，都说明了一种年深日久的感觉，也就是说，这个家看起来光鲜亮丽，却饱含着压抑与控制，甚至是旷日持久、形成传统的压抑——这样一来，女主角的选择有没有得到了解释？她的出轨，显然不是一时兴起或者被情欲冲昏了头，她是想甩脱身上压了太久太久的父权的束缚，这种束缚，就像无处不在的"阴影"一般投射于她。

18 世纪以来的很多小说中，居住环境都非常深刻地镶嵌到人物的生命进程之中，它们需要被更细致地对待。"房屋即人"的写法，最早可以追溯到 18 世纪理查逊的《克拉丽莎》中，小说中的哈罗庄园既是一个恐怖真实的自然空间，也是令人不适的道德环境。慢慢地，把一个人和他栖居的环境（庄园、公寓、宅邸、房间、屋子）有机地结合在一起，形成了一种文学传统甚至写作套路：《包法利夫人》中被纳博科夫称为"千层饼结构"的新婚大宅，托妮·莫里森《秀拉》中不断加盖，最后变得乱七八糟的黑人住宅，《罪与罚》中因为要避让一条河不得不让出一角的妓女的房屋，都是其屋主生命状态最直观的呈现。在某些特定的文学类型中，人与居所神秘地合二为一——回想一下吧，你一定很少在小说中看到一个老男人幽居在一所大宅中足不出户的情节，但是，从狄更斯的《远大前程》到福克纳的《献给艾米丽的一朵玫瑰花》，再到亨利·詹姆斯的《阿斯彭文稿》，出现的都是一个古怪衰老的女人隐居在古老大宅里的细节，这其实是哥特浪漫小说的一个特征——总是书写那些一辈子困在家门后面的女人。原因很简单：传统社会中的男人可以自由出门，女人则不行。

房屋结构即人的灵魂结构。

需要留心的是，在类似的片段中，值得解读的细节不再是单独出现的，而是以"细节丛"的方式出现，读者需要摘取和整理同类的细节，在"合并同类项"也就是提取共同点之后，像嗑好了一堆瓜子仁再一气吃掉。[1] 也就是说，近代以来的小说中，细节之间往往具有联系，作家不会在塑造一个人物时，先写他爱吃奶油蛋糕，再写他讨厌甜味，也不会写一个人住在时尚公寓里，又写他的房间简陋寒酸。细节之间的连贯性、相似性、一致性都是为了保障人物塑造的统一之感，这可以说是细节描写的惯例，也允诺了我们查找"细节丛"的可能——一棵果树上不会既长出苹果，又长出带壳的鸡蛋。不过，需要补充一句，在传统的故事中，细节的连贯性并没有被作家们普遍重视，故而，我们会在《堂吉诃德》之类的作品中看到如此前后矛盾的细节描述：

> 我当时心猿意马，没有心思细看她究竟穿的什么服装，只是见到她衣服的颜色是肉红色和白色的，头上戴的首饰与服装上镶嵌的宝石闪闪发光，把她那一头美丽的金发衬托得更加好看。

一个人怎么会既没有仔细看别人的衣服，又能够说出衣服的颜色乃至镶嵌的宝石呢？

---

[1] 读者如感兴趣，可以试着在《包法利夫人》第二部开篇描写荣镇自然风貌的两个段落中，找找有没有意义类似的细节构成"细节丛"，然后合并同类项。（提示见下页＊注）

9

环视我的四周。

我没法说目前我桌子上的空饼干袋、倒扣着的书、书房里略显干燥的空气以及迟迟没有移动到身边来的阳光有什么意义，生活本身是随机的，就算你要通过这些环境的细节来对我进行某种推断，也会被我否认。因为，生活中这些散落各处的环境细节是透明的，它们并不会遮蔽或掩盖我的性格。但是，在文学作品中，好的细节是不透明的，而不透明是一种资产，它是人们所刻意追求的。而且，文学中的细节总有一种强烈的假定性，通过它，作家与读者达成了某种契约，在具体的阅读发生之前就要假定和接受每一个形象、每一种声音、每一个动作、每一间房屋都是有意义和必要的。

所以，环境的细节还可以再细化到一间房子的装置（走廊、墙、门、楼梯）或者摆设（蜡烛、钟表、枕头）之上，甚至可以集中于环境的质地上（塑料 [1]、金属、木头、橡胶或是玻璃），也可以再推远到整个自然界的风物之中（植被、石头、潮汐、草原），可以聚焦于空间的方位（上下左右）

---

* 　提示：分裂。

[1] 　物质的质地往往提示着时代、阶级乃至文化背景，是一个角色成立的基本像素。如果读者对塑料这种材质感兴趣，可以阅读大卫·福斯特·华莱士的短篇小说《永远在上》，小说塑造了一个由各种塑料制品包围的泳池乐园。20 世纪美国消费主义的扩散泛滥创造了一种通货膨胀的文化，塑料正是这种永无止境的扩张的首选材料，所以，华莱士借用"塑料美学"描绘了一幅他警惕甚至厌恶的被消费主义围攻的现代世界图景。

里，也可以飘散在环境的感官（颜色、温度、湿度、声音、气味）之间。**笼统地说，刨除信息交代、内心独白与情节推进的段落，人物之外的一切，都可以归到环境中。**人物之外的环境细节虽然种类繁杂、多不胜数，但万变不离其宗，它们仍然受到一根绳索的牵引——为塑造人物或者情节服务。故而，人物始终是文学创作的球心，环境中的种种细节则是球心向外辐射出的线条。读者在解读与捕捉到这些细节后，不妨再返回人物那里，想一想它们和人物之间的关系到底是怎样的，两者又是如何互相补充、互相说明的。

当然，我无法穷尽文学环境中的细节类型，就像一个人无法将包裹着她的世界描述殆尽，彻底的描述更近于一种痴心妄想。这不仅是因为语言本身是件不完美的工具，如福楼拜形容的"只像卖艺人敲打的破锣，却妄想感动天上的星辰"，更是因为细节不是套路，不是模板，也不是标准零件，同一个环境的细节，在不同作家的笔下意义可能就是截然不同的。这也意味着，文本细读中的细节是流动的，它需要读者在阅读时依据上下文反复推敲，而不是查阅所谓的"细节公式"后生搬硬套。

哪怕是小小的一扇门，也含有不同的隐藏意义与解读思路。第一个门，出现在卡夫卡的《变形记》里，在这个大家耳熟能详的故事中，我们都了解变成甲虫的格里高尔可怜的命运，大家的目光也许也会更多地聚焦在虫子可怕的身形或者充满暗示意味的床上。门显得毫不引人注意，而且，对作品不熟悉的读者可能以为格里高尔的房间里只有一扇门，就像你我的卧室一样，但是，看看卡夫卡怎么写的。首先，是格里高尔听到母亲父亲轮流叫他起床：

> 这时有人小心翼翼敲他床头的房门。

（张荣昌 译）

我们得知，这是第一扇木门，这扇门通向父母的卧室。接下来：

> 而在另一扇侧门旁边妹妹却轻声责怪道："格里高尔？你不舒服吗？"

这是第二扇门，应该与妹妹的卧室联通。在父母与妹妹的询问下，他不得不"向两边回答说：'我马上就好了'"。后文，我们甚至发现，父母与妹妹可以隔着格里高尔的房间聊天。此外，还有第三扇门，可以通向客厅，当格里高尔的经理来访时，他正是艰难地打开了这扇门，吓了大家一跳。也就是说，小小一间卧室，竟然开了三道门！

如果我们注意到了门，肯定也会注意到它的反常。它到底意味着什么呢？或者，让我这么问，你愿意住在这样一个房间里吗？绝大多数人可能会摇头拒绝，因为觉得实在"太没有隐私"了，好像谁都能跑到你的房间里看上几眼。是啊，卡夫卡谈的就是这个问题，虽然格里高尔谨慎地为房间的门上了锁，可是，门外的各种访客不停地敲打着他脆弱的门板，门锁岌岌可危。卡夫卡注意到，人的生活隐私不断被刺破，窥视与控制的眼睛也不断挤占着一个人的生存空间（你甚至可以认为这个抽象的人隐喻着"犹太人"，他讨论的是犹太人在世界中的处境）。门锁逐渐形成一个形同虚设的关卡，虚妄又无可奈何地抵御着外人的入侵。通过门来说隐私被侵犯，这几乎是卡夫卡最爱的主题，在《城堡》中，K. 早上醒来发现自己被一群小学生围在床边参观；而在《审判》中，K. 发现"门开了"（好像这门能自动感应似的），两个陌生人闯了进来要逮捕他。

在卡夫卡的世界中，门代表着刺破隐私与权威窥视的可能，然而，同样的门，在陀思妥耶夫斯基笔下的含义则很不同。《罪与罚》中也出现了很多次关于"门"的细节，然而，它们又具有某种共性。第一次写门，是男主角拉斯柯尼科夫要去杀放高利贷的老太婆，陀氏分了三次写老太婆开门的动作，门也呈现出一个渐进的变化来：

门铃发出一阵微弱的丁零声，好像这铃是白铁做的……

门开了一条小缝……

门全打开了……

（朱海观、王汶 译）

这之后，就是令读者胆战心惊的杀戮场面。后文中，由于担心杀人事件败露，男主角陷入狂热的猜忌与惊慌，他无数次被写到"蹑手蹑脚地走到门口"、"轻轻地打开一条缝"向外谛听、"把耳朵紧贴在门上"、"拔下门钩，打开门，开始倾听楼梯上的动静"——总而言之，《罪与罚》中的门从来没有一次像卡夫卡笔下的门那样洞开过！对陀氏来说，门是指向角色内部状况的象征性细节，通过虚掩的、只留出一条缝的门，我们得以如此具象地看到拉斯柯尼科夫的精神世界：充满了恐慌、试探、窥私、犹豫、警备，从未开诚布公，哪怕跪在《圣经》面前忏悔之后，又再次反弹……甚至，还可以把门视作角色在行动与思考之间的一个坎儿，他在要不要杀人、认罪、自首等问题上犹豫不决、进进出出、反复横跳。众所周知，拉斯柯尼科夫的名字意为"分裂"，与固定的墙体相比，当门开开关关时，就是一块灵活的木板从墙体上分裂而出，墙是死的，人是活的，站在内外空间的分裂处，人必然承受分裂带来的焦灼与自我怀疑。

针对同一个环境细节，不同文本和作家设计的隐语是截然不同的。

卡夫卡的门指向世界的粗暴，而陀氏的门指向人心的焦灼。这一方面是因为门这个意象本身就暗含着双重性，推开一扇门，既可以外出到世界中，也可以返回家宅，开关之间，它将内外的世界关联了起来，它是一种存在的交界状态。作家们首先以敏锐的洞察力捕捉到了这些环境细节的物质外观，然后灌入社会与心灵洞察，就好像同一个蛋筒，注人的冰激凌的口味是不同的，粗心的读者只会说它们都是蛋卷冰激凌，但细心且审慎的读者则会辨析，识别出这个是香草味的，那个是草莓味的。显然，在针对环境细节的细读中，没有公式和惯例可循。读者不妨先关注这些细节本身的特性，甚至可以设想自己如果处在类似的环境里，会有什么样的感受。比如说，站在门槛上，我们会有什么感觉？我们会感到，它可进可出，进出之间是临界与分裂，所以，它又可以进一步地抽象为对人的处境的两可象征。

进一步来说，面对值得解读的环境细节，首先需要考虑的是它的自带属性。比如说，如果你注意到卡夫卡的《在流放地》和门罗的《沙砾》在开篇都出现了"坑"，[1] 不妨先抛开小说不谈，想一想人们为什么挖坑——总是得填点东西进去。挖开与填装就是坑的自带属性。人们往坑里填装种子、植物、垃圾、废料，甚至人自己：作为死者的人。所以，坑还有一个终极含义：墓葬。如果这个联想是可以接受的，那么这两部小说关于"坑"的环境细节就至少有了一种读法，坑指向了人物的死亡，这两部小说也确实通过后续的情节印证了这一点。《在流放地》中折磨犯人至死的机器就摆在坑边，颇有点"随杀随埋"、用后即弃的味道，而《沙砾》中主

---

[1]　卡夫卡的坑是这样描述的："于是他就坐在一个坑的边沿；他匆匆往坑里瞥了一眼，这坑不是很深，在坑的一边，挖出的土堆成了一堵墙，另一边摆着这台机器。"门罗的坑则是这样描述的："那个时候我们住在一个沙砾坑旁边。不是那种用庞大的机器挖出来的大坑，不过是一个很多年前某农场主一定用它赚了点钱的小坑。实际上，它太浅了，会让你认为它可能有别的用处，也许是房子的地基，只是后来房子没盖成。"

角的姐姐也死于母亲的疏忽。所以，对卡夫卡或门罗而言，小说刚开篇为什么没设计小山丘、石碓或者大池子，偏偏都要写坑，也许就是顺应了坑本身自带的掩埋、埋葬的属性。

其次，我们在沿着环境细节本身提供的自带属性往前分析时，如果能够加入自己真实的感受，会让这种分析更为真切和动人，当然，这是可遇而不可求的。在读托翁的《复活》时，我的一位学生注意到小说里有大量的走廊描写，主人公每一次去为女主角求情，都得穿越漫长恶臭的走廊，因而，她相信托翁写这个细节不是无意义的。这位学生此时正好在备考雅思，考完试那天，她穿过教学楼长长的走廊，突然想起了"轻舟已过万重山"，无论成绩如何，她已经通过几个月的努力证明了自己，所以，走在光影变幻的长廊里，她萌生了"新生""穿越"以及"过渡"的感觉，她从准备考试前那个懒散度日的人变成了一个有计划有规律的人，她如释重负的同时又如获新生。这时候，她突然理解了《复活》中那些或阴暗、或漫长的走廊，它们不仅仅是安置任务行动的物理空间，也象征着主人公精神变化、从此处到彼处的蜕壳过程。

与此类似，文学中冷热、干湿、香臭、软硬、黑白的环境细节，在解读它们之前，不妨都先问问自己，如果在同样的场景里你是什么感觉，如果摸到同样的东西你是什么体会，然后再进入作家设置的环境中。从这些细节自带的特性推及作家预设的社会与人物洞察，将两者相加，多半能得出合理的解读。

总而言之，细读需辩证，也需要加法。

10

最后，我再介绍两种细读中很少被关注到的环境细节类型。遇到它们时，读者不妨也稍加盘桓，揣摩把玩。

有时候，重要的环境细节会被误解为陈述性信息或者说明性文字，最容易被忽略的是文学作品中出现的书或者画。读者若没有读过作者提及的作品，往往只会认为书名这个细节无非一种让小说质地看上去更具体和更真实的手法，就像说一个人穿着樱红色毛衣比说他穿着红衣服更具体也更可信一样。比如海明威在《三天大风》里让两个男孩讨论他们看过的书，包括《坚忍不拔》《阴暗的森林》等，这些书名确实对现代读者没什么意义。然而，对1925年的读者来说，他们大概会会心一笑，因为这些书正是当时流行的出版物，把这几个书名交代出来，大家很快就会对小说发生的时间背景形成一个具体的认知——哦，这不就是现在发生的故事嘛。所以，书名很多时候确实属于烘托背景的陈述性信息。

然而，回想这样一些时刻：当你去朋友家做客时，如果你们都喜欢阅读，那么，在这个家里，什么东西会最先也最持续地引起你的注意呢？对，一定是书架上的书，你的眼睛会从第一个书柜的最上层一直"阅读"到最后一个书柜的最后一排，你会在书柜面前蹲下又站起。你也许并不会翻开这些书，因为书名也是可以被读的，看到和自己品位、类别都一样的书，会令你欣喜不已，毕竟，就品位的相似度来说，书比音乐更容易达成。所以，"什么类型的书""什么内容的书"都透露出非常重要的讯息。塞林格的《麦田里的守望者》里有一个非常有趣的细节，表面上看起来叛逆的男孩霍尔顿其实醉心于文学，这可能是受他那个热爱文学又过早去世的弟弟影响，他喜欢读哈代的《还乡》，当他那个恶心下流的室友漫不经心地问他在"读他妈的什么书"时，他偏偏要说：

"破书。"

这真是一个可爱的细节。

它让我们看到男孩对自己珍爱之物的笨拙保护，那种"说了你也不知道，何必说出来玷污我的书"的小小心思，粗俗的咒骂，无非这颗敏感之心的外壳而已。所以，古典小说在塞林格这里是一种象征，它指向了男孩最脆弱也最珍贵的内在世界，自然，它也不仅仅是对阅读与文学传统的表白，更低徊着对弟弟的思念。当然，在另一些作品中，作品本身与作家提及的书构成了互相呼应的模式，书名的细节就好像一幕"剧中剧"的窗口，让我们看到它所折射出的整个作品的内容。比如博尔赫斯的名篇《南方》中，主人公酷爱读的一本书是《一千零一夜》，他甚至因为看此书入迷而撞破脑袋，小说的整个内容就可以理解为他在破伤风之后陷入高烧昏迷，濒死前的想象。那么，这些内容和《一千零一夜》有什么关系呢?《一千零一夜》的核心故事是王后山鲁佐德为了推迟死亡而夜复一夜地讲故事，所以，推迟死亡可以被认为是这本书的核心之一，《南方》中的主人公在陷入昏迷濒死之际，不停地梦见冒险与旅行，其实也是一种"我不想死"的表达，这样一来，《一千零一夜》就构成了《南方》的"潜台词"。

总体而言，书名、画名、剧名在小说中往往不会是平白出现的细节，它们凝结着作家苦心孤诣想要暗示的东西，也是读者走近文本迷宫中心的阿里阿德涅线团。

11

另一种常常被忽视的环境细节是声音。

声音在文学作品中永远是一个悖谬的细节符号。只有诗歌能够以文字的韵律、节奏、重音这些音响效果取胜，在散文化的小说中，作家哪怕写得再细，我们也不可能真正听到。耳朵没有被触动，注意力也就不会被拨弄，同时，读者的想象力可以尽可能复原视觉画面，但无论如何也很难还原音效场景，这也是文学在表现力上弱于影视作品的原因，再美妙或者嘈杂的音响在文学作品中都是被消音的。所以，我注意到在很多文学作品中，作家在处理声音细节时非常谨慎，要么就干脆不提声音，最多写一笔夜莺啼鸣或者乐队在远处演奏，要么只能把歌曲转化成歌词来传达意义，声响的部分被直接取消了，再或者，用限定性非常强的修辞来决定声音的含义，以免读者跑偏，也就是说，作家在设置声音细节的含义时具有绝对权威，我们解读的空间不大。

读者在细读时，如果遇到了本来就喜欢音乐甚至乐于演奏的作家，比如托尔斯泰、石黑一雄、伍尔夫等等，就可以多留意他们笔下的音响细节。创作《幕间》时，伍尔夫在写给朋友、小提琴演奏家伊丽莎白·特里维廉（Elizabeth Trevelyan）的信中特意说："我提笔前总把要写的书当作音乐。"受过完整贵族教育的托尔斯泰则弹得一手好钢琴，甚至在一位来自圣彼得堡的音乐家的影响下写过关于音乐的论文《音乐的基础及其研究规则》。至于石黑一雄，我们都知道，关于他最大的轶事就是，他是一位失败的贝斯手以及成功的诺奖得主……所以，小说中音响细节的出现频率与作家本身的偏好密切相关，作家一旦用到，肯定就有隐喻性。总体而言，作家对细节的选择有较为明显的倾向性，他们会采用日常生活里与他们更亲近、更熟悉的东西来作为叙事的细节，也会在细节中投射自己的偏好，所以，解读细节时读者也不妨把作家的癖好纳入考虑范围。

具体来说，在遭遇音响细节时，声音是何时出现的——一个人痛苦时，孤独时，还是死亡时？又是如何被形容的——"让人心烦意乱的""悠扬的""清脆的"还是"嘈杂混乱的"？以及是谁发出的声音——自然、人类还是机械？如果这三个小的环节能够捕捉到位，音响的暗示也就差不多浮出水面了。伍尔夫的小说中，音响常常来自人与动植物世界的声音共振，而在托尔斯泰笔下，音响则不断出现在人的生死交界处，显然，音响的位置、来源与音色，正是解释作家关于人与自然、生与死思考的关键细节。

让我用《战争与和平》中的一个音响细节结束关于上篇的讨论：

部队里，年轻的军人彼佳迷迷糊糊睡着了，旁边有个哥萨克人正在磨他的军刀，有节奏的声音引发了彼佳一段华丽的幻听，先是赋格曲，接着又像庄严的教堂音乐：

> 从四面八方，仿佛从远处发出颤音，渐渐变成和声，分开，汇合，然后又合成那个悦耳的、庄严的赞美歌。……庄严的凯旋进行曲伴着一支歌，水珠滴滴答答，霍哧，霍哧……佩刀在呼啸，马又在打架，嘶鸣，但不妨碍乐队，而是溶进了乐队。

（刘辽逸 译）

评论界一般认为，这段音乐可能是对贝多芬《第九交响曲》的描述。无论如何，第二天，彼佳在战场上被打死了，年仅 16 岁，而小说的结尾处，又一个男孩诞生，他也被取名为彼佳。当成人们在客厅谈笑风生时，从孩子待着的育儿室里传出了一种音乐，托尔斯泰令人无比动容地写了一句：

> 真是悦耳的音乐啊。

虽然托翁没说，但我相信那是彼佳听到的音乐。
生死轮回，音乐奏响。

细节 ABC（下）

1

我们都熟悉"狼来了"的故事，并且早已知道这是一则关于谎言的寓言。但是，想象一下，它是如何被讲出来的。是一个小男孩气定神闲、漫不经心地说出来的，还是在讲述这则谎言时，小男孩的语气显得惊慌失措，他一边拍着胸脯一边喘着粗气，满脸写着惊魂未定，这样一来，他的谎言就有了说服力？如果我们认同纳博科夫对小说本质的定义——一种从"狼来了"的谎言发源而来的虚构——那么，还应该为这条定义再增补一条规则，当讲述虚构或者谎言时，"怎么讲"是让"讲什么"成功的必要条件，没有人会相信一个躺在长椅上、懒洋洋地嚼着草茎的男孩说出的狼的故事。

可是，文学的悖谬也在这里。

对大多数读者来说，"怎么讲"的技法是隐形不可见的，仿佛它是作家才应该关注的东西，读者享受"讲什么"不就够了。然而，对文本细读的热衷者来说，仅仅从大家都能看到的故事内容里寻找细节与解读细节，显得有些不够。毕竟，一流的作家从来不满足于讲一个好看的故事，木棍和钢筋都能把房子搭建起来，但他们偏偏选择难度更高的钢筋，那么，钢筋所代表的技术本身就是有讲究也是有意义的。所以，怀抱着感激之情，有心的读者也同样希望勘破故事的面纱，更多地看到里面支撑起面纱的骨骼到底是怎样的结构。可以说，文学的故事情节是结果，但讲法是过程，追溯讲法的细节，就有了点"考古"或者"系谱学"的味道，它提示着我们真正的阅读，不仅要先服从于文本，用感觉与眼睛去读，而且要叛逆地"起底"文本，把它撬开、挖开、剖开来看，用逻辑与规则读一读。

在这个部分，我打算聊聊文学中值得留意的技法细节及其分类。

2

在读一部作品之时，我总是期待一种"惊悦"时刻。

惊悦（surprised by joy）一词，最早出于华兹华斯的诗歌《惊悦》，这首诗一度让我困惑。因为它是华兹华斯在4岁的女儿凯瑟琳去世两年后写下的，按理来说，幼女的逝世肯定令人痛苦不已，但华兹华斯居然在诗歌的第一行说到了愉悦："惊悦——急迫如风，我欲分享这等狂喜。"说完这句话后，诗人仿佛才如梦方醒，想起女儿已经埋在深深的墓穴之中。因而，回过头去看第一行的"惊悦"，作为旁观者的我们也许也就多了一分感慨不已的体谅，华兹华斯通过这个词传递出一种何等复杂的情感——有可能，他忘记了女儿已死，遇到什么高兴的事情还想着和她分享，这是悦，结果突然如梦方醒，发现女儿早已不在人世，这是惊；又或者，他在自己的记忆与遗忘之间来回穿行，发现已经忘记了女儿，这是惊，但是，深切的爱意却使他意识到遗忘也许只是一种逃避痛苦的方式，最深处的爱始终会泛起涟漪，这是悦。在诗中，他兴许是苦笑着说："爱，忠实的爱，让我想起了你。"我开始理解"惊悦"这个并置的词，它扩大了一个人感情的范畴，照亮了某个复杂感受的瞬间，让我们看到一个人在痛苦、遗忘、欢喜、欣慰与回忆中折返，而所有这一切情绪的初始，是困惑，一种惊诧的困惑。很多年后，神学家 C. S. 刘易斯写下了自己回望半生的传记《惊悦》，同样借用了惊讶和喜悦的两重含义。在回忆录中，他像奥古斯丁或者托尔斯泰那样谈起了自己皈依基督教的经历，在信仰转变的瞬间，一种同样的惊悦之感袭来，不仅如此，他还提到了喜悦中的痛感："喜悦必须伴随着那猛烈的一击，一种剧痛，一份无法抚慰的渴望。"

我想，一个敏锐的文本细读者，也应该敏感于阅读中复杂感知出现的时刻。这样的细节首先激发我们的不是"赞""好玩"甚至"美"，而应该是不那么舒服的困惑，困惑会破坏我们对于文本把握游刃有余的幻觉，让我们如受重击，继而摸着脑袋问：为什么啊，为什么要写成这样？只有以带着痛感的困惑入手，与"惊"相伴的"悦"才会出现，欣慰、欢喜与豁然也才会鱼贯而来。更为简单地说，对文学技法上细节的把握，应该从那些让你觉得"怪"或者"不通"的地方开始。技术的细节起飞于违背句法逻辑的地方。

来看看博尔赫斯短篇小说中的写法。在《沙之书》的开篇，博尔赫斯写道：

> 线是由一系列的点组成的；无数的线组成了面；无数的面形成体积；庞大的体积则包括无数体积……不，这些几何学概念绝对不是开始我的故事的最好方式。如今人们讲虚构的故事时总是声明它千真万确，不过我的故事一点不假。
>
> （王永年 译）

不妨反复读一读，这一段话哪里说不通，令人困惑？

最后一句话，似乎有点读不通，按照正常的句法逻辑，应该这么说："如今人们讲虚构的故事时总是声明它千真万确，不过我的故事一点不真。"因为，转折词"不过"一旦出现，大家就觉得，后面总该跟一个逻辑上的转弯吧，可是博尔赫斯偏偏要反其道而行之，故意用违反我们逻辑期待的方式写作。不仅如此，这种反逻辑还被前面的几何学原理强化了，从点到线到面的几何学推论，本就是完全符合逻辑的，人们始终相信，事实必须符合逻辑和算术。可是，紧接着几何学的逻辑推演的，却是一段让人摸不着头脑的表述。短短几句话里，倒出现了双重的否定。

这时候，"惊"诞生了：我们挠了挠脑袋，博尔赫斯为什么要写这么"不通"的句子？

实际上，博尔赫斯是通过违反逻辑的句法向读者宣布：人们总说自己写得很真，就像算术带来了事实那样，不过，我从一开始就打算说一番假话，下面我要讲的故事全是虚妄。在开篇这个不通文法的句子里，"不假"是"不真"的障眼法，"不假"引导我们去思考"不真"，小说其实要说的就是一些并不真实的东西，但一定得通过看起来"不假"的东西来完成。曲折表达的细节奠定了博尔赫斯对创作的根本理解：小说是虚构的艺术，而这一艺术最高的美学就是制造真实的幻觉。那么，不真实的东西究竟是什么呢？我想，是人们对无限的占有。人类总是想追逐无限，但在无限真正来临的那一刻，他们却无法承受与面对它。小说中的两个角色都曾经获得一本不会穷尽的书，读它的人永远不可能翻到相同的页数，这本书如同博尔赫斯笔下的镜子或者梦一样，代表着无限，然而，两个角色对这本书的渴望最后都转换成了恐惧，他们忙不迭地把这本书转让或者藏匿，以防无限对人的反噬。就像人类总是怕死，但一考虑到永生带来的厌倦与重复，对永生就多少有了点抗拒。正因为人类在无限面前的根本脆弱性，所有关于获得无限的故事其实也都不可能存在，也就是说，都是假的。关于沙之书的描写越显得逼真——它的排版如何、分段如何、页码如何、插图如何——围绕着它展开的故事就越显得不可置信和虚假。实际上，这一切，已经在开篇那句不合文法的表达细节中得到了预言。

博尔赫斯句法不通的讲述，最先引发的正是惊诧之感。在课堂上细读这篇小说时，我发现课堂气氛是最不同、最异样的，大家一开始会处于一种震惊和沉默的状态中，并不像读契诃夫或者海明威那样七嘴八舌地讨论，因为博尔赫斯思考的东西非常抽象、看起来离生活最远，但它们很可能是生活如常运行的先验基础。慢慢地，学生们才会谨慎地谈起他们关于"无限"的体验，比如被梦魇住无法脱身、夜里走一条无尽的小路、睡梦中突然被死亡的威胁吓醒或者在草原上孤身一人观赏……这时候，惊的状态逐渐让位给了忧虑、宽广、恐惧、沉醉等情绪体验。这些体验和感受与抽象的概念相关联，但又抽绎于每个人自我的境遇之中，它们好像贝壳柔软的舌头，包裹着粗粝的砂石，然而砂石终究会被矿化为珍珠，各种各样的感受正是贝壳深处析出的大大小小的结晶。

在一个反逻辑的表达中，惊悦由此发生。

3

博尔赫斯非常迷恋这种不合规矩的表达方式，所以我想再举一个来自他小说《刀疤》的例子，邀请读者感受和比对，看一看它和符合句法规则的表达的区别在哪里。小说中，主人公好奇一个男人脸上的刀疤的来历，这个刀疤男就决定说出来，请注意，他是这么说的：

我不妨把这个伤疤的来历告诉你，可是有一个条件：不论情节多么丢人，多么不光彩，我都如实讲来，不打折扣。

　　还是有古怪。

　　如果按照正常的句法逻辑，刀疤男应该是在谈交换条件，就是我说出关于疤痕的秘密，你答应我如何如何，比如你不要取笑我啊，或者你可别评判我啊，比如像下面这样"正常"的表达才说得通：

　　我不妨把这个伤疤的来历告诉你，不论情节多么丢人，多么不光彩，我都如实讲来，不打折扣，可是有一个条件：你不能因此随意评价我。

　　有趣的是，我们看到博尔赫斯再次上演他的帽子戏法，条件说了一半就没有了——我说出秘密，可是根本就没有提及你需要交换的内容！我自行补上的这类表达也根本没有在原文里出现。这又是一处语法不当、违背句法逻辑的细节。那么，在什么情况下，你和别人吐露一个生死攸关的秘密，却绝口不提交换的条件呢？

　　只有一种解释。

　　其实你是在自说自话，你是在自我忏悔或者自我聆听，你完全了解发生在自己身上的事情，所以，根本不需要交换什么条件——自己跟自己谈什么条件呢？我们如果把这篇小说读完，就会发现小说的内容其实就是一个叛徒的忏悔，他出卖了革命战友，自己出逃，最后受到了惩罚，脸上落下疤痕，而他无法从容地面对自己的道德缺失，只能用我们熟悉的"我有一个朋友"的方法来讲述自己的罪孽。那个打听刀疤来历的听众，其实也是忏悔者的自我身份罢了。显然，小说中所有在讲法上反逻辑的地方，都凝结着某种未曾言明的合逻辑的状态，而且，一旦出现类似的技术细节，就会出现意义的"压缩"。原本不可思议或者荒诞的事情，被压缩到了几个不和谐的语词之中，读者在疏通不合逻辑之处时，实际上正是在还原和释放那些被压缩的内容，解读的过程就像是把一块压缩毛巾泡进水里。

相比之下，福楼拜对违反句法逻辑的细节处理，就更为高效简洁，它出现在《包法利夫人》里。小说中，夏尔在母亲的主持下娶了一个自己并不爱的寡妇，没多久，寡妇就死了。参加完亡妻葬礼的夏尔回家后，看到卧室里，亡妻的睡衣还挂在床头边，不免睹物思人，在半醉半醒的痛苦中一直坐到了天黑。读到这里，我们几乎要上福楼拜的当了，觉得这个夏尔真够可怜的，毕竟他与寡妇夫妻一场，也算有些情分，结果，福楼拜马上写了这么一句：

　　　　说来说去，她到底爱过他。

真奇怪啊。

按照前文睹物思人的写法，我们以为福楼拜要接着写：

"说来说去，他到底爱过她。"可是，他偏偏倒过来写，不符合句子发展逻辑地写，这一处细节，更为残酷地写出了夏尔的本心，他根本就一点都不爱寡妇！福楼拜当然没有絮絮叨叨地进行我的这番解释，他把夏尔在爱上艾玛之前的前尘往事与真实心愿，都一并压缩到了这个不合逻辑的细节之中，只等读者带着惊悦之情，前来释放。

我没法不偏爱福楼拜！

4

写法上的"反逻辑"需要和我在《细节小史》中提及的内容上的反逻辑做一个区分。前者对照的是语法或者句法上的逻辑，后者对照的则是生活的逻辑，有时候，写法上的"反逻辑"看上去就像是病句。

我们从小背一首《颠倒歌》，里面这么唱："东西路，南北走，出门看见人咬狗。""人咬狗"就属于违背了生活的逻辑，但是假如我说，"出门人咬看狗见"，这就是违背了句法的逻辑，是一个明显的病句。当然，小说里违反句法规则与逻辑的细节会更复杂一些，暗含的作家巧思也更丰富，只不过经常受到不公允的对待。据福克纳的朋友、历史学家谢尔比·富特（Shelby Foote）回忆，编辑们总认为福克纳受过的正规教育很少，所以不太了解标点符号、语法和句法，于是经常篡改他那些众所周知冗长的、迷宫般的文章，搞得福克纳气恼不已，当他看到编辑又画蛇添足地修改他的句法错误时，他骂道："该死的，别管它了。"

除了勤勉的编辑，严厉的语文老师也一定会对出现病句的细节最敏感，可是，对文学细读的爱好者来说，病句却常常成为细读跻身而入的缝隙。跳脱出合理句法或者语法的表达方式往往暗藏玄机，所以，在细读时，读者不妨尝试着捕捉所有偏离"正常句法"的细节，也就是那些"应该这么说"才对，却偏偏"不这么说"的地方。可以这么说，普通人是句法的仆人，我们被各种"正常"的句法所驯化，但是作家却让句子成为他们的仆人，他们重新驯化了句子，他们站在句子的反面甚至句子之外来处理句法，他们甚至重新发明了句法——那些我们认为是"病句"的地方。可是，一旦我们定睛于病句，阅读感受就发生了变化：在那些原本打算舒舒服服读过去的地方，反句法逻辑的细节表达突然接通了电流，让句子的表达发生了混乱与倒错，不和谐的力量从文字表面掀起一阵风，轻轻地撩拨着读者的眼睛，继而让我们身躯一震，感到不安。

对和谐表达的颠覆可能也是小说家们汲取了近代诗歌风格后的结果，19世纪流行起一种"废话诗歌"（nonsense verse and prose），颇有点一本正经说胡话的味道，这是一类异想天开、近乎无稽之谈的文学手法，最有名的继承者就是《爱丽丝梦游仙境》的作者刘易斯·卡罗尔（想想他在小说里玩的文字游戏吧），"废话诗歌"的代表爱德华·利尔（Edward Lear）的句子也非常具有代表性：

奥斯塔有一位老人，

他拥有一头大牛，但他失去了她；

There was an Old Man of Aôsta

Who possessed a large Cow, but he lost her;

"她"指的当然不是大牛，所以，这是一句经典的利尔式诗歌，语法没什么问题，主谓宾也各就各位，但连在一起读，却没有任何意义和关联，它多半会遭到挑剔的老师的责备。当然，废话诗歌仅仅是废除了语法和语义之间的关系，让一行诗文在句法上无懈可击，却在意义上如痴人说梦。爱德华·利尔仅仅是因为好玩才这么写作吗？他的一生一直被癫痫与失明所困扰，他在日记里不时谈到预感癫痫发作时的困窘，只想把自己赶快藏起来，以免当众出丑。另外，作为一名同性恋，他的恋情也非常不顺利，所以，有没有可能，他对"正常"产生了一种排斥和厌弃的心理，既然正常的恋爱、正常的身体都是他不可得的，那么，只能寄望于支离破碎与不正常的诗文，以此成为他排解忧郁的办法？也就是说，病句与反逻辑的句式本身有一种"不正常"的味道，它对那些过于正常、通用和普遍的说法提出了怀疑与戏弄，其背后，却关切着作家本人严肃的生命经验。

现代小说中的病句与反逻辑的表述细节，再次扭曲了语法与语义之间的关系，同样也回荡着某种关乎个人体验的忧郁或者骄傲。黑人女作家托妮·莫里森在1993年获得了诺贝尔文学奖，成为第一位获奖的黑人女性作家。她对美国文学前辈福克纳怀有一种复杂的心情：欣赏他的文学成就，但可能也被他的"病句"刺痛了。在《喧哗与骚动》中，福克纳故意写下不少病句，也就是完全不同于白人标准英语的所谓"黑人英语"，以此来活灵活现地表现小说中黑人的用语习惯。比如小说的第一部分有一段黑人老女佣迪尔西与自己孙子的对话，他们谈起了家里被照顾的那个白痴，福克纳是这么写的：

> "这回又怎么惹着他了。"她说。（What you done to him now.）
>
> "根本没惹他，"拉斯特说，"他说哭就哭了。"
>
> "是你惹的。"（Yes you is.）

（方柏林 译）

光看中文，没毛病，文从字顺，但是还原到英语里，病句就出现了，按照标准的语法，第一句话漏了一个 have，应该是 What have you done to him now，后面那个 you is 则是连小学生也能发现的错误。福克纳的编辑也许错怪了他，并不是他不会遣词造句，而是他要通过病句表现黑人不识文墨、缺乏教养的状态。我难以想象作为黑人的莫里森在读到这些字句时是什么感受，那感觉应该就像一个残疾人看到有人模仿他走路时歪歪扭扭的样子，而且，这种模仿一定来自健全人——没有残疾人会模仿健全人的姿势，就像没有黑人会模仿白人的口音，也像没有中国人会把自己的眼睛眯成一条线，模仿本身可能就暗含一种"我做得到你却做不到"的优越感。莫里森其实并没有对福克纳的病句表达过明确的不满，毕竟她如此偏爱他的文学创作，不仅硕士论文以他为题，甚至同样迷恋把小说写成一个家庭传奇、一个迷你家族王朝的故事（想想她的《天堂》是多么难读吧）——这是非裔美国人传统中罕见的故事模式，但在福克纳那样的白人男性作家中颇为常见。但是，莫里森曾经明确谈过对爱伦·坡的不满，坡在小说《金甲虫》中，同样模仿黑人的语言，用满是错误读法与句法的细节表现一个黑人老奴的言谈，莫里森冷漠地讽刺道，看到坡如此卖力地模仿像她祖父那样的人说话的方式时，她几乎感到他"满头大汗"。

病句与不合文法的深处，也许还藏着无意识的种族优越感。

5

不合文法的表述与病句，其实都是阅读时比较明显的细节，读者在遭遇它们时，就像摊开手掌抚摸绸缎丝滑的表面，只要足够细心，抽丝或者跳线的地方总会让手部感知得到。在解读类似的"病句"时，不仅需要回到原文，依据上下文语境，理顺打结之处，可能还需要对作家的生平或者所处的年代有一些了解。所有类似的写法，其实都是以一种"不正常"的姿态来宣示它们对"正常"的抵抗与不满，而且，文本中的不正常，常常会溢出文本故事的范畴，激荡与回旋在作家个人的生命中。我虽然不太赞同"知人论世"的解读办法，也很少去读作家的传记——对一个作家来说，他自己的作品永远是第一位的——但讨论问题时，大的语境、背景仍然是不可或缺的，谈索福克勒斯肯定得回到古希腊，谈歌德肯定得回到启蒙时代。

此外，"东西路，南北走，出门看见人咬狗"这样的病句还意味着一句话里面词语的顺序出了问题，这里我想附带讨论一下与逻辑相关的"顺序"这种技术性的细节。

在《细节小史》中，我已经谈过19世纪以来的小说非常依赖逻辑实现其可读性，也举过契诃夫和福楼拜的例子。作家们为了让读者理解写作的意图，总是需要合理地安排词汇、意象、句式、段落、章节之间的顺序，顺序就像是深藏在文本胸腔里的齿轮，彼此前后咬合、互相按序带动，才能够奏出和谐的乐章。像病句一样，反逻辑、不符合常规顺序的细节描述也比较容易被关注到。但是，在真正的阅读实践中，一个文本要能立得住，绝大多数时刻都是依靠合逻辑的顺序建构起来的，这就意味着，文本细读中对看似自然排列的词语、概念的顺序的关注可能不会像对病句或者反逻辑的描述那样容易，解读起来也更费周章。而且，我还得强调，这里的"顺序"不是平时我们理解的事件（events）讲述的前后关系，跟"倒叙""插叙"这类讲故事的时间线索无关，而是文本内部细节出现的前后关系。总之，还是需要读者养成耐心停驻并反问自己的习惯，养成一种把一切看起来都顺理成章、自然而然的东西都撬开来看的意识。如果说小说的艺术在于一种将人造伪装成天然的浑然天成，那么文本细读的魅力则在于揭开画皮的锋利与敏锐。

我最早在解读卡夫卡的《城堡》时意识到这种有意图的细节顺序安排，所以，卡夫卡的这个例子变成了我的"老生常谈"——小说中，K.来到城堡村投宿，与客栈老板娘交谈，老板娘明明已经嫁了人，但是仍然以自己是城堡领主的情人这一身份而骄傲，她没有大费周章地向K.描述自己是怎么接近这个大人物的，只是言简意赅地说见过领主三次，分别收到了领主送的"照片、披肩和睡帽"。这三件物品平平无奇，学生们无一例外地都把它们放过去了，可是，一旦经由提醒，大家就会发现卡夫卡安排这三件物品出现的顺序大含深意，它以极简与浓缩的方式讲述了一个完整的情感故事：照片意味着远距离的暧昧，披肩意味着肌肤之亲，而睡帽则坐实了床第之欢，所以，老板娘与领主的关系由远到近的变化被这三个不起眼的物件的顺序合理地暗示了出来。一旦我们能侦破细节先后顺序里包藏的秘密，就能够像避雷针一样捕捉与汇聚头顶之上一晃而过的闪电，从而感知整个天空隐隐积蓄的云雨。

细节的顺序不仅包含一个句子中词汇与意象安排的前后关系，也包括了一个段落中某些关键概念反复出现的顺序。来看看马尔克斯精彩的例子：在《礼拜二午睡时刻》中，一个母亲前往某个小镇寻找儿子的墓，她的儿子不久前因为偷窃被一个寡妇开枪打死了，母亲来到神父家，向神父借用公墓的钥匙，这是一段极其考究的描写：

> "你们想去看哪一座墓？"他问道。
>
> "卡洛斯·森特诺的墓。"女人回答说。
>
> "谁？"
>
> "卡洛斯·森特诺。"女人重复了一遍。
>
> 神父还是不明白。
>
> "就是上礼拜在这儿被人打死的那个小偷。"女人不动声色地说，"我是他母亲。"
>
> 神父打量了她一眼。那个女人忍住悲痛，两眼直直地盯着神父。
>
> （刘习良、笋季英 译）

仔细阅读的话，会发现关于儿子的描述出现了三次，分别是他的名字"卡洛斯·森特诺"，接则是"小偷"，最后才是"儿子"。这个顺序在真实的生活中不太可能发生，因为我们不会在向别人介绍对方不认识的人时直接说此人的名字，因为这对对方来说是没有意义的信息，我们会用通行的社会关系、社会身份来描述这个人，比如说"我的一个同学""我的一个上司"，所以，神父对陌生的"卡洛斯·森特诺"这个名字当然会感到很懵。可是，为什么要把儿子的名字排在最前面？因为，母亲相信，对一个个体来说，最重要的，不在于他是贼或者他是我的儿子，而在于他是他自己，此乃尊严与个性所系。我在看林小英老师的采访时，注意到她也非常强调这种个体的尊严，当她回到曾经就读的县高中时，与一群高中生进行了热烈的互动，她会仔细询问每一位举手发言的同学的名字，并用这个独一无二的名字称呼她或他，而不是用均质的"同学"这个名号来称呼与她对话的个体。我想，马尔克斯或者林小英都注意到了一个人身上不可取代、不可抹杀的独特性，这种独特性并不意味着人非要做出点什么特立独行的事情来，而是一个人活着，爱着，存在着，他就是独特的——虽然，人们常常会疏忽乃至让出自己的独特性。

从标记着个体独特性的姓名出发，马尔克斯继而才谈到了"小偷"，这是一个社会身份，也是我们识别彼此最通行的办法，最后，才让母亲谈到了与这个小偷的关系，两人是母子关系，这是生理关系。就在这么简单的一段描述里，马尔克斯安排了一个极为重要的身份顺序：一个人必须先是他自己，然后才是社会指认的身份，最后则是血缘附着的生理身份。这个顺序的意义在于，它如此轻盈地颠覆了那些由血缘或者社会头衔所带来的虚荣心，是贫民或者皇族的孩子不那么重要，是将军或者小偷也不那么重要，关键在于，是你自己。《礼拜二午睡时刻》是一篇关于个体尊严的伟大故事，这种尊严不仅体现在母亲寻找儿子墓地时表现得超然与不为所动，也表现在她对儿子生命价值序列的排序上。

如果读者对顺序这一技术性细节感兴趣的话，还可以再自行阅读舍伍德·安德森的《鸡蛋》，看看小说中儿子对父亲的称呼发生了怎样的顺序变化，从"父亲"到"他"再到"我父亲"的排序意味着什么样的情感过程；或者，干脆挑战一下陀思妥耶夫斯基的名作《卡拉马佐夫兄弟》，关注老大米嘉守在老父亲的窗子外面打算行凶时，他看到的景观细节的顺序是什么，人在一门心思扎到仇恨和紧张中时，真的能看见那些东西吗？逐一写来又有何目的？

6

实际上，除了不合文法的表述与病句是比较明显的细节外，文学中绝大多数的技术性细节都像上一节提到的顺序那样相对隐微，它们经常会隐藏在情节推进或者信息介绍的过程里，但是，读者之所以能顺利地接收情节与信息，正是因为技术性的细节在暗中发挥了作用。我想谈的第二种值得关注的技术性细节，是对话。

对话可以成就或毁掉一个故事，它的功能非常多：介绍背景、推动情节发展、润色人物、强化气氛甚至在作品与读者之间建立感情的连接，一些实验性质强烈的作品甚至可以通篇以对话的形式完成，比如阿根廷作家曼努埃尔·普伊格的《蜘蛛女之吻》或者唐纳德·巴塞尔姆的短篇小说《新音乐》与《飞跃》。传统的故事是对话、描述、阐述和心理洞察的平衡与结合，但当作者选择强化四要素中的某一个时，他一定有超出"写一个好看的故事"的野心，缺乏清晰的背景和明确的情节不可避免地会产生抽象感，然而，在一个开放的对话空间里，笑话、题外话和形而上的猜想却可以肆意漫游。两个人你来我往的交谈，总让我想到遥远的古希腊世界中，苏格拉底与柏拉图的对话，它允许随心所欲的哲学探究，后来，我们也能在狄德罗笔下的雅克和他主人的对谈，或者伍尔夫《海浪》中几个朋友的轮番言说中看到这种写作方式的遗迹。

虽然小说中的对话功能繁杂甚至可以独当一面，但从写法上来说，不外乎三种：概述性对话、间接对话以及直接对话。怎么区分呢？比如说："张三和李四在昨天夜里聊了很多关于护肤和化妆品的事。"这就属于概述性对话，我们只知道她们在聊天，但是对话内容被大大压缩了，变成了泛泛的信息介绍；但是，如果这么说："昨夜的闲聊中，张三说起自己皮肤状态不好，李四就劝她买一些自己用的那种大牌化妆品。张三没说什么。"这样的讲述则属于转述性质的对话，我们得知了部分对话的内容，但仍然是从叙事者口中二传手、间接给出的，它的细节还是不够多，因为语气消失了，内容也可能经过了转述者的加工与过滤；最后，如果是直接的对话：

"最近我老爱长痘，真烦人。"张三抱怨道。

"你为什么不像我一样买些大牌护肤品呢？像我现在用的两千块的那种就挺好。"李四说。

张三沉默。

这段对话就是直接对话。**一般来说，细读所期待的技术性细节会出现在直接对话里**，它没有叙事者的转述动作，会以最直接、最全面且最细节性的面目呈现出人与事的状态来。在上面我杜撰的这段对话里，我们其实也可以嗅出一些扬扬得意和自卑的情绪（啊，它其实发生在我的学生时代，那个不吭声的人是我）。对细读的爱好者来说，对话不仅是小说中角色之间的对话，也是我们与角色的对话，我们需要成为积极的读者、听众乃至对话者，也需要努力捕捉"言外之意"，毕竟，相互交谈这种看似简单的行为足以传递最复杂的冒险或者最幽微的沉思。

细读时，读者应该对那些以对话见长的作家的技术性细节尤为警惕，比如海明威或者约翰·契弗，一旦遭遇他们的对话，就要比读传统的其他小说多留一个心眼。海明威的对话具有强烈的伪装性，它经常目睹粗心的读者茫然地走过去，却始终不动声色。还是在我前文提到的《三天大风》里，有这么一段发生在两个男性之间的对话。现在，假设除了性别之外，我们对他们的年龄、身份、经历一无所知，那么看看下面一段对话，能否从中提取出一些补齐人物信息的"言外之意"：

"你在看什么书？"

"《理查德·菲弗里尔》。"

"这书我读不下去。"

"这本书不错，"比尔说，"不是本坏书，威米奇。"

"你还有什么我没看过的书?"尼克问。

"你看过《森林情侣》吗?"

"看过。就是那本书,写到他们每晚上床时,都在两人之间放一把出鞘的剑。"

"是本好书,威米奇。"

"是本不赖的书。我始终搞不懂的是这把剑有什么用处。它得一直剑锋朝上,因为如果翻倒了,你就能径直滚过去,不会出什么乱子。"

"这是个象征嘛。"比尔说。

"当然,"尼克说,"可这没有实用价值。"

"你可曾看过《坚忍不拔》?"

"好书,"尼克说,"倒是本真实的书。那书里写他老爹一直钉住了他不放。你有沃尔波尔的其他作品吗?"

"《阴暗的森林》,"比尔说,"写俄国的。"

"他对俄国懂得什么啊?"尼克问。

"我不知道。那帮家伙你可说不清。也许他小时候在那儿待过。他知道不少有关俄国的内幕消息。"

(刘文澜 译)

好,就是这一段对话。我知道,它看上去太像是一段无关紧要的闲聊了,除了推动散漫的情节,让我们看到角色在聊书,好像并没有什么可以深挖的。那么,细节究竟在哪里?

我觉得细节首先在对话者评价书的地方。两个男性提到了几本书，但是他们最多只能用"好""不赖""不知道"来评价，谈到"象征"时，其实也没说出个所以然来，到底象征什么并无解释。这些小小的细节意味着什么？它们实际上足够我们进行某种关于人物的推断。我们不妨先把这个场景还原到自己身上，在哪些情况下，我们读了书，但其实又说不出太多关于它的东西，只能用最简单的词汇来粗略地描述感受？要么就是我们没好好读，要么就是我们经验不足，缺乏高级的词汇来形容自己的感受。那么，这里至少可以形成一个推断，两个对话者的年龄应该不大或者没有接受过高等教育，至少不是饱读诗书、出口成章的学者。

这段对话中还有细节值得推敲吗？读者应该还会发现两个人在不停地"报菜名"，也就是说对话中有一种你追我赶的快速交错性，你说一本书那我也要赶紧说一本，仿佛是暗中较劲谁比谁知道的书多，虽然关于书本身他们说不出什么内容，但是报一报书名还是能证明自己并非一无所知——这又是一个孩子气的行为，它充满了幼稚可爱的竞争意味。所以，我们到这里大致就能判断，对话的两个男性不是中年人或者老年人，应该是青少年，他们谈论着书与阅读，模仿着大人文雅的生活风格，却在对话的小细节中暴露出自己的天真与经验不足。实际上，海明威从头到尾都没有吐露过这两个对话者的年龄，但是我们在不知道故事其他内容的情况下，已经可以通过细读这段对话分析出对话双方的基本信息。这些信息对理解整个小说也有重要的支撑作用，这是一则关于成长与烦恼的短篇小说，也是我个人最偏爱的海明威作品之一，海明威用大量不着痕迹却草蛇灰线的对话构建起两个处于青春烦恼期的男孩形象，他们的成长困惑与忧愁像三天大风一样，被刮跑了又总会卷土重来，就像我们曾经经历过的那样。

在海明威的小说里，"说"是为了那些"未曾说"的东西，我们作为交流的对话者，被他乐此不疲地邀请到谈话的创造之中。

7

直接对话中的细节除了能够帮助读者推断对话者的信息、补齐人物图像之外，也能帮助我们更进一步地探索说话者的内心世界，确定那些角色没说出来，作家也没直接写出来的东西。这种技术性细节并不是擅长写对话的作家所独有的，在很多传统的现实主义作品中，作家也习惯于用"未曾说尽"的对话来暗示人物的内心反应与判断。

对读者而言，细读时可能还需要注意对话本身**呈现的形式**——是针锋相对、你来我往的短句交锋，还是纠结缠绕、长篇大论的轮番上演？是谁引导话语？又是谁终结话题？对话中哪些地方出现了不连贯之处、停顿、吸气、重音？又是哪些地方出现了对牛弹琴、鸡同鸭讲、装聋作哑、结结巴巴？——总之，没有什么是偶然或者随便写出的。在陀思妥耶夫斯基的《罪与罚》中，主角杀了人以后和朋友对话时总是短句交锋，这是因为他心烦意乱，不想多言，我们几乎看到他不耐烦地歪在床上，皱着眉期盼朋友快点走，以免言多必失，导致自己杀人的事情被问出来。而在《白痴》中，当一位老将军走向主人公，开始滔滔不绝地撒谎和吹牛时，长篇大论与其间穿插的欲言又止、结结巴巴让这个老将军活灵活现，我们这时候又似乎能看到此人的神色因为恐惧和夸张而变形、鬓角渗出了汗珠——撒谎真是件苦差事。陀氏真是偏爱让人们的对话变成一个人的长篇大论啊，所以，你简直需用耳朵来看他的小说，而且，没有中场休息。

除了上述形式上值得注意的细节外，对话中的重复与省略也是需要读者在细读时留心的。就像我们观察一个人那样，关注他知道什么、说出什么固然重要，同时也要看他不知道什么、没说什么、省略了什么——法国国王路易十六在婚宴结束之后，撇下新娘就去打猎了，在第二天的日记里，他对婚礼事宜只补了一句话："无事。"他的不说、他的省略不单纯是对新娘的无动于衷，也是对即将如火如荼的革命浪潮的麻木与无知。一般来说，重复是最容易被读者注意到的对话形式，因为重复本身就是文本的强化符号，反复出现的词汇或者表达方式以明白无误的方式招揽着读者的注意力，省略则需要读者动动脑筋，揣摩与补全作家刻意弄丢的地方。

还是在伟大的《包法利夫人》中，有这么一段无与伦比的对话，它看上去太微不足道了，又因为如此自然而不常引起注意。那是艾玛已经爱上了莱昂，却只能将心思悄悄藏在心里的时刻。有一天，丈夫夏尔出门社交回来，发生了如下对话：

> 等到夏尔半夜回家的时候，她装出刚刚睡醒的样子，听见他脱衣服的声音，她就说是头痛；然后漫不经心地问他晚上过得怎么样？
>
> "莱昂先生，"他说，"很早就回楼上去了"。
>
> 她不禁微微一笑，灵魂深处感到新的心荡神怡，就沉入睡乡了。

这段对话包含了间接对话，我们通过福楼拜知道艾玛问得漫不经心，也有直接对话，也就是夏尔的答复。两人的对话中有省略吗？试想一下，当你在和别人聊天，问起他晚上过得如何时，他大概率会先讲讲自己心情好坏、感受是无聊还是兴奋，接着再讲一讲别人的事情，谁又喝醉了撒酒疯、谁又很早告辞离席。但是，注意看夏尔的回复："莱昂先生很早就回楼上去了。"正常情况下，根本不可能只说这一句话，这样的"对话"只说明了一个事实：艾玛根本没听进去夏尔说的其他事情，她的全部注意力都被夏尔偶然提及的那个人牵绊住了，从而省略和忽视了夏尔的所有回答。艾玛对夏尔的回答进行了任性又隐秘的"提取"——也许你有过类似的经历，当你暗恋或者关注的人出现在人海中时，你的注意力会发生"超级聚焦"，一股脑地倾注在那个人身上，周围的人都自然地沦为模糊的背景。所以，福楼拜通过这段结合了间接与直接对话的对话形式，极为高明地运用省略的手法揭示出艾玛的全部内心活动。但是，在这个过程中，福楼拜没有一刻跳出来告诉我们：瞧瞧她心不在焉又突然全神贯注的样子，他相信，心细的读者一定愿意对艾玛的内心戏守口如瓶。

<h1 style="text-align:center">8</h1>

我猜，一定有人发现，我还漏了一种最为重要的"对话"——自我对话。

现代语言学家愿意相信，真实自我是在对话中发展起来的，因此，真实自我发展的失败其实是交流的失败。但这种交流不仅是指在社交场合与人的酬酢往来，它还包含着一个人自我对话的瞬间，只有"请息交与绝游"，一个人才能从人群中转向内在自我，也只有在这一时刻，旁人看你，还是如同看一颗晶莹透明的水珠，而你却看到了水珠里麇集一处、四下爬行的滴虫。所以，近代文学在塑造角色个性的时候，越来越偏爱让他们把自己的内心话说出来。可以这么说，19 世纪以来的现实主义本质上都是对话：不仅仅是技术意义上的对话，而且是个人性格与社会现实之间的对话。但 20 世纪以来的小说主要关注的不是自我与外部世界的冲突，而是私人内心世界的品质。这样一来，刻画世界的活儿就退让给了人类内在那个热烈勃发的小宇宙。当我提到"自我对话"时，你脑海中可能已经飘荡起哈姆雷特王子忧郁的独白或者于连左右拉扯的内心戏。

当然，从专业的角度来说（我希望这里不要显得过于学院派而令人打哈欠），文学中一个人和自己说话的情形，可以再细分成意识流和间接的内心独白。间接内心独白的段落会长达数页，也可以仅由叙述或对话语境中的一个短语组成，可以由叙述者用"她想"这样的用法来暗示，也可以让读者自己去寻找人物的内心活动。《达洛维夫人》中很多的思绪都是以"她想""她思忖"展开的，所以其实并不算是真正意义上以第一人称"我"展开的意识流动。好了，就此打住，我明白这个区分对普通读者来说意义不大，因为不管是"她想"，还是"我想"，反正都是一个人在自说自话，也都看起来很可信。这些人物和自我的对话有着极强的伪装感，人们因而可能产生一种想当然的想法：既然他们都把自己想的东西翻出来给我们看了，我们还有细读或者推测的必要吗？近代文学中人物滔滔不绝的内心独白就像是一张张清晰无误的形象说明书，从最宏大的夙愿到最卑劣的欲望，无一不备。读者的反应似乎又被动了起来——"话都让你说完了，我还能说什么。"

这么理解一个人的内心对话，其实存在某种假设：他们对自己说的话都是真的。然而，说什么也不能忘了弗洛伊德，只有在弗洛伊德的提示下，我们才会想起人是一种多么喜欢自我欺骗又毫无自知的动物。所以，在自我对话中，读者需要关注的是**表达与伪装之间的关系**，这并不是说主角要故意骗人，而是说他自己也没意识到在歪曲与粉饰，就像他没有意识到内心深处的恐惧与欲望——正是这些情绪带来了自我独白时的自我隐藏。其实，公允地说，不是人物要骗人，而是作家要骗人，侃侃而谈的自我对话更像是一张面具。说不定，作家们也是从诗人那里学会了这套伎俩，当古典的浪漫诗人还沉迷于歌唱自我时，T.S. 艾略特已经谨慎地谈起了诗歌的伪装性：诗不是情感的释放，而是对情感的逃避；不是个性的表达，而是对个性的逃避。当然，只有那些有个性和情感的人才知道想要摆脱这些东西意味着什么。所以，《普鲁弗洛克的情歌》里，艾略特悠悠地唱道："那压根儿不是我的意思，不是那个意思，压根不是……"也是从这个意义上来说，卢梭的《忏悔录》就显得更加可疑，他似乎并没有做出多少忏悔，反而在自白中不停地炫耀与夸饰，以至于西方文化传统里生出一个词叫作"卢梭式虚伪"，指的正是挂羊头卖狗肉的自我对话行为。至于理论界爱说的"不可靠叙事"，则早被卢梭与艾略特落在身后很久了。

从这些年的课堂实践来看，我注意到发现自我对话中的伪装细节是需要高强度训练的，这也是技术性细节中非常难的一个问题。近年我带着学生们一起读《远山淡影》，绝大多数学生在没有被"剧透"的情况下，读完全书只觉得看了一个"淡淡的、忧伤的"故事，完全被石黑一雄的"诈骗手法"蒙蔽过去了。石黑在后来采访时表示当年这部小说写得并不好，太过于故弄玄虚，太刻意地制造一个谜题，所以学生们甚至都没有意识到这是一个"谜"，需要他们"解谜"，就好像在湖面也能泛舟，浑然不知作者其实期待的是潜入水底勘探。当然，刻意的故弄玄虚也会让读者解谜变得非常吃力，每次讲完《远山淡影》，我和大家的反应都是一样的：头疼死了！不想讲了！

具体来说，要发现内心独白中可供解读的细节，首先可以排除形而上的抽象思考、对人类社会提出的议论、就道德或者人性发表的看法。这些内容里基本上**不会**出现我们需要的解读细节，因为它们涉及观念与思辨领域的价值判断，不与个体自我理解的真伪、掩饰与扭曲相关。其次，不妨关注关注独白中出现的**形容词或者形容语**。内心话或者第一人称的叙事可以用来自白，也可以用来描述他人。在描述他人时，角色选择的形容词往往会无意识地暴露其遮掩的内心世界。比如纪德在《田园交响曲》里，让一位牧师自述了收养一个孤女的故事，牧师看到孤女蜷缩在角落，用了这样的形容词：

盲女好似一堆毫无意识的肉体。

乍一看，好像也没什么问题，但是当我们想到自述者的身份时，问题就变得有趣起来，牧师用什么词来形容不好，非得用"肉"呢？如果只是单纯想交代某个对象的身姿麻木瘫软的样子，那么像奥康纳在《乡下好人》里把人形容成"像装满谷物的麻袋"也行呀。可是，谷物是死物，沉重、乏味、粗笨、没有生机，"肉"却是活色生香的，它有生命力，甚至有魅惑力。所以，当自述这个故事的牧师把这样的形容词抛出时，他的潜意识已经暴露了：从一开始，他就压抑着色欲。

另一方面，内心独白、自述也可以反过来形容角色自己，读者这时候就不妨对比角色的自我形容与读者看到的，或者小说中其他角色看到的那个形象是否吻合，抑或和其他角色选择描述此人的形容词又是否一致。这和我在《细节ABC》上篇中谈到的关注人物的动词和名词相反，因为形容词是修饰性的，也就意味着可以被塑造和改变，不会像动词和名词那么确定。波兰诗人扎加耶夫斯基用充满诗意的语言，将名词形容为"坚韧的弓"，形容词则是"移动的、无处不在的箭"，通常来说，弓与箭的搭配会让叙事变得有的放矢，但是，文本细读的关隘中，名词与形容词若是处于自相矛盾的状态，反而是大有解读空间的。

如果一个人物在实际处境中是冷淡和傲慢的（类似于名词的确定性），那么，他可能会在自我对话和独白中把自己描述成热情且亲切的，扭曲描述自己的形容词，这可能是因为他不满于现状，想塑造一个理想之我，也可能因为他毫无自知之明，真的觉得自己很热情。很多作家都喜欢通过充满矛盾的自我对话来暴露一个人的不自知或者自我欺骗，比如石黑一雄、尤金·奥尼尔或者阿瑟·米勒。进一步说，成熟的作家虽然会写很多作品，但是他们会逐渐形成一种最为青睐的角色原型，用以表达他们对人类生命瞬间某个最典范的真相的把握，他们所有作品中的主要角色其实都是某一类角色的变形——福楼拜总是喜欢写把自己投射到他者身上的空洞的灵魂，契诃夫总是喜欢写淹没在庸常中却浑然不觉的自得者，菲利普·罗斯总喜欢写在色欲的兴奋与死亡的折磨之间来回折返的中年男人。读者读得多了，了解到作家们各具特色的角色原型，对细节的抓取也能够形成指引，大概能够预判，哪些作家笔下的人物自白更倾向于伪装和扭曲。

让我用爱伦·坡的名篇《泄密的心》举个例子。

整个文本是以"我"的独白展开的，语气显得疯狂而压抑，讲述了"我"进屋谋杀一个老人并分尸埋藏的过程，好巧不巧，刚干完这一切，警察就来了，在发现警察没有怀疑自己时，"我"反而因为压抑不住而暴露了杀人的事实。所以，这篇小说似乎从标题就在告诉我们，这是一个"自爆"或者忏悔的故事。但是，如果这一切都是假的呢？如果"我"的自我对话从头到尾都是谎言呢？来看看"我"是如何在形容词上发生矛盾的。小说中，作者一开篇就对自己有一个自画像：

> 听好！并注意我能多么神志健全、多么沉着镇静地给你讲这个完整的故事。
>
> （曹明伦 译）

这里用来自我勾勒的形容词是神志健全（healthily）、沉着镇静（calmly）。然而，读者很快就能把这些自我描述推翻，因为紧接着"我"就说"现在已没法说清当初那个念头是怎样钻进我脑子的，它一旦钻入，就日日夜夜缠绕着我"，一个健全的人怎么可能被杀人的怪念头钻到脑海里纠缠不休呢？形容词发生了混乱，它们扭结着，像荆棘一般爬上故作平静的文本表面。接下来，"我"又表达了自己杀人是"没有任何动机。没有任何欲望。我爱那个老人。他从不曾伤害过我。他从不曾侮辱过我。我也从不曾希图过他的钱财"。这正是我所谓的强烈的情感性倾向，浓郁的否定背后可能恰恰都是相反的实际情况，"我"之所以要杀人，也许就是因为他伤害和侮辱过我。当然，到这里，读者还是被"我"的逻辑带着走，那么，不妨更大胆地设想，很可能，这只是一个疯子从头到尾的自欺与欺人，其实根本什么也没发生过。然而，文学就是在这一刻无比真切地暴露出它的本质来的——它是一场疯狂又隐秘的骗局，人人乐于上当。毕竟，像麦金泰尔说过的那样，唯有人类，才能"编故事"。

当然，读者还是可以结合动词与名词是否符合常识来辅助判断一个人的自我对话是否可靠。在《泄密的心》里，还有一个细节，"我"说自己作案过程时：

> 我花了一小时才把头探进门缝……整整一小时我连眼皮都没眨动……

哈！我读的时候都笑出了声，它立马让我想到《白痴》中一桩凶杀案后，杀手在尸体旁边放了"四瓶消毒除臭的日丹诺夫药水"——陀氏的旁观叙事中，名词的精准代表一种冷静的残酷，而在坡的自我对话中，名词的精确则代表一种等待识破的疯言疯语。

9

孩子从幼儿园回来，脑袋上有了一块淤青，她说："妈妈，小朋友撞了我的脑袋。"当她这么说时，我的注意力马上被引到那个小朋友身上，我接下来非常自然地问："是谁啊！怎么搞的？"不满找到了一个直接准确的攻击对象。但是，如果孩子回来，轻轻揉着脑门说："妈妈，我的脑袋被撞了一下。"这时候，也许我首先被引导关注的是她的痛楚，我会心疼地摸着她被撞的地方，问她还疼不疼，然后才会问谁撞的她。

在上面两段话中，第一段话是真实发生过的场景。人类在讲述一件事时，更习惯于采取主动的语态，而作家们也接受了这种表达方式，毕竟，与主动的语态相比，被动语态显得累赘、冗长、不自然且信息不全——只有在我的追问下，小小的"肇事者"可能才会被进一步关注到。畅销书作家斯蒂芬·金在谈到写作诀窍时，也特意提到："动词有两种语态，主动式和被动式。动词以主动形式出现时，句子的主语在做某件事。而动词以被动形式出现时，句子的主语被施加了某种动作，主语只是任由事件发生。你应该尽量避免使用被动语态。我不是唯一一个说这话的，你会在《风格的要素》里发现同样的建议。"确实，无数欧美出版的写作指南都会苦口婆心地劝诫跃跃欲试的写作新人不要使用被动句。不过，当作家有心挖一些萝卜坑时，看上去古怪、不自然、造作和累赘的被动语态就会派上大用场。其实，政客以及危机公关可能比作家更熟悉用被动语态来实现自己的意图，里根总统在一桩政治丑闻中说"错已酿成"（Mistakes were made），英文的原文正是被动语态，这么一说，聪明的政客就把自己摘得干干净净，倒好像错误自己有了生命，闲不住要去闹。

所以，我想谈的第三种值得关注的技术性细节聚焦在某些被动的状态上。当然，我不是语言学家，也并不想枯燥地单纯分析被动语态，我想用"被动感"统称文学作品中出现的被动语态和状态，它们看上去都显得不那么自然，却也都成了文本细读跻身而入的法门。

我第一次注意到这个问题时，正在读西尔维娅·普拉斯的《钟形罩》，作家描述主人公在宿醉和狂吐之后晕倒了，过了一会儿，她才慢慢醒来，发现自己躺在地毯上，有人走近她。也许，一个平庸的作家会非常老实地说："这时候，我醒了过来，看见一个穿着皮鞋的男人走到了我身边，走在我脑袋边的绿色地毯上。"接下来，我们再看看普拉斯是怎么描述同一个场面并打破前文的笨拙的：

> 那是一只结实的黑皮鞋，皮子裂了口，相当破旧，鞋面黯淡无光，靠近鞋尖上有一排扇贝形的小气孔，鞋

尖正对着我。皮鞋似乎立在一个坚硬的绿色平面上，我的右颊骨被这平面压得生疼。

（杨靖 译）

我第一次读到这个被动语态的细节时，"惊悦"不已！

因为它太具有画面感了，简直是电影中横向移植过来的镜头，以一种罕见的视角，普拉斯传达出宿醉后"我"倒地后，头重重压着地毯的状态——然而，我的转述是主动的语态，当用被动语态"我的右颊骨被这平面压得生疼"时，主人公的无助、困窘与迷茫被表现得更为彻底。普拉斯将整个世界翻转了90度，使我们的注意力没有停留在脸部的疼痛上，而是转移到那块巨大的压迫着脸部的地毯上，这块地毯以及上面走来的皮鞋，都强化了主角被压抑的状态，和压迫着她的整个世界相比，她显得孤苦伶仃。在这一处被动语态的表述中，视觉效果也担当了很重要的任务，读者可能会想到很多电影中类似的视觉表达手法，比如让角色处于门框或者窗框之中来表现他受到钳制的窘境（如《步履不停》），或者将镜头翻转180度，让世界上下颠倒，主人公头朝下站立，来表现他的失重、惶恐或者世界的滑稽与荒诞。镜头语言的表现力是非常直观的，所以可以很容易地传达隐喻，但对文学来说，可以倚重的只有文字，如何更传神地表现困窘受迫的状态，非"被动语态"不能。

在这部作品中，普拉斯显出对"被动"状态非常迷恋的写法。她不停地讲述主角"被困在向剧院蜂拥的车流中""被叫到一个电视制片人的办公室里""感到身体被抬起了一半，一扇扇门缓缓向后移去""有一种被威拉德先生遗弃的感觉"——这么多的"被动"仅仅是为了制造一种不自然的、奇崛的风格吗？我想，普拉斯试图传达的是一个更为深刻的命题：女性的处境总体上是被动的。这部作品创作于20世纪中期，女权主义已经如火如荼，而男性对社会的控制力量丝毫未松。小说中的女主角感到，身边每个人都想教她几招，按现代流行的说法，她发现人人都充满"爹味"，试图教她如何写作、如何抓住男人、如何取得好成绩、如何学习外语……她生活在一个被教导的环境中。回到小说的标题《钟形罩》，也就好理解了，普拉斯发现现代女性仍然被困在一个钟形的玻璃罩里，看似可以工作、可以读书，却无时无刻不被隐形的、透明的男性话语所掌控。到这里，我想大家就能理解为什么小说中的被动语态如此之多，它们几乎都是在呼应小说的标题与核心：女性从未掌握主动权。易卜生笔下的那只小鸟只不过是从显眼的金丝笼飞到了隐形的玻璃罩里，而在田纳西·威廉斯的戏剧《玻璃动物园》里，打碎玻璃罩、让女性解放的动作还是由男性发出的。

一般来说，叙事技巧上的技术性细节，大多数是为主题和人物服务的。被动语态往往指向角色受困、受压抑或者受迫害的状态，读者在阅读时，如果遭遇了"被动语态"的细节，就可以推测是否被描述的对象处于弱势地位，或者是弱者形象。

在一些特定类型的文学作品中，被动语态的细节也对小说整体氛围的成立至关重要——比如侦探或者哥特小说。

还是回到上文我提到的那个发生在幼儿园里的小小公案，当孩子跟我说的是"妈妈，我的脑袋被撞了一下"时，这个表达里有一个值得关注的细节，就是撞了她的那个小朋友匿名了，尚未被提出。那么，请回忆一下，在一个侦探故事或者冒险小说里，什么是最要紧的核心？发现凶手，而凶手一开始肯定是匿名的。悬念产生于行动主体匿名之时。作家在谋划全篇时，当然已经规划好了谁是凶手，但是他必须找到一种让凶手既隐藏自己又暴露罪行的方式，这时候，被动语态再次派上了用场，它比主动语态更能帮助凶手匿踪。另一方面，被动语态能够迎合读者参与解密的愿望，因为读者从侦探小说或者冒险小说中获得的最大快感就是追随作者布下的线索进行推理后真相大白的成就感。事件的效果必须让主角和读者看得见摸得着，才能让他们参与其中，被动语态就像故事伸出的召唤的小手，要我们积极地进入探索的状态。

在爱伦·坡的小说中，很多时候他都不得不以受害人为中心进行罪行的描述，从而隐藏有待发现的犯罪者，所以，被动语态的细节在他的小说中比例高得惊人。比如《陷坑与钟摆》中，主人公一开场就处于受困的状态，故而通过他的有限视角，我们看到的东西也都是受到压制的。他想起自己处于一个宗教裁判所里，被关押着等待死刑，故事刚开始时，他正在慢慢恢复知觉，就好像一个人在早上醒来后逐一想起昨天的事情那样，主人公展现了一系列的被动状态：

> 我知道，被宗教法庭判处死刑的异端通常是被捆在火刑柱上烧死，而我受审的当天夜里就已经执行过那样一次火刑。难道我已被押回原来那个地牢，等待将在数月后举行的另一次火刑？

> 我记得我被带上法庭时，那把小刀还在我衣兜里……

> （老鼠）在我脖子上扭动，冰凉的尖嘴触嗅我的嘴唇，我几乎被它们压得喘不过气来……

大量被动语态的细节，再一次展现了主角的受困与无助，同时，每当主人公这样讲述时，我们就会愈发强烈地被激起兴趣：到底是谁把他关起来的？由于面包和水常常会出现在牢房的角落里，我们又会追问：到底是谁送来了食物？在环环相扣的疑问中，故事的悬疑感与被遮蔽感传达到了极致，被动语态的表达细节也因此成功地完成了它的使命：把做下这一切的某个幕后人物好好藏起来。

当然，我还是得重申：细节的分类不是刻板的目录，并非一出现被动语态，就等于说弱者出场了，被动语态在很多时候还指向一个人物的麻木与疲惫之感，或者说顺应了生活之流后无意识地生活的状态。主人公未必是一个普遍意义上的弱者，他甚至可能是世俗意义上的成功人士，只不过仍然被动地遵循着主流的生活法则与生活理念。也就是说，语态其实指向一种生活乃至存在的状态。另外，除了明显的"被"如何如何，"使役动词"也能有效地传达人的被动性和屈从性，读者在细读时均可留意。"使役动词"是什么意思是呢？同一句话，主动语态的表达是"小朋友撞了我的脑袋"，被动语态的表达是"我的脑袋被撞了"，"使役动词"的表达则是"我的脑袋给小朋友撞了"或者"我的脑袋让小朋友撞了"——"使""让"之类的字眼还是表明：一件事并非主人公自己要做的，而是他在别人的要求或者胁迫下被动去做的。通常来说，使役动词会让句子的表达显得更冗长和古怪，所以不在特定时候，作家们并不太使用。然而，使役动词的细节一旦出现，就意味着文本细读大做文章的地方诞生了。

我想用詹姆斯·乔伊斯《死者》中那个有名的结尾结束这一部分的讨论。小说中，一场热热闹闹的圣诞晚会结束后，男人与妻子来到旅馆，他充满性欲，想要和妻子做爱，却发现妻子忧郁地回想了现已去世的昔日情郎。这时候男人冷静下来，开始沉思死者在活着的人生活中扮演的角色。小说结束时，乔伊斯安排了一场极为抒情的雪景：

　　几声轻轻拍打玻璃的声音使他转过身面向窗户。又开始下雪了。他睡意蒙眬地望着雪花，银白和灰暗的雪花在灯光的衬托下斜斜地飘落。时间已到他出发西行的时候。是的，报纸是对的：整个爱尔兰都在下雪。雪落在阴晦的中部平原的每一片土地上，落在没有树木的山丘上，轻轻地落在艾伦沼地上，再往西，轻轻地落进山农河面汹涌澎湃的黑浪之中。它也落在山丘上孤零零的教堂墓地的每一个角落，迈克尔·福瑞就埋葬在那里。它飘落下来，厚厚地堆积在歪斜的十字架和墓碑上，堆积在小门一根根栅栏的尖顶上，堆积在光秃秃的荆棘丛上。他听着雪花隐隐约约地飘落，慢慢地睡着了，雪花穿过宇宙轻轻地落下，就像他们的结局似的，落到所有的生者和死者身上。

（王逢振 译）

这段话的第一句，就出现了一个使役动词的细节：雪拍打在窗子上，使主人公意识到外面天气的变化（A few light taps upon the pane made him turn to the window），也就是说，他的注意力的转变是被动的。这里的被动之感非常重要，它以盖棺论定、总结全篇的方式向我们暗示出男人小半生的生命状态可能都是麻木和被动的。虽然他在小说里得意扬扬，看上去像一个成功人士，在宴会上呼朋唤友、发表演说，然而，这一切都是依从社会习俗扮演出来的受欢迎的姿态，他被生活之流推着走，并没有一刻主动停下来问问自己与妻子的感情到底如何、自己与自己又是如何相处的。他是乔伊斯偏爱刻画的那类陷入生活泥潭、瘫痪麻木的形象。男人的妻子对旧日恋情看似不合时宜的怀念，以"外来物""他者"的方式提醒着他对生活缺乏反思的被动的状态，就像结尾这场轻盈的落雪。所以，乔伊斯绝不会写他主动关注到了下雪，而一定要说他被动地注意到了天气的变化。

不得不说，中文读者很大程度上依赖译文，而译者有时候为了追求流畅自然，会把被动语态的句子改为主动语态，因为大意是不会变的，就好像我说"小明打了我"和"我被小明打了"，单就意思来说，确实没什么区别，但是语态一变，读者关注的焦点就会发生偏移，语态细节中所传达的关于角色的暗示也会烟消云散。要求所有读者都去学了外语再读外国小说，显然是不切实际的，翻译作为一门创造性的叛逆行为，本身也决定了不可能有所谓的"最佳译本"，只要是翻译，就是在转述，哪怕是鲁迅式的"硬译"，也不可避免地会出现错误和扭曲。

读一本外国译著，也许需要预先接受一个无奈的条件：我们不太可能像母语读者那样获得全部的感受，语态和音律方面的细节可能会耗损严重。但同时又要相信一流文学本身的力量：它的普遍性足以传递全人类共通的经验，而这些经验，并不完全依靠语态或者音律的细节才能实现。

11

"进军！突破！！夺取全面胜利！！！"

当我们想到纳粹时期德国的宣传文书或者官方文件时，也许会下意识地预设感叹号出现得最多，因为纳粹党国需要用激情澎湃的方式宣传他们的理念以及仇恨。但是，德国语言学家维克多·克莱普勒（Victor Klemperer）却发现事实并非如此，在当时德国的宣传文案中，反而是引号用得最多。最开始，引号只不过意味着转述了别人的话，转述本身是中性的、不带情感色彩的，但是，在纳粹的官方宣传文件中，引号被疯狂和泛滥地使用，并且明显具备了一种嘲讽的味道，也就是对转述内容表现出质疑和嘲弄，今天人们喜欢在脑袋旁边举起手指比出两只扭动的"兔子耳朵"，以此表达谈话中的引用符号，多少也有点嘲弄的意味。克莱普勒意识到，第三帝国的语言是不能容忍中性和客观的，它一定要树立一个敌对者。如果反法西斯的西班牙同盟军在战斗中取得了胜利，就会被描述为"红色的'胜利'"，这个小小的引号充满了阴阳怪气的味道，暗示纳粹其实不承认西班牙军的胜利，或者觉得他们的获胜微不足道。又或者，当提到丘吉尔或者罗斯福这些反法西斯同盟领导人时，又会将其描述为"美国的'国家政要'"——反正，滥用的引号一定要把被提到的对象矮化、丑化、弱化，让他看上去名不副实。

使用引号的人看上去永远高高在上。

引号的滥用里有一种古怪又平静的疯狂，这和我们想象拿着大喇叭"叭叭叭"地宣传完全不同。在纳粹的文书中，它看上去色厉内荏，装腔作势，阴阳怪气。它让我哀伤地想到了"二战"期间那些同样古怪又平静的杀戮：比如犹太人被运到集中营，并非让他们在激烈嘈杂的炮弹中陨灭，而是让他们沐浴在静静喷出的浴室的毒气里；或者纳粹高官在"办公"之时，平静审慎地计划与筹谋，最终将一批批犹太人捕获并送上火车。充满了惊叹号的宣传可能一开始会唬住人，让人心潮澎湃，但纳粹很清楚，这种煽动而起的激情并不持久，必须找到更为持续且温和的方式来灌输意识形态理念，引号成为最佳选择。也就是说，标点符号其实也在暗中参与着文本的风格与内容传播，甚至，标点符号本身就是意义。

最后这个部分，我想聊一聊文本细读中经常被忽视的技术性细节：标点符号。

标点符号是文学中的无名英雄。你在阅读的时候可能很少会停下来问，为什么这里使用了句号、冒号或者惊叹号。一般来说，标点符号可以平滑从句子到段落到页面的过渡，从而促进阅读，标点符号也总是面目模糊地融入背景，让你能够专注于文本。不过，看似不起眼的标点符号却让作家们陷入了困境——当一个作家在写作时充分意识到了标点的魔力与魅力时。有可能，标点符号规则的要求与逻辑和表达的主观需要是不相容的。在标点符号中，作者对语言的魔术遭遇着严格的评估，于是，作家只能用不符合常规标点的规则进行突围，从而唤起文本生动的生命。

也就是说，标点的规则被有意忽视之际，也是细节绽放之时。

从历史上来说，标点经历了一段标准化的历史，它并非在文字诞生之时就与文字相伴相生，相反，最早的读者和作家在没有它们的情况下度过了数千年。这可能是因为，在希腊和罗马等早期民主国家，人们普遍相信公开演讲比书面语更重要，在朗读各种文本时，高声与低声的穿插解决了缺乏标点符号的问题。直到公元前 3 世纪，在埃及的希腊化城市亚历山大，一位名叫阿里斯托芬的图书管理员才对这种情况忍无可忍，他开始提议用各种型号的墨点来分隔与停顿文本。随后的几个世纪中，神学家对《圣经》文本发音的标记以及作者和印刷商对符号的使用共同促成了一种规范。打字机的发明与统一也对标点符号的规范化贡献了一份力量，20世纪 70 年代以前的打字机可不像现在的键盘一样，在"1"键上方有一个单独的感叹号，原本，那个位置是空白的。如果你要打感叹号，就得先打一个撇号，然后在撇号下面加一个句号。感叹号有时也被称为"砰"（Bang）。菲茨杰拉德就开过一个玩笑，说"感叹号就像是在嘲笑自己的笑话"。

终于，当初的小墨点成了如今标准化和规范化的符号，每一位大学老师在毕业季也许都有过对着学生论文摇头叹息的时刻，发出"你这标点使用不规范啊"的哀叹。确实，这些不起眼的小符号已经发展了千年，所以功能越来越统一：句号的出现使得句子的气息被截断；问号像是充满疑惑的大眼睛；冒号——按照卡尔·克劳斯（Karl Kraus）可爱的比喻——就像张开的大嘴，如果作家不在冒号里填些有营养的东西，那他就有麻烦了；省略号总是意犹未尽地向读者表明那些还没全部说完的内容，在伍尔夫的名作《一间自己的房间》中，当她在大英博物馆里看到如此之多男作家的书而鲜有女作家作品时，不由缓缓地打出了"……"，并解释说"这五个点代表了我五分钟的惊讶"[1]；至于感叹号，它看起来像竖起的食指，以示警告或者强化，爱尔兰当代作家凯文·巴利在充满戏谑味道的短篇小说《媳妇再临》中描述一对相爱的夫妻幸福得要命，"两人脸上的狂喜激发出阵阵电流———！！——强大到足以供应整个国家电网"，作家不仅使用了两个感叹号，甚至以作者现身的方式，煞有介事地接着解释道："感叹号（外加黄色三角形）在公共场所常被用作警示标志。电击危险有时也会使用这种符号表示。此处的感叹号并非标点符号，而是作为承载情感的意象出现。感叹号这个意象在该小说中多次出现。"

可是，几乎所有风格化的成熟作家，在标点使用上都是不合规范的，这大概还是因为，文学本身就是一种对规则、规矩或者制度的刺破，顺从与合规的文字永远只属于档案、材料与公文。事实上，人类说话并不总是使用完整、语法正确的句子，音乐界有句流传已久的话：巴赫创造了规则，贝多芬打破了规则。对文学而言，打破标点规则的人同样是创新者。他们使用标点符号，与其说是将符号与文字推入预定的轨道，倒不如说是旁逸斜出地制造出一个另类的叙事宇宙，向我们展示出令人惊悦的美感与意义：奥斯丁痴迷于逗号，海明威则完全不愿意使用从句或叠句（而是依赖单句），

---

[1] 伍尔夫没有用英文通行的三个点来表示省略号。

而在福克纳或者普鲁斯特笔下，破折号多得惊人，这正是因为破折号最为明显地打破了句子的流动性，让被扯出来的内容形成一块飞地、一条花边或者一份旁证的材料，造成局部信息的过载、混乱与博弈，以至于在一个充斥着破折号的段落中，破折号扯破了画面、打断了叙事，每个句子都在混乱的喘息中挣扎着寻找最佳位置——

他年纪太轻还没有资格当鬼魂，但尽管如此还是必须得当，因为他和她一样，也是在这南方腹地出生并长大的——这两个各不相关的昆丁如今正在"非人"的长期沉默中用"非语言"交谈着，谈的话如下：看来这个恶魔——他姓萨德本——（萨德本上校）——萨德本上校。他不知从什么地方，没有预先警告便来到这里，带来一帮陌生的黑鬼建起了一座庄园——（狂暴地拉扯出一座庄园，按照罗沙·科德菲尔德的说法）——狂暴地拉扯出。接着娶了她的姐姐埃伦产下一子一女，那是——（一点也不斯文地产下的，按照罗沙小姐的说法）——一点也不斯文。这些子女本该成为他引以为荣的宝贝和他老年时期的保障和安慰，可惜——（可惜他们毁了他或是诸如此类的事，或是他毁了他们或是诸如此类的事。后来死了）——后来死了。毫不遗憾，罗沙·科德菲尔德小姐说——（除了是她觉得遗憾）是的，除了是她。（还有昆丁·康普生）是的。还有昆丁·康普生。

（李文俊 译）

12

这段话出现在小说开篇没多久的地方，是罗沙和昆丁聊起了一个叫作萨德本的人的事情。在长得像葡萄藤一样的几个吓人的长句之后，福克纳突然插进了这么一段对话，文本忽然就热闹了起来，读者开始觉得吵闹——怎么有这么多的破折号？

怎么解读这个技术性细节？

虽然文学的解读需要语境，但我总觉得别具匠心的标点细节本身就有意义。假设我们完全不知道《押沙龙，押沙龙！》这个故事讲的是什么，也能从上面近乎滥用的破折号里推断出一些信息。实际上，文学细读的魅力也在这里，细节固然必须依附于全文主旨，但它又具有一种独立性，可以单拎出来讨论，也可以管中窥豹、见微知著地推及全文，且越是好的细节，回应与支撑全文的效果就越明显，就像弧形的纤细钢筋，拱起高高的建筑物的穹窿。读者可能也发现了，在阅读我关于文本细节的谈论时，哪怕你并没有读过原著，也仍然不影响对细节的解读，这正是因为细节的独立性质。

那么，福克纳的破折号吐露了什么秘密？

还是先从阅读感受说起吧。若是你愿意，甚至可以朗读上面这个段落，你也许会感到，自己变得"上气不接下气"，疯狂的破折号带领我们坐上了一辆颠簸的过山车，中断、急转弯和戛然而止的要求，比我们所关注的字面意义更为重要，我们首先就会觉得，这段话好难读啊，然后被迫停下来，接受破折号之后的补充信息。如果阅读中的干扰就是意义本身，那么至少可以说，这段对话中讨论的这个叫作"萨德本"的人情况很复杂，不是平铺直叙或者娓娓道来能讲得清的，需要七嘴八舌地补充与添置，讲法就暗示着被讲述者的奇崛历史；同时，它还在向我们暗示讲述者的情感状态与精神状态、他们的道德立场与价值判断。人物道德与精神的地貌随着标点符号这一板块构造的失衡而产生裂谷与深沟。破折号似乎将相互冲突的观察分割开来，让我们听到对话双方狂热、焦虑、喘息的情感悸动，它甚至提供了一种癫狂的整体氛围，这似乎也在暗示我们：不要完全相信这些对话的内容，毕竟，这两个人看上去也神神道道的呢，简直赶得上"村口的情报队"，充满了变态的窥私欲。小说中撕裂和谐表面的破折号越多，读者就越会被这样一个事实提醒：任何天衣无缝、完整圆融的故事都是可疑的，没有所谓中立、客观的视角。当破折号后面拖着的增补、夸张和修饰层出不穷时，故事与故事中的人就离真实的面貌越来越远。

实际上，读完整部小说，我们会发现，这个叫作萨德本的人的经历，几乎都是被别人讲出来的。我们都知道，只要是叙述，就不可能精准地还原，在每个人讲述的过程中，心态、精神情况、道德立场都会扭曲我们讲述的对象，更别提在情绪与心态不稳定的情况下，叙事将会如何谬误重重了。也就是说，这个故事的可疑气息从一条条皱纹似的破折号里冒了出来。这是技术性细节给我们的暗示，不必等待读完全文就可以确定。

与看起来平平常常的句号或者逗号相比，破折号在文本中出现的频率相对较低，然而，看似寻常的句号或者逗号，有时也能发挥奇效。它们同样可以成为读者在细读时值得留意的细节。在《尤利西斯》著名的最后一章，乔伊斯没有使用一个句号或者逗号来表示停顿，通篇描述了莫莉迷迷糊糊的意识流，缺乏停顿使莫莉的意识形成了一条连绵不断的河流。意识流不必用任何专业艰深的术语来界定，乔伊斯的文字本身就构成了直观的、具象的、没有砂石的流体，读者被无障碍地邀请到其中畅游、展臂、扑腾与俯仰，在任何时候退出或者再次进入，都没什么关系——就像我们从河流的任何一个角度都可以纵身跃入，再湿淋淋地爬出来；另一方面，句号与逗号的缺失又会使得我们本能地渴望顺序与秩序，但永远不会出现的标点则从更深层次上隐喻着莫莉与我们共同承担的生命的失落乃至沉沦。

显然，妥帖使用的标点符号与文本或者人物的气质会形成高度的契合，人物与情节会以最外显的方式传递出它们的奥秘。我脑洞大开地设想，假如我们面对一篇阿伊努语或者乌比赫语写成的小说，通篇除了通用的标点，没有我们能读懂的字，可是仅仅凭借标点的细节与变化，我们还是可以做出一些模糊的判断吧？流畅的逗号与句号可能意味着这是一个平静舒缓的故事，大量的问号与惊叹号则意味着我们可能遭遇着惊险与悬疑，结巴的角色会用顿号和省略号来表示自己的语言状态，那么，盲人呢？

萨拉马戈的译者回答了这个问题：分号。在《失明症漫记》中，译者用分号赋予了读者与盲人感同身受的能力 [1]：

　　盲人感到有人扶着他的手臂，来吧，跟我来，刚才那个声音说。人们把盲人安置在副驾驶座位上，给他系上安全带。我看不见，看不见，他一边哭一边小声说；告诉我你住在什么地方，那个人问道。车窗外面，一张张好奇的面孔朝里张望，焦急地想知道究竟是怎么回事。盲人举起双手在眼前晃了晃，我什么都看不见了，好像在浓雾里，好像掉进了牛奶海里；可是失明症不是这么回事，那个人说，听人说失明症看什么都是黑的；可我看一切都是白的；也许刚才那个女人说得对，可能是神经的问题，神经这个鬼东西；我知道是怎么回事，是一场灾难，对，就是一场灾难；请告诉我你住在什么地方。就在这时响起了发动机启动的声音。仿佛失去视力有损于记忆力，盲人结结巴巴地说出地址，之后又补充道，我不知道该怎样感谢你才好；那个人回答说，哎呀，这算不了什么，今天我帮助你，明天你帮助我，我们都不知道以后会遇到什么事情呢；说得对，我今天早晨出门的时候，哪能想到会遭遇这么一场劫难呢。他感到奇怪，怎么他们还停在原地不动。为什么我们还不走，他问；

（范维信 译）

---

[1] 中文版译者范维信在该书译后记写道，萨拉马戈在原作里只用了逗号和句号，范经过慎重的考虑后决定增加分号。

为什么是分号？

试着闭上眼睛，开始在屋里走动。你会走得小心翼翼，但还是会一会儿碰到桌子的一角，一会儿碰到沙发的扶手，这时候，你就得暂停下来，转个方向继续摸索。分号，就代表着暂停，然而继续的这个动作。分号本来就是用来表示一个复句内部并列关系分句之间的停顿，它不是句号的中断，也不是逗号的顺利通过。它是"顿一顿""缓一缓"然后继续。按照符合规则的标点符号用法，一段话里不应该出现那么多分号，应该用逗号句号或者双引号来代替。但在范维信这里，我们再一次看到了对标准符号的创造性颠覆：他不仅要表现一个城市中的人是如何被奇怪的失明流行病夺去了视力，也要邀请读者感同身受地进入失明者的世界，摸索着、踉跄着、停顿着前行。

只有关注到这部小说中的标点细节，才能以一种感官参与的方式进入小说。

在这个部分，我主要讨论了四种小说中的技术性细节：反逻辑的句子或者病句、各种形式的对话细节、被动语态以及标点符号。然而，这些分类也许只触及了技术性细节类型的皮毛，而且也并不能像模版一样提供"正确答案"，还是那句话，细节最依赖的是一个人的阅读感受，当一个读者读得越多，他细节果树上成形的果子就会越多。希望我提供了一些微小却有趣的指引。

多余颂

1

　　纳博科夫用一个烂俗的故事表达了他对细节玩笑般的态度：细节是多余的。在《黑暗中的笑声》开篇，他以简笔画的形式勾勒了一个故事的大纲：

> 　　从前，在德国柏林，有一个名叫欧比纳斯的男子。他阔绰，受人尊敬，过得挺幸福。有一天，他抛弃自己的妻子，找了一个年轻的情妇。他爱那女郎，女郎却不爱他。于是，他的一生就这样给毁掉了。
>
> （龚文庠 译）

　　到这里，故事已经讲完了，而你可能也已经没有兴趣了。对，又是那种狗血的三角恋，有钱人抛弃发妻结果却被情妇耍弄，这是人们早就在社会新闻或者日常八卦里听烦的内容，也是"三分钟带你看完一部电影"的 UP 主们早就熟悉的旁白台词。那么，纳博科夫为什么还要写呢？我总觉得，他是要把滥俗剧当成伟大细节的试金石，看看细节能否救活情节。于是，紧接着这段大纲，他另起一段，像一个熟练的香肠制作大师那样重新往里面填塞细节。他故意模仿20世纪二三十年代电影中盛行的廉价伦理剧，让整个故事的起承转合都显得滥俗不已——男人一定会在最巧合的时候发现情妇的不忠，开车时吵架的人一定会出车祸，被抛弃的妻子一定会终日以泪洗面。可是，那些看似多余的细节拯救了这一切，在每一个读者可能都腻烦不已的情节出现时，细节又冷不丁地吹进一阵清新的微风，抚平我们的毛躁。

比如，关于一枚橘子的细节。

男人在抛弃了妻儿后，本来乐得逍遥，但是他的女儿得了肺炎发起高烧，他只能回家看望。在守护女儿时，纳博科夫说起了一个看似并不相关的细节。男人看到桌上的玻璃碟里盛着柑橘，鲜艳得耀眼，他便取过一个，慢慢吃起来，"酸极了"，纳博科夫写道。我很喜欢这个细节里提供的温度、质地、颜色与口感，总体上读者会感觉到冰凉、坚硬、刺目与酸涩，其实，这也是男人此时的内心感受，他徘徊在绝情与温情之间，也体会到了苦涩与酸楚，但这些东西并不是纳博科夫写出来的，而是全部藏在了一枚多余的橘子的橙色汁液里。如果没有这枚酸涩的橘子，故事还是会推进，男人依然选择了情妇，就像他依然会置自己垂死的女儿于不顾。可是，看似多余的细节为故事增加了立体面与阴影，旁逸斜出的心绪与暗中流动的情感让整个故事有了折叠空间的可能。

从故事情节上来说,《黑暗中的笑声》实在是乏善可陈,可是,这部作品又分明是纳博科夫献给细节的情书。通过他观察入微的眼力,大量细节化为柔软的流体,填入与补全了大纲上丑陋粗糙的孔洞。我几乎能够想象,纳博科夫是如何满怀幽默地把他在福楼拜或者托尔斯泰那里观察到的细节技巧使用到这个陈腐的故事里的,他要用相同的细节充盈它、激发它、盘活它。托尔斯泰笔下,安娜第一次见到日后的情人后,已经动了春心,所以,当她再看到自己的丈夫时,突然觉得丈夫的耳朵这么丑。变丑的耳朵压缩了女人的变心,纳博科夫把这个伟大的细节称为"卡列宁的耳朵",《黑暗中的笑声》直接拿过这个细节,男人包养了粗俗的情妇后,纵容她改造家居,有一天,他突然自问:"我向来不能容忍低下的趣味,怎么竟看得惯这丑陋不堪的房间了呢?"而在福楼拜的《包法利夫人》中,女人被情人抛弃后跑到一家药店,找到砒霜毒死了自己,《黑暗中的笑声》如何改造这个细节的呢?纳博科夫让男人观看了一场情妇演出的电影,电影中男主角被荡妇抛弃之后,"冒着摄影棚里那种大雨跑到一家药店给自己买毒药"。他就差没给这瓶毒药一个特写了:"砒霜"。

如果我们太认真地对待这个故事,为其中的人物哀叹或者愤怒,也许就错解了纳博科夫的动机。他的天才使他不可能醉心于男默女泪的狗血剧情,在小说中,借人物之口,他也明确宣称:"如果一种文学主要得靠描写人的故事来维持自己的生命,那就意味着这种文学已经处于垂死的状态。"

其实，他不过是向世人展示了一则残忍又写实的文学寓言：所有伟大的故事本质上都是乏味和陈腐的，作家们也总是在写一些重复的故事，但是，看似多余的细节可以化腐朽为神奇，将那些一再被讲述的故事淬炼成独属于某个作家的杰作。《奥德赛》讲的是一个人历尽辛苦回家的旅程，如果没有那个怒斥天神偏心的洞穴女妖，没有那盆老仆人打来的洗脚水，没有那只竖起耳朵谛听的狗，这个故事并不会比大雨天你下班后，先坐地铁再转骑共享单车回到家的经历复杂。《红与黑》呢，本质上不过是一个满腹心机的年轻人靠着各种各样的女人往上爬最后却失败了的故事，看起来，它和今天傍上富婆的小奶狗的故事也没什么不同，只是，司汤达提到了一些多余的东西，比如女仆观察到自己的女主人"每天总要换两三次衣裳"，比如年轻人在潜入情妇房间前检查手枪弹药，"尽管火药还有效，他还是换过了"。这些细节让于连不再等同于任何其他向上爬的青年，甚至不同于巴尔扎克的拉斯蒂涅克或者福楼拜的弗雷德里克。

他变得特别了，或者说，他变成了他自己。

看似多余的细节像强酸一样溶解了陈腐，重新析出一个闻所未闻的故事的晶体。

2

很多时候，细节看起来多余又令人厌烦。

它与人们期待的终点、目的、效率背道而驰。每一次本科生论文答辩的现场，可怜的学生也许都遭遇过"叫停"，答辩评委们希望学生能直切要害，从论文的创新与意义来谈，学生却总是从第一章第一段的故事开始复述。每一个心怀苦楚的失恋者也许都遭遇过强忍住的哈欠，聆听她的朋友希望她能直接痛斥负心汉，她却要从恋情开始第一夜的月光讲起。大量的细节，是不稳定的、漂移的、无序的、旁逸斜出的，它们涌入一个整齐宽敞的组织中，像寄生虫一般拱破土壤，发出语言的噪声、打破叙事的线性、防止思想的沉淀、避免速度的提升。

然而，学生们一定是因为觉得自己写下的东西有价值，所以才舍不得在论述中丢弃，想要一点一滴都交代清楚，恋人们则珍视与旧日情人共同度过的每一分秒，虽然痛苦，但也甜蜜。我猜测，对只愿意享受情节起伏的读者来说，细节看起来永远是多余的，可对讲述文本的作家来说，多余的细节却代表着一种珍贵的延长与梦想，在塞万提斯或普鲁斯特的作品中，细节允诺了文本的绵延，就好像生命的延长也获得了保证，大量的细节推迟了终点的到来，简直就像"生命的曲折、死亡的潜伏"这一隐喻。也就是说，叙事只有通过不遵守直线与最短路径才能完成，如果没有大量细节膨出，形成文本微小的旋涡与秘密的凹陷，那么开头和结尾就无法保持一定的距离，也无法形成叙事本身——没有人会觉得《黑暗中的笑声》开篇那段大纲是"叙事"，它缺乏细节带来的迂回与偏离，但是，人们都会同意纳博科夫在后文中洋洋洒洒展开的故事是"叙事"，它捕获了读者，使我们整个地沉浸其中。

在西方文学批评领域，人们一般讨论的是"离题"，也就是那些从修辞上来说脱离了主要故事情节，或者与核心主题没有关系的内容，比如《卡拉马佐夫兄弟》中的一个角色突然讲起了一个非常独立的故事，叫作《宗教大法官》，这就是叙事中的离题。离题看起来是一个有迷惑性的词。它误导我们以为作家偏离了中心，开始讲废话、多余的内容与无关紧要的事情。但是，伟大的作品总有一种松弛的向心力，作家们放开了在叙事中片刻不离的愿望，扣留着情节的递进，通过不期然地离题，释放出更多词语与意义碰撞的组合，它们构成了纵横交错的小径，沿着这些小径，老成的读者会发现自己终将又走回文本花园的中心，也就是主题那里。离题不仅没有破坏和危及文本的统一性，反而构成了主题的迷你内核。所以，读完《卡拉马佐夫兄弟》的读者会发现，看似离题与独立的《宗教大法官》其实还是在回应整个小说的主题：我们应该选择怎样的信仰去生活。甚至，宗教大法官这个看起来有些抽象的角色，也以各种方式浮现在小说中那些更具体的人物的灵魂与行为中——比如孩子王郭立亚或者老二伊万。也就是说，至少在小说与戏剧领域，几乎所有的离题都是为主题服务的，只不过是采取了某种"障眼法"，让读者以为是无关和多余的。[1]

---

[1] 诗歌领域的离题会更复杂一些，比如我们在拜伦诗歌中看到的即兴内容，即兴就很难说与主题有多么密切的关系了。

我总觉得，细节是离题的最小单元，它轻微地偏离了故事的主线，以一种隐秘的、卫星的方式拱卫着主题的恒星，文本因为细节的活跃也变得流动起来，这正是创造力的标志。在重读塞利纳的《茫茫黑夜漫游》时，我突然注意到一个之前被忽略掉的多余细节，塞利纳写趁火打劫的士兵们在村庄里什么都想拿——假设现在你也是其中一员，在食不果腹、衣不蔽体的情况下，你最想去打劫什么呢？

在课堂上，我邀请大家放任地进行了一次"非法"的想象，学生们想到的有米缸、面粉、凳子、毛巾、肥皂等等，总之就是那类最能满足生存所需的东西。塞利纳当然也写到了这些，比如砸烂的家具，因为可以当柴火去烧饭，还有梳子、杯子等生活必需品。但是，塞利纳还写了一个东西，它看起来实在是太多余了，跟生存所需没有什么关系，却深深地打动了我，那是"新娘戴的花冠"。为什么要写这个多余之物，它根本没法吃也没法穿呀！有可能，一顶看似多余的新娘花冠恰恰是性命攸关的，它凝结了一个在战场上丧失了未来的人对明天的渴望，他还想活下去，甚至，他还想爱、还想结婚，娶到一个新娘。小小的花冠是生存的多余，却也是生命的必需。这个看似多余的细节，也在更高层面上呼应着小说的潜在主题：战争对个人的全面剥夺。

所有的多余都是必须，而文学就是关于多余的艺术，这种多余既包括细节本身的存在，也包括细节里那些关于看似多余之物的描写。

3

你也许读过这种海上遇险的故事。

遭遇海难之际，主人公却梦幻般地获得了一张木筏，爬上木筏之后，他开始清点随身携带的物品，可是，这个时候，他又发现木筏非常残破，承重能力极差，吃水越来越深，所以，是时候取舍了：留下那些能够保命或者维生的东西，比如面包、淡水，丢弃那些多余的、不必要的重负，比如书籍与熨斗。只有把周身携带之物精简到极致，保持足够的轻盈，才不至于让残破的木筏沉入水中。显然，舍弃多余，是求生之道。可是，与塞利纳一样，很多一流的写作者却反其道而行之，他们发现了人类求生欲望之中的秘密：活着，但不仅仅是活着，还有靠近尚未看清的海岸线的希望，以及登岛获救后重新展开的生活计划，这些关于未来的渴望才是支撑当下求生本能的根本力量，也就是说，只有那些被扔下木筏的多余之物，才提示着我们当下求生的终极诉求——一本书可能预示着重新坐在书房里安静阅读的梦想，一个熨斗可能展开了未来再次参加宴会前精心准备的场面。归根到底，自我保存里永远暗含着这样一种欲望：自我发展。尚未被意识到其重要性的多余之物却能够分娩这个世界上一切关于延续的生命与梦想。

在托尔斯泰的短篇小说《五月的塞瓦斯托波尔》中，士兵突然被炮弹打中胸口，托翁集中笔力，描写了他濒死时的思绪万千。同样的境遇里，你最开始想到的是什么呢？在课堂上，当我抛出这个问题时，大家几乎都是笑着说出了下意识的答案："啊，我要死了！"那么，来看看托翁如何描述的：

　　这当儿他想起他还欠米哈依洛夫十二个半卢布，想起他在彼得堡也有一笔早该偿还的债，以及那天晚上他唱过的吉卜赛小调。他的脑海里浮现出他心爱的女人，戴着一顶紫色缎带的帽子，接着又出现了那个五年前侮辱过他而他还没有报复过的人。然而，脑子里尽管翻腾着这些和其他许许多多往事，现实的感觉——等待死亡的恐怖，却一刻也没有离开过他。"也许不会开花吧？"他抱着不顾死活的决心想睁开眼睛看看。但就在这一刹那，一道红光射进他那双还没有睁开的眼睛，有一样东西发出可怕的破裂声钻进他的胸膛。他撒腿狂奔，可是被夹进两腿之间的军刀绊了一下，侧身倒了下来。

（草婴 译）

是微不足道的十二个半卢布。

我独爱这个关于微不足道的小钱的细节。按照所谓的"常理"，人们总觉得，生死关头，应该想一些严肃或者宏大的问题，比如像托尔斯泰自己最喜欢苦苦思索的"我的一生究竟有没有意义"之类的问题。但是，托尔斯泰撒开了这些大问题，从士兵的记忆中攫取了成千上万个琐碎的细节，全都是那么无关紧要甚至多余的。其实，死亡的阴影彻头彻尾地困扰着托尔斯泰的创作和个人生活，甚至可以说，死亡才是他笔下最大的主角，各式各样的死亡角色（安德烈、尼古拉、伊凡·伊里奇、安娜）从四面八方围住了他，挤向了他，向他盘问死亡的秘密。托翁呢，以他特有的笔调耐心地记录人之将死或者肉身腐烂的各个阶段，绝大多数时候，那场面并不优雅或者平静，而是充满了爆裂、扭曲、愤懑与畸形。这大概是因为，托翁总试图将精神与肉体剥离开，让精神获得独立的不朽与飞升，而被精神抛弃了的肉体只能独自委顿，顺从地被吸入毁灭那永恒的黑洞之中。

所以，《五月的塞瓦斯托波尔》中这个年轻士兵之死显得有些特别：你可以认为他是没有意识到自己快要死了，也可以认为他其实不承认自己快要死了，故而，他需要用大量与死亡背道而驰、无关的回忆来组织关于明天的构想：明天还得把那十二个半卢布给还了！还有一定要去报复那个侮辱过自己的坏蛋！细节越是显得多余和无关，就越能够呈现出他垂死时的仓皇与渴望。很多读者都听过陀思妥耶夫斯基去世时的那段逸闻，他在搬动沉重的书柜找笔时血管崩裂，体内大出血，在垂死之际，他叫醒妻子，说"直到现在我才意识到，我今天就要死了"。但是，托尔斯泰的死亡降临时，无人知晓，所有人都只知道他在82岁高龄离家出走，最后因为肺炎死于阿斯塔波沃的小火车站，他没有对别人留下过濒死时的只言片语，所以我们无从得知在那一刻他到底是如伊凡·伊里奇一般恐惧，还是如年轻的士兵那样没有反应过来。托尔斯泰年轻时也参与过塞瓦斯托波尔保卫战（担任炮兵长），那么，小说中这个想到了十二个半卢布的士兵会是托尔斯泰年轻时的一次死亡演习吗？蒙田关于哲学的论断广为人知，他说，学习哲学意味着学习如何死亡，此外，他还引用过普林尼的一句箴言，简明扼要而令人印象深刻："瞬间的死亡是人一生幸福的最高境界。"由此，我抱着一种宽慰之情想象：托翁通过文学学习了一辈子如何死亡的问题，但在最后的时刻，他并没有反应过来，他像《五月的塞瓦斯托波尔》中的士兵那样，也许他在想着那些无关的、和死亡相比是多余的事情时——与妻子闹的别扭、抚养儿女问题上的矛盾——"黑夜就笼罩上了他的眼睛"。

这样他会好过一些，我也会好受一些。

在日后的阅读中，我遇到了越来越多将那些看似多余之物与人物的性命攸关联系起来的细节，这时候，我总是会想到托翁。比如理查德·耶茨在《天命》里，让走上战场的士兵莫名其妙地揣了一管牙膏在怀里，当他在火光中伏倒在地时，突然感觉左胸口"湿哒哒、黏糊糊"的，有什么东西从一只手雷下渗出，原来是他早先揣进怀里的那管"经济装的依帕纳牌牙膏"。对在战场上搏杀的士兵来说，生死都置之度外，何况是这管根本用不上的牙膏，然而，牙膏以它的多余性再次暗示出士兵渴望结束战争，回到家园，度过一个干净惬意的早晨的希望，可是，当它被压扁时，它所承载的希望也就趋于幻灭了，他也许无法再刷一次牙。或者陀思妥耶夫斯基的《卡拉马佐夫兄弟》中,老大德米特里在父亲遭遇谋杀后被逮捕,当警察焦灼地盘问他前夜经历之时,他突然问警察手上的戒指"是什么宝石",这突然荡开的神来一笔,根本和案件的审讯盘问无关,却又从最底色的层面表明了老大的无辜。一个罪人,肯定会集中精力自我辩护以便脱罪,哪有精力关心其他有的没的,只有相信明天还能活下去、明天还能赏玩宝石的人,才会关注多余之物。

卢布、牙膏或者戒指,多余之物承载着生命最沉重的力量。

4

为什么描述多余之物的细节如此动人?

我想,这是因为它们具体、真切、可及。严肃的大问题确实总是更关切宏旨,但它们离一个人触手可及的东西还是远了些。身在战争中的人,其实无法真切地意识到"战争"这个抽象的词汇,面临死亡的人,实际上同样摸不到"死亡"的边界在哪里,但是,人们可以目睹战友发胀的尸体、战地医院浸着消毒药水的床单或者感觉到濒死时刻嘴巴里的苦味。在一个运转的世界中,我对世界的把握是由世界在"此时此地"呈现给我的东西所决定的,多余之物既是世界上的实在之物,也构成了我意识中的实在之物。只要我还没死,它们就会率先夯实我存在的感觉,带领我们超越、忽视或者暂时忘却必将来到的一刻。

只是，并非所有作家都信奉多余的力量。

一些作家更像是熟练的化学家，他们蒸馏、提纯、净化文本，让整个故事剪尽繁枝，绝不允许多余的细节出现。他们受到"典型人物"和"典型情节"的召唤，在大量混乱的生活之流中树立起唯一的中流砥柱，从丰富多彩的生活里抓取他们认为是本质的东西，他们相信丝绒手套下面一定有一双铁掌存在，就如同相信漆面之下一定有原木存在一样。相比起陀思妥耶夫斯基或者托尔斯泰笔下的人物，读者可能会更容易找到某个具体词来概括这类作家笔下的角色——这个年轻人是野心勃勃的，那个老头是扭曲偏执的，这些人物总像是从一种预设的性格概念中发展出来的。

没错，我说的作家是巴尔扎克。

可是，任何一个读过巴尔扎克的读者（现在读他的人还多吗？）也许都会跳出来否认我的说法：巴尔扎克的细节简直多得令人打哈欠！是啊，我猜想，对任何一个把风格放在首位的作家来说，都不太想用巴尔扎克的方法向读者介绍自己的人物，在《细节 ABC》中，我也列举了作家们更青睐的手法，也就是用动作、对话、环境等细节来暗示主人公的处境，但巴尔扎克不这样，他酷爱解释，酷爱罗列细节。他有时会用五页或十页的篇幅来介绍一个地区的地形地貌，会用同样长的篇幅描述一个男人或女人的每一个外部和内部特征，他们的身体特征、美貌和瑕疵，他们的表情和手势技巧，他们的衣着甚至鞋带和丝袜的质量。

然而，“多”不等于“多余”。“多”更像是用繁复的细节强化其描述的对象，每一个细节都与对象保持着紧密、关切、直接的关系，巴尔扎克不允许细节出现游离和无关，他对它们的滥用只有一个目的：加强。所以他渲染的手法是直接乃至粗糙的，他把人物的阴影涂黑，把亮部涂亮，拉大了对比度，在人物性格上尽量简化，在动作上尽量戏剧化，这样一来，故事就会变得紧凑与鲜明，所有细节都像是一枚尚未烂熟的果实的果肉，紧紧地包围着果核，而且，细节越是繁复，果肉就越是密实。有时候，我甚至感到巴尔扎克就像一个暴君或者狱长，把人物的性格、命运牢牢控制在他一手打造的华丽且包罗万象的牢笼中。

　　巴尔扎克是文学界的恺撒：他描写、他征服、他统治。

　　节制是属于奥斯丁或者契诃夫的美学，但绝不是巴尔扎克的。契诃夫会选择一个提纯了的细节来完成他的隐喻，但是巴尔扎克会选择十个同质化的细节来堆砌同一个隐喻，而且，在他看来，每一个细节对拱卫核心的隐喻来说，都是必不可少的。在《高老头》中，朗热公爵夫人向外省来的年轻人传授生存的秘诀：“世界就如同一个泥坑，尽量待在高处吧。”就这样，巴尔扎克为巴黎搭建了一个迷你的垂直结构模型，要么人往高处走，要么水往低处流。为了强化这个小小的模型，他开始毫无节制地渲染细节，不放过任何一处可能出现暗示的地方：巴黎的地形一开始就被交代是“盆地”，故事发生的主要场景膳食公寓被安排在一处“很陡的斜坡”处，走下街道时，人的感觉就像“走下地下墓穴，每下一级，日光愈加晦暗"，当高老头钱财耗尽时，他从伏盖公寓风景更好的四楼"搬下"了三楼；另一方面，巴尔扎克又不断向上打造一个垂直的空间，人们会"登上"华丽的马车，前往豪华的府邸、年轻的野心家被"领上一个金色扶手的大楼梯"，进入贵族夫人的闺房，当然，我不能漏了最后那个著名的"登顶"细节，在高老头死后，年轻的野心家拉斯蒂涅克独自待着，他有一个宿命般的向上的动作：

> 拉斯蒂涅克独自待着，他向墓地高处迈出几步，遥见巴黎蜿蜒曲折地横卧在塞纳河的两岸，开始泛出星星点点的亮光。他的贪婪的目光停留在旺多姆广场的柱子和荣军院的穹顶之间，这个地带生活着上层社会的红男绿女，他曾经一心想打入其中。他向喧嚣纷繁的"蜂窝"扫了一眼，仿佛想抢先吮尽里面的蜜汁，并且夸下了海口，说道："现在，就看我俩的了！"

（韩沪麟 译）

整个小说的伦理体验就建立在上层世界与下层世界的徘徊迂回中，人物最后一定会做出唯一的道德选择：从下往上爬。巴尔扎克提供了如此之多的细节，但所有的细节都是同质化的，他绝不会允许人物生出犹豫、挣扎的二心，他的人物单纯得可怕，也单纯得可爱。繁多但并不多余的细节将人物引向唯一的那条轨道，行动遵循着一种先验的甚至是无稽的动机。所以，读过巴尔扎克的读者也许会感觉到，他笔下的人物并不会像很多一流作品中的人那样，令我们觉得"啊，我也是这么想的""嘿，换作我也差不多吧！"——这些人物会从书里走出来，走进我们的生活，但是，巴尔扎克笔下的角色反而会让我们觉得远，虽然他们越来越深地卷入环境的牢笼，越来越多地激发出更多的隐喻与细节，我们依然会与他们保持着一种远观的距离，就像看皮影戏里那些鲜明固定的人形皮偶一样。

巴尔扎克用重复、冗杂、紧密相关的细节，向我们透露出他的终极美学：深刻的简单、浩荡的贫乏。

5

作家对待"多余的细节"的态度也许说明了他们的位置。

当托翁说起毫不相关的十二个半卢布时，巴尔扎克却仅仅攥住了登向高处的金边楼梯。细节的差异让两位处于同一世纪的作家在内在理路上大异其趣，在文学发展史的光谱上，他们站得其实有些疏远。巴尔扎克之类的作家，明显更为传统，更相信古典世界里万物环环相扣、没有脱钩、众星捧月的有机联系。

古典文学的世界当然也充斥着细节，但很难出现多余与无关的细节。多余，一度是从亚里士多德的《诗学》开始就极端警惕的东西，诗人们被告诫要有限度（甚至需要用漏壶来限制时间）、要注意规律、要注意避免细节繁多导致的不必要的复杂。所以，一个现代读者在看中国成语故事或者民间传说时，思维可以稍稍松懈与偷懒一些，因为你知道，无论故事情节多么起伏，故事里的环境和人物都是我们熟悉的，所以也就不会期待突然冒出什么特别的细节来烘托氛围，在孟姜女的故事里猛地读到她的童年趣事会让人出戏，这是与她哭倒长城没有关系的内容（虽然我知道现代作家一定偏爱这么写）。与此类似，西方古典文学也是取材于大家熟悉的内容，在这个基础上没什么好发挥的，读者也只能紧紧追随主线，不太可能了解和人物或者场景没什么关系的、其他方面的细节，我第一次读《安提戈涅》时，所有关于故事的背景细节，不是从正文，而是从罗念生版本的译注里获得的。

只不过，对多余细节的偏好，并不是19世纪作家的发明，我们实际上可以在更早一些时代的创作中发现它的踪迹。

比如中世纪基督故事的世俗剧。单纯用戏剧来宣教，可能会让人哈欠连天，如果加入一点民间传统的成分，就会变得活泼和好玩儿起来，所以，早在中世纪的宗教剧中，松散的结构、无关的细节与次要的人物，全都悄悄地冒出了脑袋。到了文艺复兴时期，创作获得了更大的自由，人物也极大地丰满，关于"多余"的细节也就丰富了起来，从前那些可有可无的景观、说不上两句台词的配角以及根本不推动情节的动作，这下都大喇喇地挤进了人文主义者们的厅堂。这厅堂变得像宇宙般浩大，它的规模史无前例，里面所有的东西都息息相关，一种万物处于连接之中的普遍观念主导着人们。那感觉，就好像拨动一根琴弦，结果水波般的韵律传递荡开，云端万物相和共振。甚至，你也可以在文艺复兴时期的绘画艺术中看到对多余的细节同样的热情！绘画中的阴影原本是很多伟大艺术家觉得多余和不必要的元素——达·芬奇广为人知的《笔记》中就指责阴影会破坏画面的连贯与和谐——但是，在15世纪以后的许多绘画中，可以越来越频繁地观察到多余的阴影的出现，它们浓淡不一、若隐若现直到光影幢幢。在文学中，多余的细节就像是文本的阴影，它们确实会暂时地打断故事的连续性与画面的和谐性，却强化了立体的效果，哪怕不通丹青的人也会承认，在一个圆形旁边添加几道阴影，圆形就会变成球形。

正因如此，我们才会在人文主义者的笔下读到一个多余的细节有些过载的世界。在伊拉斯谟《愚人颂》的开篇，多余的细节如潮水涌出，包围了愚人与读者。没人会比愚人的自我介绍更"啰唆"了：

> 我要奉告的是：我不是出生于提洛斯浮岛，不是出生于波涛万顷的海疆，也不是出生于"空洞穴"，而是出生于福岛，岛上"无需播种，无需耕种"而万物俱生。岛上不知有辛苦、衰老和疾病。田野上没有黄花、锦葵、洋葱、野豆，也见不到任何其他此类毫无价值的东西，到处都长着白花黑根的魔草、治百病的灵药、忘忧草、墨角兰、仙果，以及莲花、玫瑰、紫罗兰和风信子，还

有爱与美的女神阿多尼斯的一座座花园，令人感到芳香扑鼻，赏心悦目。

（许崇信、李寅 译）

我猜测，一位严厉的语文老师估计会忍不住提笔把"不是"后面的句子都删掉，愚人的自我介绍显得如此曲折、迂回、摇曳生姿！

可是，只有这些多余的细节，这些岛屿、海疆、疾苦、洋葱与野豆，才会醒目地标记出这是一个心怀宇宙的人文主义者：他的野心是写下一切，就像拉伯雷笔下的巨人那样吞吃一切。他不想再做钻进神学经卷中自娱自乐的书虫，而是要以一种革命性的激情与广袤的自然、世界乃至宇宙的律动同拍，在这样的世界中，高尚与卑贱、神圣与琐碎、必要与多余都会被一视同仁地爱着、好奇着、关切着。我们会在伊拉斯谟的细节表达中感觉到早期人文主义的芜杂和粗糙，甚至动物般的杂食性。从这个时期开始，文学中主人公的命运以及生活的边界，就大大超出了古典时期的体量。伊拉斯谟不仅写出了《愚人颂》，也写出了多余颂。

鹿特丹的伊拉斯谟并不势单力薄，他有同伙——来自拉曼却的堂吉诃德！

在《堂吉诃德》中，我们会看到几乎一模一样的细节写法：不直击核心，而是要一路拈花惹草地说一堆无关的内容，所有的信息与细节都绕着那个核心迂回地转动，但绝不进入其中。当堂吉诃德介绍起自己的梦中情人杜尔西内娅时，他说：

> 她既不是古罗马古尔西奥、卡约和西比翁等望族的后代，也不属现代的科罗纳家族和乌尔西诺家族；她不属加泰罗尼亚的蒙卡达氏和莱盖森氏，更不属巴伦西亚的莱贝亚家和比约诺瓦家；她的出身同阿拉贡的巴拉费克斯、努萨、罗卡贝尔茨、科莱约、卢纳、阿拉贡、乌莱亚、福斯、古莱亚等家族也不相干；还有卡斯蒂利亚的塞尔达氏、曼利盖氏、门多萨氏和古斯曼氏以及葡萄牙的阿伦卡斯特罗家族、巴约家族以及梅内斯家族也与她无缘。她出身于拉曼却的托波索家族。

其实，这句话里的核心信息就是最后一句话："她出身于拉曼却的托波索家族。"但是，前文所有的多余细节交代都摇曳多姿地羁绊住我们的注意力，它们以一种潜在的、隐形的方式强化着读者对堂吉诃德的认知：正因为他饱受浪漫传奇与骑士小说的影响，对各种骑士与贵胄的门第、家辉、族谱的光荣事迹烂熟于胸，对他们的世界渴望不已，才会在这时饶舌废话，大谈毫不相关的内容。这些无关的细节，确实不能让我们看清杜尔西内娅是什么样的人，却足够戳穿堂吉诃德自己的潜意识。

文学的发展一向伴随着细节的发展，但是，如何处理多余的细节、如何理解多余的细节，却从更深处拉开了作家们精神世界的年代感。多余本身就意味着一种与中心保持若即若离关系的松弛状态，当整体性的古典世界崩解，人丧失了一度拥有过的强悍的抓握力与确信感，更多无关且多余的东西如同手中的星沙，流散在宇宙的星辰之间，枝节蔓延、团块撞击。然而，细节越是在无关紧要的旋涡的虚空中飘浮，可能就越迫切地接近生存的奥秘与欲望的暗河。

猫鼠游戏——再论"福楼拜问题"

1

25岁的福楼拜对"预料之感"产生了恐惧。

这种感觉是一种对生活了如指掌的厌倦、对一切都可以预料的烦腻，他说："这就像厨房通风口里弥漫的令人作呕的烹饪气味。你不需要吃任何食物，就知道它会让你呕吐。"预料之感里充满了透明与丝滑，它让人一想到烹饪气味，就能联想到食物，一想到食物，就会想到呕吐。每一个符号之间的过渡都是自然而然、没有阻碍的。是否因为这个原因，他想写一些"什么也不为"的文字，让读者看到以后，无法产生丝滑的意义联想或者顺理成章的解释。于是，一个堪比"哈姆雷特的延宕"的经典文学问题出现了："福楼拜问题"。一言以蔽之，它指的是在福楼拜的小说中，很多的细节描写是无意义也无法解释的，甚至整部小说也是意义缺失的，可是，福楼拜又偏偏痴迷于写下它们，这就构成了一个有趣的悖论——如果是这样，干吗还要写呢？

我还是从那顶著名的帽子或者晴雨表谈起吧。

在《包法利夫人》的开篇，福楼拜提到了主角夏尔做工繁复的帽子：

> 他的帽子像是一盘大杂烩，看不出到底是皮帽、军帽、圆顶帽、尖嘴帽还是睡帽，反正是便宜货，说不出的难看，好像哑巴吃了黄连后的苦脸。帽子是鸡蛋形的，里面用铁丝支撑着，帽口有三道滚边；往上是交错的菱形丝绒和兔皮，中间有条红线隔开；再往上是口袋似的帽筒；帽顶是多边的硬壳纸，纸上蒙着复杂的彩绣，还有一根细长的饰带，末端吊着一个金线结成的小十字架作为坠子。帽子是新的，帽檐还闪光呢。

按照解释的传统，作家写得这么复杂和隆重，就像在信誓旦旦地跟我们保证：这个帽子的细节很重要，你们如果不挖空心思来解释它，我是不会善罢甘休的。可是，很多初读者在这必然会卡住，他们感到这段话奇怪、累赘、不明所以又细致得可怕。它无法让人在看过之后就顺理成章地得出某个解释，预料之中的东西消失了，细节构成了一个不透明的障碍，阻止了各种轻易的联想。在我的课堂上，第一次读到这句话的学生们有可能也会顿一顿，产生一些疑问或者滑稽的情绪体验，接着就继续往下读了。总之，这段细节看上去好像没什么意义。

学生们一闪而过的困惑被理论家们捕捉到，并且进行了放大和术语化的处理。最有名的处理就是罗兰·巴特提出的，他注意到《一颗简单的心》里有一段同样没什么意义的细节描写，那是对一位太太所待的房间的描述：

> 欧班太太整天待在这里，靠近窗户，坐在一张草编的大靠背椅子上。八张桃花心木椅子，一平排，贴着漆成白颜色的板壁。晴雨表底下，有一架旧钢琴，上面放着匣子、硬纸盒子，堆得像金字塔似的。壁炉是黄颜色的大理石，路易十五时代的式样，一边一张靠垫的小软椅，上面蒙着锦绣。当中是一只摆钟，模样活像一座维丝塔庙。

(李健吾、胡宗泰、郎维忠 译)

按照前文我提到的"收藏家"的习惯，大家可能还是会习惯性地在这些细节里找隐喻——桌椅是不是有什么象征？那个摆钟为什么要形容成是一座庙？可是，你别想轻轻松松就推导出什么解读的答案来，就像25岁时的福楼拜轻轻松松就从烹饪气味里推导出了呕吐来那样。罗兰·巴特抓住了这段描写中的那只"晴雨表"，他觉得福楼拜的细节和巴尔扎克的细节很不同，巴尔扎克的细节具有解释人物的功能，福楼拜更像是摆出了一些标记、一些数据记录，它们不具有向深处挖掘的可能，也并不打算解释人物，只是横亘在文本中，为了写而写，它们多余、没意思、赤裸裸的，好像在抗拒阐释。那么，为什么还要写下这些细节呢？巴特因此提出了非常著名的"真实幻觉"，这也是多次在前文中出现的术语。

简单地说，它指的就是，福楼拜的细节并不代表着真实，也没什么隐喻，所以谈不上进一步阐释的意义，它们的存在只是为了呈现出一种真实的效果。就类似于你走进一个房间，里面如果是一片空白，你会觉得"失真"，很多影视剧都喜欢用不着一物的白色空间表现主角的梦幻感或者幻觉状态（比如台剧《想见你》）。但是，假如我们为这个空白房间添置一点家具，比如棕色的人字拼的地板、一张胡桃木书桌、一盏宜家购置的绿色落地灯或者一个用旧了的水杯，那种梦幻的、玄虚的感受马上就会被驱逐掉，取而代之的是一种熟悉的、真切的、真实的感受。当然，你用不着辨认这盏灯是宜家的哪个系列，或者书桌的抽屉能不能拉开，只要它们待在那儿，作为"氛围组"的成员，真实的感觉就上来了，它让人物和读者都感到了脚踏实地，而不是如堕雾里。所以，巴特的"真实幻觉"谈的就是一种氛围感，一种让我们觉得这一切不是梦境的感觉，只是，这种感受在他那里不是一个特别积极的词，反而显得像是一种障眼法或者骗术，唯一的价值就是哄骗读者说"我写的可是真的啊！"，除此之外，毫无意义。

在巴特眼里，这种展示本质上是虚假的，它编织着"支配表征的文化规则"，古怪的帽子可以和怪异的衣服替换，福楼拜完全可以另写一大堆关于衣服的细节，晴雨表也可以和一万个物件替换，温度计、节拍器、封皮磨损的乐谱都行……反正，效果都是差不多的。

2

巴特提出"真实幻觉"，其实是想对西方传统文学一直追求的"逼真性"发起攻击。认为文学就是对世界的模仿，或者真实就是指"模仿得是否逼真"这些概念已经统治了西方文学观几千年。所以，巴特不是对福楼拜有什么非议，无非拿福楼拜作为靶子，想要痛陈西方文学千年积习而已，既然当了靶子，只能拼命挨削，于是，在一批批理论家前仆后继的补充与强化中（在这里我省略二十个理论家的名字），在一届届文学与文学理论的学生虔诚的阅读中，"真实幻觉"与福楼拜无意义的细节几乎成了一种常识性的认知。

当然，还是有人为福楼拜喊冤的。

詹姆斯·伍德在《小说机杼》里就认为"巴特失之草率"。他觉得，晴雨表的重要不在于它是"特别的"，而恰恰在于它"典型得有些乏味"：用晴雨表的中产家庭多的是，这正是晴雨表这个看似没意义的细节所透露出来的含义，晴雨表、钢琴、桃花心木（它们往往意味着庸俗）的桌椅构成了一个中产之家的标准陈设，要是你在其中突然看到一卷中世纪的手抄本，反而觉得突兀呢。沿着伍德的这条思路，小说中那些无意义的细节似乎都变得温情脉脉起来，以至于另一些学者申辩说，这些本身不具备阐释可能的物件构成了人们对家庭生活的回忆与想象，因而具有一种"让时间静止不动的能力"，它让曾经生活在类似环境中的人，在时过境迁、偶然读之的时候，能够勾起当年生活的点滴细节与回忆。就像我在奶奶家的椅子上偶然看到一块杭州绸缎缝制的风景画坐垫，会想到那是我小时候爷爷去杭州出差时带回来的，面料的色泽与上面的刺绣和当年记忆中的样子几乎不差，这个坐垫就会勾起我对童年的回忆。

　　另外，我觉得福楼拜在《情感教育》中有个细节倒是能对这个观点构成很好的补充。小说中，当男主角弗雷德里克一直深爱却不得的女人阿尔努夫人家道中落，不得不拍卖财产时，弗雷德里克痛苦地陪伴着自己的情人参加了这场拍卖会。随着一顶顶帽子、皮裘与皮鞋被抛出来售卖，他几乎感到自己能看到她四肢的形状，福楼拜做了一个动人心魄的比喻："他觉得瓜分这些物品是个残忍的行为。仿佛目睹一群乌鸦在撕扯她的尸体。"接下来，对家具物什的拍卖，勾起了他对往昔生活的回忆，看似无意义的细节却保留着生活伦理的温度与文化记忆的痕迹：

　　　　就这样，东西一件接一件地消失了，绣着一朵朵山茶花的蓝色的大地毯，她迎着他走来时，一双纤足曾轻轻踩在这条地毯上；绒绣面的小安乐椅，只有他们两人时，他总面对她坐在这把椅子上；壁炉的两块隔热屏，在她的手触摸下，屏上的象牙变得更加光润；一个丝绒针插，上面仍插着多枚别针。随着东西一件件地消失，他的心也仿佛一块块地随之而去。

（王文融　译）

226

本来呢，按照巴特的说法，地毯、安乐椅、丝绒针插都只是空洞的符号，只是为了诱发读者相信"这个故事是真的"的道具，但是，福楼拜在这个片段中，使得每一个本来可以随便替换成别的符号的物什，都因为弗雷德里克盘旋其上的情感记忆而变得特别了。所以，必须是地毯而不能是桌布，因为她踩过，必须是安乐椅而不能是书桌椅，因为两人曾在那里促膝长谈。

可是，我必须指出，在绝大多数情况下，福楼拜很少会像上文那样对细节加以解释，这更像是巴尔扎克喜欢的写法。对巴尔扎克来说，世界与语言之间是一种完美的契合，通过他充满激情与目的的视力，万事万物都可以被高温蒸煮，蒸馏萃取，最后冷凝成某个单一的概括或解释，因而也都有意义。巴尔扎克的描写让读者感到安心，他从来不写让人困惑的细节与意象，他酷爱解释，一旦他在上一段描写了一场令人眼花缭乱的宴会，那么，他一定会在下一段向我们解释这场宴会的魅力所在以及每个细节出现的意义。

3

在巴尔扎克的《驴皮记》中，有这么一个盛大的宴会场景。那是主人公拉法埃尔在获得了一张可以满足他任何欲望的驴皮之后，随意许了一个宴会的愿望，结果梦想成真的场景，巴尔扎克毫不吝惜笔墨地描述着宴会的细节：

所有房间铺陈的无非是丝绸和黄金，华丽的烛台上燃着无数的蜡烛，使得金色柱头的最细微的地方，铜器上精致的雕镂和木器的富丽堂皇的颜色更加光彩夺目。优美的竹制花架上摆着名贵的盆花，散发出阵阵的馨香。这里的一切，甚至帷幔之类，都有一种毫不夸张的典雅气氛。总之，在这一切上面，我也不知道是怎样的一种诗意的温雅情调，它的魅力必然会在穷汉的脑子里产生幻想。

（梁均 译）

请注意，在描述这些细节时，巴尔扎克遵循着一种隐秘的逻辑：从整体到细节，再回到整体。我们的视角先从整体被引领：所有房间看上去都珠光宝气，然后，进入细节，巴尔扎克追踪着光的踪迹，从蜡烛到青铜雕镂的华彩，从本身发光的物品到折射出光芒的物品，接下来，视角下移，进入对嗅觉的书写，我们被引到了一些罕见的名花周围。在有条理地巡视完这场宴会的诸多细节后，巴尔扎克当然要向我们指出它的意义与感觉：它是典雅的，"诗意的"，让人浮想联翩的，这个总结也正对应着此时还身无分文的主角的渴望：目眩神迷、大受震撼继而想要跻身其中。

在巴尔扎克笔下，细节的意义是不言自明的。就像评论家乔纳森·卡勒描述的那样，因为他对语言充满信心，他像霍布斯那样梦想并实践着一种完全透明、毫不含糊的语言，没有思想或者阴影会藏匿其中或将其掩盖，或者说，语言应该是情感的装饰，而非掩饰。这样一来，我们就会被毫无困难地引入巴尔扎克的世界，仿佛进入一个彼此心领神会、达成契约的共同体，毕竟，巴尔扎克也假定我们共享着同一个世界，一个由完全可以理解、澄澈与透明的语言搭建的世界，他相信我们能够轻易地达成一致。所以，在《欧也妮·葛朗台》中，他常常颇具大度地邀请我们："读者不妨想象一下，那些人谈起话来，洛格龙在旁听着是怎样一副形景"，或者"现在读者体会到了吧？"。他在创造人间喜剧的帝国时，已经假定并相信我们已经熟悉他的世界了，他觉得我们一定能"想得出来"，而所有邀请读者想象的地方，都是为了唤起并巩固与读者之间的契约。

但是，同样的宴会场景，看看福楼拜怎么写的，再看看他的世界是否真的像巴尔扎克那样对我们敞开。

在《情感教育》中，主人公弗雷德里克与朋友们到了一家华丽的公共舞厅：

> 两道摩尔式游廊，一左一右平行伸展开去。正面深处，横着一幢房子的墙；第四边（餐馆那一边），是一条饰有彩绘玻璃窗的哥特式回廊。乐师演奏台上有个中国式的屋顶；周围地面铺了沥青；挂在柱子上的彩色纸灯笼，远远望去，好似给跳四对舞的人戴上了五色缤纷的火的冠冕。这儿那儿，一个底座托着一只石盆，喷出细细的水柱。叶丛间隐约可以看到一些石膏像，赫柏也好，丘比特也好，浑身涂满黏糊糊的油彩。耙得平平整整的黄沙小径，纵横交错，使花园看上去比实际上大了许多。

与巴尔扎克的细节勾勒相比，区别在哪里呢?

最明显的，就是福楼拜不总结，他不会在描述完一段热闹场景后，向我们总结说这里是高雅的还是典雅的，这里是不是又对应着主角的内心欲望。更为重要的是，他的视角是凌乱的，一会看这儿，一会看那儿，先是屋顶，然后又看到了石盆，左看看石膏像，右看看黄沙小径。各位应该也会注意到，在福楼拜的细节堆砌中，他酷爱滥用分号，分号有什么目的呢? 在《细节ABC》中，我已经通过萨拉马戈的例子说明分号有一种在顺滑的叙事中刻意制造障碍的作用，零碎的、不连贯的、无逻辑的细节是拼接在一起，而不是连接在一起的，它甚至让人想到戈达尔电影中常用的"跳切"（jump cut），打碎了读者进入一个约定俗成的透明的世界的可能。读完福楼拜的描写，读者大概会有点丧气：我们好像说不出这个舞会是华丽的还是振奋的，是色情的还是庄严的，也说不出弗雷德里克和这个场景有什么关系，他的目光始终超然地游离在舞会的碎片化场景表面。

福楼拜不想用语言和读者社交，不想和读者打成一片。

细节再一次变得无意义起来。

4

也就是说，福楼拜小说中这种无意义的细节是由它的写法所决定的。

这种写法弥漫在他绝大多数细节铺陈的地方。我们重新看一遍开篇就提到的《一颗简单的心》的细节：

> 欧班太太整天待在这里，靠近窗户，坐在一张草编的大靠背椅子上。八张桃花心木椅子，一平排，贴着漆成白颜色的板壁。晴雨表底下，有一架旧钢琴，上面放着匣子、硬纸盒子，堆得像金字塔似的。壁炉是黄颜色的大理石，路易十五时代的式样，一边一张靠垫的小软椅，上面蒙着锦绣。当中是一只摆钟，模样活像一座维丝塔庙。因为地板比花园低，整个房间有一点儿霉湿味道。

然后是《情感教育》中的环境细节：

> 弗雷德里克为了解闷，换了好几次座位；他先去坐在店堂的尽里，接着移到右边，然后又挪到左边；他伸开双臂，坐在软垫长椅的当中。一只猫轻轻蹭着椅背的丝绒，突然跳到桌上舔滴到托盘上的果汁，把他吓了一跳；店家的孩子，一个讨人嫌的四岁娃娃，在柜台的阶梯上玩一种摇动时发出嘎嘎声的玩具。他的妈妈是个面色有些苍白的矮小女人，满嘴蛀牙，傻里傻气地微笑着。

接着，看《包法利夫人》：

灯笼慢慢熄了。星星发出微光。天上还落下几点雨。
艾玛把围巾扎在头上。

或者，《圣安东的诱惑》：

——啊！红红的肉……一串咬着吃的葡萄……在盘
子上颤索的奶冻！……

（李健吾 译）

其实，我所列出的例子不过是万分之一，如果读者自行
翻阅任何一本福楼拜的著作，会发现他绝大部分的细节都是
这么写的，他很少会在写完后添加解释（《情感教育》里有
一两处）。这些细节像一个个独立的画面拼凑在一起，彼此
之间缺乏逻辑，没有过渡与关联，也难以构成一个和谐的整
体，它们之间用冷硬的句号、省略号或者分号隔开，泾渭分
明。福楼拜打破了视觉与理解上的流畅性，让每一个细节都
各自为政、自说自话，他好像打定主意要违背一条古已有之
的小说惯例——向读者解释——你怎么也搞不清他写这些东
西要干吗。读者只会感到，每一个句子与细节越是精确，意
义似乎就越是被推迟，你没法说欧班太太的房屋与她这个人
气质有什么呼应关系，也不知弗雷德里克身处的那个店堂于
他而言意味着什么，至于艾玛，她其实刚刚在著名的农业展
览会上与罗多夫眉来眼去，但紧接着交代的这几个细节，却
与她内心波浪起伏的情欲毫无关系。本来，我们受了传统小

说深厚的滋养，习惯文学将我们引向统一或者意义，遇到这样故意挫败语言、挫败契约、挫败读者与作者的共同体的作品，难免感到困惑——没错，福楼拜绝对不会在小说里与你称兄道弟、推杯换盏，称你为"亲爱的读者"、与你共同想象情节。他与亨利·詹姆斯一样，把作者的现身视为可怕的犯罪。

那么，怎么解释这些堆砌在一起、七零八落没有意义的细节呢？

硬要解释，也是可以的。比如，你可以说，这是因为人的视力是有限的，这些碎片化的、跳切的细节其实很像我们置身一个环境里的真实视觉。举个例子，你今天去了一家咖啡馆和朋友聊天，事后当你回忆当时的场景时，绝对不可能像咖啡馆的设计师或者施工师傅那样，把每一个细节都连贯地还原，你只能记得你目光掠过的场景：带有凹凸花纹的香芋紫咖啡杯、旋转玻璃楼梯、伸到你身边的龟背竹叶片以及玻璃橱窗里的蛋糕。这些画面必然是零碎的，无法彼此衔接的，因为我们的注意力是有限的，视力也是零散的。故而，大可以说福楼拜捕捉到了人类视觉的精髓，他钻入了每一个人的内心，从他们的眼睛捕捉对世界的体验，而这种体验注定是残缺的。视觉的流动确实也是福楼拜一贯的主题，《包法利夫人》的读者应该能回忆起小说中那些纵横交错的目光：艾玛是如何看夏尔的、夏尔又是如何看艾玛的，罗多夫如何看艾玛的、朱斯坦又是如何看艾玛的……客观中立、永恒不变的视角在《包法利夫人》中消失了，每个人都处于流动不居的看与被看之中，伴随而来的，则是情感的变化——当夏尔只看到娶得美人归时，艾玛已经连自己的孩子都觉得看起来"怎么那么丑"了。

当然，在人物心里钻进钻出时，福楼拜有时候会"脱钩"。就是本该从人物的心里观察或者说话的时候，他也许是忘了该"让位"，还是按照自己的思路来想象了，作家作为文本的君王，难免有成为"暴君"或者"僭主"的时刻。这个问题是奥尔巴赫发现的，他注意到艾玛在烦透了丈夫时，观察到的细节是这样的：

> 楼下的餐厅这么小，火炉冒烟，门嘎吱响，墙壁渗水，地面潮湿。

这段话里的细节，还是我在上文提到的孤立画面的拼凑组合，句子陪着句子，彼此之间却并不亲密，但是，奥尔巴赫还发现了点别的。在《模仿论》里，他觉得在那一瞬间，艾玛可能确实看到了这些零零碎碎的画面，但是她无法进行这么简洁的表达，就好像后文还有一句，她觉得"人生的辛酸仿佛都盛在她的盘子里了"，这话似乎更不可能是她的话了，因为这句自我总结显得如此辛辣和文学化。所以，奥尔巴赫觉得福楼拜只不过是用老道的语言，将艾玛提供的生活素材表达了出来，说白了，还是没忍住，用一个作家凝练的修辞代言了一个女人杂乱的感受。不管你同不同意奥尔巴赫——也许他太看轻艾玛了——他还是无意识地表明，这些孤立拼凑的细节背后，福楼拜仍然暗含着某种苦心孤诣。

5

福楼拜的苦心孤诣是矛盾的：他只想写细节，让细节撵着细节走，但不想写它们的意义。

这就导致他描写的细节场面看上去总是精雕细刻却又死气沉沉。正因为这样，福楼拜没少受批评家们的非议，马尔罗说福楼拜写出了一种"美丽的瘫痪小说"，卢卡奇则拉来马克思主义理论为自己背书，声称在福楼拜的小说中，史诗行动、戏剧性的社会运动消失了，人类的复杂关系被一些"死板、僵硬、夸张的象征符号"所取代，他哀叹这类作家已经放弃了对社会本质的观察，只醉心于精湛的技巧展示与没有感情的细节罗列。但是，好像我们还没有问福楼拜自己的想法。

一种解释是，他想用细节给自己治病。

人们对陀思妥耶夫斯基的癫痫病津津乐道，可能并不知道福楼拜也患有类似的神经性疾病。《白痴》中，陀思妥耶夫斯基塑造了梅什金公爵这个癫痫病人，并用他的一次次疾病发作挑战"正常社会"的尺度，陀思妥耶夫斯基从不掩饰自己的疾病，甚至主动书写发病时的丑态，他相信，直言肉体与精神的浩劫是得救的唯一法门。但福楼拜显然不想"直言"，他需要换一种方式来模仿和改造精神的动荡，从而使它平静下来。

福楼拜在他的书信往来中对自己的疾病留下了细致的描述。早在20出头时，他就注意到自己的脾气粗暴，那时候，他还在鲁昂皇家学院学习，虽然成绩优秀，但他始终要面对"神经质的躁动"，很快，神经躁动演变成了癫痫。大约在22岁那年，有一天，他正和弟弟赶着马车，在一辆马车和远处一家客栈闪烁的灯笼前，他突然像死了一样倒在地上。那感觉就像"被火焰的洪流卷走……像闪电一样突然……记忆瞬间中断……完全失去了控制"。在日后的岁月里，癫痫发作令福楼拜吃尽了苦头，要么就是把鼻子碰坏，要么就是把自己摔在书柜的玻璃门上，要么就是口吐白沫摔倒在地。在他所记录的发病体验中，有一类记录特别引人注意，它涉及疾病对其视力的影响，有一次，他写道："（幻觉）以火焰、孟加拉灯的形式出现，以明亮、爆炸的色彩为主……它们在我眼前舞动，阻碍了我的视线，从一个单一的图像变大、跳到另一个图像，最后覆盖了客观现实。"

很遗憾，我没有过抽搐或者幻觉的体验（哪怕作为云南人也并没有被菌子毒翻过）[1]，所以无从想象在癫痫发作时，眼睛究竟能看到什么东西。但是福楼拜的描述让我感到，精

---

[1] 考古学家张光直在《美术、神话与祭祀》里认为先秦青铜器上的花纹有可能是古人吸食了致幻药品后，依据脑海中的花纹图样所描摹的，而他之所以得出这个猜想，是因为在美国读书时吸过大麻，有过致幻的体验。

神疾病很严重地影响了他的视力，使他无法连贯、清晰地观察，他的视线受到了阻碍，只能用一种"跳跃"的方式来看，而且在此过程中，莫名的光点、变幻游移的图像取代了真实固定的整体景观。这多么像我们在前面读到的那些细节罗列！在上述引文中，所有细节的出现，同样是断裂的、跳跃的、无序的、零散的，我因此产生了一个冒险的猜想：是否福楼拜在进行细节描写时，所依据的并非一个理性作家的逻辑，而是一个癫痫发作病患的目光？只有这样，才能理解为什么他的细节罗列难以构成有序统一的整体，也缺乏意义，因为他笔下的世界，是一种伪装成常态的疯狂，他的书写，则是在模仿一种病态的视力。

模仿的目的当然不是无聊地再去体验一次那种痛苦，模仿它可能是为了战胜它，就好像弗洛伊德解释为什么会有噩梦——本来我们都已经接受了"梦是为满足欲望的实现"这种说法，但是这个解释在做噩梦方面就不管用，所以弗洛伊德只能进一步把自己的学说画成一个圆，说人们做噩梦是为了克服相关的恐惧。而且，如果我们进一步看福楼拜病态视力中呈现的细节对象，会发现它们绝大多数时刻都是物质实体或者人类实体，极少数情况下才是幻想或者精神的结晶体。这又意味着什么？

来看看《萨郎宝》中的花园场景的细节堆砌：

好些无花果树围绕着厨房；一座枫树林子远远连接一丛一丛的花草；好些石榴在草棉的白花簇中间辉耀。

好些结了实的葡萄高高挂在松枝当中：一片玫瑰在篆悬木下面怒放；这里，百合花在青草上面摇曳；搀杂珊瑚粉的黑沙，撒满了小径；中央的扁柏林道，仿佛两排绿菁菁的方尖碑，从头一直竖到末梢。

（李健吾、李玹 译）

　　细节依旧是零散的、不成体系的、东写一笔西写一笔，整个场景和主人公的故事并没有有机的关联。可是，细节里充斥的，又全都是具体的物质，它们有颜色、有气息、有重量、有形态……它们是真的！《萨郎宝》是一部关于迦太基的历史小说，福楼拜在写作之前曾经前往迦太基采风，这里的历史风貌再次令他的神经激动起来，在一封信里，他描述自己已经"兴奋地目眩神迷"。所以，需要一些坚固的东西，像钉子一样固定住纷乱的思绪，比如，那些关于物质实体的文字符号。显然，对一个需要抵抗癫痫幻觉的人来说，只有真实的物质实体才具有抗衡幻觉的能力。也许，福楼拜已经意识到，遏制细节的隐喻，让细节沦为单纯的物质符号，也是遏制精神疾病与幻觉的重要手段。所以，他说出下面这番话也就不难理解了："我爱人间两种东西，第一，物，物的本身，肉；其次，高而稀有的热情。"

　　物，打败了幻；坚实的，打败了虚妄的。

6

19世纪是医学与文学合流的黄金时期。

法国文学里出现了一大批对医学与疾病描写甚细的作品。据说，《包法利夫人》中对疾病的准确描写正是由于福楼拜采信了大量医学著作，小说中夏尔做了一场失败的脚部矫正手术和艾玛中毒与死亡的场景，几乎都照搬了当时的医学词典与医学教程，更不用说，《包法利夫人》的核心主题之一就是对"浪漫病"的治疗。所以，认为福楼拜写下大量无意义的物质化细节是在模仿疾病发作时的幻视，并且要用物质来对抗幻觉，倒也能说得通。

但是，我总觉得这个解释还不够，它太简单、太直接了，我几乎把一个伟大的作家变成了一个可怜的庸医！我还是没有触及福楼拜创作的某些核心理念。

在翻看福楼拜的书信时，我突然看到一个有趣的比较，他说："我欣赏金子，同样欣赏金箔。金箔看上去可怜巴巴，但它为此甚至比金子更富于诗意。"这句话是什么意思呢？福楼拜要说的是，金箔那"可怜巴巴"的形式或者样态本身，就构成了美的全部。为此，他毫不讳言地宣称对形式本身的狂热，把自己描绘为一个彻底的"形式主义"者："即使在目前，我压倒一切的爱好仍是形式，但必须是美丽的形式，此外，再没有别的。"如果按照他的审美理想来说，他可能一直想写一本特别美但是没有任何内涵或者隐喻的书，如同一枚只负责形式而省略了深度与厚度的"金箔"——与一块金子相比，金箔必然是轻飘飘、毫无质感的。如果这个说法成立，那么，细节就是关键。

金箔的比喻令我肃然起敬，我感到福楼拜预备做出一些牺牲——牺牲那些更容易取悦评论家或者老道的读者的"深度"，邀请那些被视为浅薄华丽文字的嗜好者与他一起在没有深度的华丽细节中畅游，像一个享乐主义者甚至纵欲主义者那样。所以，若是你读到对福楼拜的恶语相向——比如认为他的小说是贫瘠的、没有意义的、牺牲了心灵换取形式的（亨利·詹姆斯就这么骂过），福楼拜大概会耸着肩膀白你一眼说："我乐意！"福楼拜对细节的处理，使得小说摆脱了各种社会功能，从而确立了小说的自主性。在一部小说中，我们看到他只想造句，像他在小说中描述的那样，用一台"语言的压延机"塑造出源源不断的句子，但句子里的细节如此耀眼、如此光滑，丝毫不渗出任何可供读者吸收的信息与隐喻。福楼拜预备打造一座金碧辉煌的墓葬，里面填满了死去的文字饰有金粉的尸体。这座墓葬会断送我们一切想要从小说提取真理，或者将语言与意义联系起来的诱惑，他用大量华丽、无意义的、不连贯的细节，试图阻止我们潜下文本的海面，因为，海面的波涛与泡沫已经是海本身。

也就是说，福楼拜打算用一些什么意义都没有的细节，写一本什么意义都没有的书，这是他的"不写之写"。

或者说，他要为读者呈现一场最终趋向于虚无与幻灭的烟火表演。让我们再次回顾一下福楼拜的那些创作吧，从主题上说，福楼拜所有作品的核心主题都是消散、湮灭与耗损。在《包法利夫人》中，轰轰烈烈的婚外情最后落得人死财散，只留一地狼藉；著名的长篇小说《布瓦尔与佩库歇》是一个完美的虚无的预言：你的一切奋斗与努力，都只获得了虚空；《一颗简单的心》中，女仆全福的整个人生则是一系列的丧失，最后连自己都弄丢了；至于《情感教育》中的情欲迷乱，最终也只是让主人公嗟叹人生虚度、一事无成、一无所有，他完全不像传统成长小说中的主人公通过冒险获得了成熟与成就，他一路上只与空白、缺失和虚无相遇。小说结尾时，主人公弗雷德里克最后与友人促膝长谈：

> 他们对自己的一生做了总结。
> 两人都虚度了年华。

也就是说，我们可以发现福楼拜在主题设计上一种持续性的态度：先勾勒大厦，再毫不留情地推翻大厦。一个巨大的空洞，吞噬了福楼拜所有的作品。耗损与湮灭的主题，对应到细节上，正是细节的无用与无意义。而且，组成大厦的细节之砖越是华丽细腻，整个大厦的轰然倒塌越令人唏嘘。福楼拜当然还是一个 19 世纪作家的底色，因为几乎每位典型的现实主义小说家——司汤达、巴尔扎克、福楼拜和左拉——都对人类的幸福持悲观态度。福楼拜是那种不相信进步叙事的人，他所描述的世界虽然可以说是现实主义的，但往往看起来只是现实世界的次等和糟糕版本。我们只会在他的笔下感觉到冷漠和讽刺，不会有同情。但是，细节处理上的差异，仍然是我们判断一位作家所处光谱的重要指标，司汤达和巴尔扎克不会如此设计无意义、无逻辑的细节，只有福楼拜会这么干，这就使得他又超越了同时代的作家。

如果在 20 世纪出现这样的创作意图，比如布勒东或者格里耶打算这么写，或者是我在《细节小史》中提到的西蒙或者汉德克这么写，听上去都并不奇怪，20 世纪对以往的文学观掀起了瓦解的巨浪，作家们深刻地怀疑真实、怀疑语言，继而解构意义、取消隐喻，而阅读小说也越来越变成了观察如何挫败人们试图理解小说的游戏。但是，在现实主义作为主流风格的 19 世纪，福楼拜的"不写之写"就显得先锋无比了，可以说，这些无意义的细节的出现，在历史上具有决定性意义，它们引发了文学内部的深刻变革或断裂，为现代文学意识最重要时刻之一的出现奠定了基础。

福楼拜小说摆脱了决定其可能性的各种社会功能，从而确立了小说的自主性，小说从"说点什么"悄悄滑向了"是个什么"。

真够激进的。

7

福楼拜的虚无从何而来？

也许是怨恨和倦怠。

在他的文字中，在那些对生命最狂热的爱的表达结束时，他会突然赤裸地谈起恨来。虚无主义也得到了最强烈的表达："我生来就渴望死亡。没有什么比生命更愚蠢，没有什么比坚持生命更可耻。和我所有的同龄人一样，我从小就没有宗教信仰，既没有无神论者的干巴巴的满足感，也没有怀疑论者的淡然讽刺。"如果生命本身是愚蠢的，那么让它拥有任何东西都更显得愚不可及，所以，必须处死艾玛、必须让弗雷德里克蹉跎半生，也必须让全福在一系列丧失中，两手空空走向坟墓。这样，才符合他在信中痛陈的情绪："我憎恨生命。是的，我憎恨生命，憎恨一切让我想起生命的东西。吃饭、穿衣、站立等等都让我感到厌烦。"而在1852年4月24日写给路易丝·科莱的一封信中，他抱怨自己的写作速度太慢，并表示自上次见到她以来的六个星期里，他只写了二十五页。这个过程是有问题的，因为进展缓慢让他产生了一种倦怠感，一种自我挫败，正如他所说，"对没有进展感到恼火和失望"。因此，压在他身上的不仅仅是失望，还有倦怠、无聊和厌世情绪。

福楼拜的虚无给文学评论界造成了很大的麻烦，从上文中各路"神仙打架"就可见一斑，直到现在，人们还是没有对"福楼拜问题"做出盖棺论定的解释。意义的出现与消失就像猫鼠游戏一般，从未停止。

然而，故事到这里并没有结束。

我的学生们读到了福楼拜，但是他们没读过亨利·詹姆斯、罗兰·巴特，也没听过卢卡奇或者奥尔巴赫。事情在他们这里突然变得简单了起来，问题变成了"不成问题的问题"。我发现，无论是作家自己苦心孤诣的审美创作诉求，还是评论家云遮雾绕的理论竞赛，在学生像白纸一样的阅读视野里都自动消失了，他们从来不觉得福楼拜难读，还希望以后我多找这样"精美的"作家来细读。那些让理论家们头疼的、所谓无意义的细节，在学生略加思索后，总能够得出一些合理的解释。有没有意义这种追问在他们的视野里完全没有被意识到，因为他们相信，总能得出点什么来。也就是说，遇到了天真的诠释后，所有批评与创作预设的难题就会自动消解。

我不由玩笑式地想到，符号学打不过诠释学，马克思主义打不过诠释学，解构主义打不过诠释学，作家的创作意图还是打不过诠释学。总而言之，对普通的读者来说，没有理论，反而是最能够单刀直入闯进小说的。

让我们回到开篇那顶著名的帽子吧。

它确实在一开始以其繁复和琐碎让学生们迟疑了片刻。但是很快，他们想出了解释的办法。有的学生认为，这顶帽子如此华丽又如此复杂，戴上去肯定不舒服，甚至很束缚，他猜测这顶帽子里面缠绕着各种线头与材料，刮擦着头发和皮肤，但外人是不知道的。这是一个如鱼饮水冷暖自知的问题，这是否可以理解为夏尔一生的隐喻：他看上去颇为光鲜，娶了美女、当了医生，在当地也算颇有名气，然而，他的生活内部却千疮百孔，他知道了妻子的一次次背叛，却总是佯装不知，他医术平庸，以至于害了病人。我们都只看到了帽子的面子，但里子的苦，只有夏尔自己知道，故而，描述帽子的时候，有这么一句话："好像哑巴吃了黄连的苦"。还有一些学生发现了帽子和夏尔母亲的关系，小说中，夏尔的母亲是"一家衣帽店老板的女儿"，也许她耳闻目睹，也会做帽子，这顶奇怪的帽子就出自母亲之手。如此复杂的做工，象征着她对夏尔生命全方位的管控，没错，小说里夏尔从上学到就业再到娶第一任老婆，都是由这位控制欲极强的母亲安排的。我也喜欢这个解读，现实中，很多控制狂父母对孩子的操纵，最初都是从孩子必须穿什么、吃什么开始的。艾丽丝·门罗在《红裙子——1946》中也描述过一条天鹅绒的裙子，母亲费心巴力地制作它，一定要女儿在舞会上穿，根本不管女儿是否喜欢这条裙子。

我是文学批评的读者，又是文学读者，既要以老师的身份讲文本，也要以听众的身份听学生们的解读。我必须说，理论批评的快乐与聆听学生诠释的快乐不相上下。

马尔克斯的星期二与卡夫卡的星期天

1

这个秋季学期，我患上了"周三综合征"。

这一天，我需要从早上八点半一直上课到晚上八点，从卡夫卡的《审判》开始讲，穿插外国文学史以及五花八门的短篇小说，最后以马尔克斯的《百年孤独》作结。于是，从周二的夜里开始，我的焦虑就开始蔓延了，我会频繁地自动醒来看时间、迷迷糊糊盘算着第二天上课要讲的内容、提前灌满水杯装好一摞书——在这个动不动就给人扣上"重大教学事故"帽子的氛围里，我可不敢掉以轻心。周三变成了一周中的特别时刻。

随着一个个周三的到来与过去，等待的焦虑、讲课的兴奋与课后的怅然起伏更替，我对所讲授的文本中关于"星期"的细节也产生了浓郁的兴趣。我注意到，卡夫卡的《审判》中，K. 所有的申诉行为都是在星期天进行的，而在马尔克斯笔下，星期二则频繁成为主人公们发生重大事件的时间点。为什么非得是星期天和星期二呢？作家们选择这些时刻有没有特殊的用意？动机又是否相似？

这个有趣的问题等待着我。

2

虽然卡夫卡与马尔克斯偏好的具体日期不同，但以星期为代表的时间刻度在他们的文本中却具有某种相似的气息——一方面是如此精确，一方面又如此模糊。

我指的是，无论在《百年孤独》还是《审判》里，星期乃至月份都会被精准写出，但年份是缺失的，只有在马尔克斯的少数小说比如《周六后的一天》里，他才会把明确的年份写出来——"1875 年的战争当中，老太太凭借庄园的厨房为掩护，还曾阻击过奥雷里亚诺·布恩迪亚上校的一支巡逻队。"看起来都是在衡量时间，年份和星期、月份有什么不同吗？人们在感叹时光飞逝时，有时候会说"唉，又到星期一了"或者"太好了，这个夏天的暑假又开始喽"，但是从来不会说"哎，2024 年又过去了"，所有人都知道，公元纪年历史上的每一年都是独一无二的——无论在哪种文化中，星期与月份都会重复出现，但年份往往是线性标记，当前者像贪吃蛇那样首尾相接循环往复时，后者却随着每一本被丢进纸篓的旧年历一去不返，马尔克斯与卡夫卡专注星期却故意弄丢年份，也就变得大有深意起来。

反复出现的星期细节编织了一种关于时间处境的精确假

象，为人物的活动伪造了一个看似清晰的时间维度，但这个时间与历史无关，它逃逸出现实里用线性标记的纪年法则，架空了通过积累经验获得进化或者进步的许诺。它更像是一根透明的、无实质的经线，与马孔多镇或者 K. 所面对的法庭这样的空间纬线交织在一起，把整个故事固定住。它用一次次重复的到来与离去向读者吐露出这样一种可能：没什么真的会改变，你看到的一切都只是虚构，马孔多以虚空开始、以虚空结束，K. 到死也不知道自己到底犯了什么罪。

3

如果用统计的方式来看，说马尔克斯酷爱星期二并不公允，实际上，在小说里他喜欢从星期一到星期天给角色们都安排上活动，反正没有一天能闲着。他的精挑细选会让人想到苛刻的建筑师或者全能的上帝，他指定一星期里的每一天都对应上家族中每一代人物的活动，这样一来，故事内部的榫卯就彼此严密地咬合在了一起，构成了这部看似混乱的小说中最为精确的结构：

星期一：第一代老族长何塞·阿尔卡蒂奥·布恩迪亚。这位族长创立了马孔多镇，最后被绑在镇上的一棵栗树上死去，他死前已经陷入失智的状态，认为"时间这个机器散架了"，因而混淆了所有的日子，当他与死去的老友的鬼魂对话时，星期一出现了："可我忽然又觉得还是星期一，跟昨天一样。你看那天，看那墙，看那秋海棠。今天还是星期一。"其实，这一天是星期二，但是老糊涂的族长把所有的日子都看成了星期一。星期一是一周之始，而老何塞是一家之长，他对星期一的强调早已暗示读者，不要顽固地尝试梳理故事中的时间线索或者人物关系，它们早已因为时间的散架而重叠交错、难解难分，整个故事从一开始就是在时间的混沌中展开的寓言。马尔克斯谈过伍尔夫《达洛维夫人》对他的影响，他由此学会了一种将时间打乱、于过去—未来—当下之间穿梭与横跳的手法，人们总是津津乐道于小说中"多年以后……"所引发的各种时间置换，但也许关于时间混乱的奥秘早就藏在了第一代角色认错的"星期一"中。

星期二：第二代奥雷里亚诺上校与第二代阿玛兰妲。 上校在星期二这天揭竿而起，阿玛兰妲在这一天拒绝了钢琴师的求婚。小说的原文写道："星期二午夜，在一次近乎疯狂的行动中，二十一个不到三十岁、用餐刀和尖铁棍武装起来的男子由奥雷里亚诺·布恩迪亚率领，奇袭军营，缴获武器，并在院中将上尉和四个杀害那女人的凶手枪毙。"至于阿玛兰妲，她主动提出让钢琴师皮埃特罗每个星期二都来家里吃午饭，而她往往在一旁的长廊里绣花，两人其乐融融。可是，也是在星期二，当皮埃特罗终于众望所归地向她求婚时，她却拒绝道："太着急总是不好"。关于星期二的用意，我在下一节详细分析。

星期三：第三代阿尔卡蒂奥。 成为小镇独裁者的阿尔卡蒂奥死于这一天："走向墓地的路上，细雨绵绵不绝，阿尔卡蒂奥望见星期三的曙光闪现在地平线上。"阿尔卡蒂奥身上展现出的暴力气息甚至比第二代上校还要明显和残酷，他是马尔克斯始终关切的独裁者的形象，他那毫无必要的铁腕手段最终只为他赢得了枪决的命运，这也是马尔克斯对笼罩在拉美上空盘旋不去的政治意识形态最深切的诅咒。哪怕这位第三代人物已经死于星期三的枪决，暴力仍然以各种形式入侵到马孔多的原始生活中，在后文，读者会看到，美国人与香蕉公司的火车总是在星期三到来，对马孔多的暴力不过是从原始的血腥政治换成了更为隐秘的经济剥削，这也是四百年来在拉美这块土地上发生的真实故事的缩影：她总是在受伤，西班牙殖民者刚刚式微，内部的军阀割据又风起云涌，然而，黄雀在后的美国资本与政治力量早已暗中接管并开始操盘。

星期四，星期五：第五代何塞·阿尔卡蒂奥，第四代何塞·阿尔卡蒂奥第二。读者会注意到，这两个星期日期发生的事件与家族成员的代际关系发生了颠倒。第五代何塞·阿尔卡蒂奥离家去了远在罗马的神学院，这一天，是"星期四下午两点，何塞·阿尔卡蒂奥离家去了神学院。乌尔苏拉将会永远记得想象中他告别时的样子"。不妨注意家族每一次与外界接触的情节，不管是外来人试图通过嫁娶的方式进入这个家族，还是家族中人出门远游求学，最终的结果都是悲剧性的，外人永远无法真正融入家族（皮埃特罗、费尔南达皆是如此），而家族中人哪怕学来一身外族习气，最终也总会回归家族的某种天性（梅梅、乌尔苏拉·阿玛兰妲、何塞·阿尔卡蒂奥概莫能外）。所以，第五代成员何塞·阿尔卡蒂奥并没有在罗马潜心求学，只习得了一身矫饰浮夸的生活方式，他回到家中，沉湎于对阿玛兰妲的爱意，随后被四个小流氓溺死，成为"世上最美的溺水者"（又一个马尔克斯迷恋不已并反复书写的形象）。马尔克斯没有交代这一天是星期几，但这一悲剧的根源，似乎还是可以追溯到那个遥远的星期四，他被送进一个格格不入的世界的下午。第四代成员何塞·阿尔卡蒂奥第二的故事与星期五相关，他参加了工人的罢工运动，并以唯一幸存者的身份目击了香蕉公司的屠杀与毁尸灭迹："何塞·阿尔卡蒂奥第二混在从星期五一早就向车站集中的人群里。他参加了一次工会领导层的会议，与加比兰上校一起被指派混进人群，见机行事引导群众。"在访谈与回忆录等很多材料中，马尔克斯都谈到对这次屠杀事件的重视，虽然发生在哥伦比亚的香蕉公司的屠杀发生于马尔克斯出生前，但对历史的责任感促使他不断寻访故人、探知当年惨案的真相。很多人以为屠杀中颁布的主席敕令的编号是虚构的（"四号令"、"由将军及其书记官签发"），但其实马尔克斯爬梳了大量惨案的档案，用小说的形式公布了官方历史的掩藏。有趣的是，马尔克斯在屠杀发生的星期日期选择上，却没有遵循档案的真实，1928 年 12 月 5 日和 6 日发生屠杀时是星期三和星期四，显然，马尔克斯对星期五的使用是出于小说的逻辑而非史料的逻辑。

他的逻辑是，通过颠倒和扭曲星期四、星期五中第四代与第五代角色的重大行为，让读者意识到小说内部一向整饬的对应关系发生了轻微的混乱，一些更大的致命混乱将会出现在小说远端，即结尾部分：长着猪尾巴的孩子出生。为了呼应这一颠倒，读者会记得在第四代的双胞胎兄弟何塞·阿尔卡蒂奥第二和奥雷里亚诺第二身上也出现了颠倒，原本，这两兄弟被人们戴上了标记对应身份的手环，"可开始上学的时候，他们决定互换衣服和手环，管自己叫对方的名字。"更不可思议的是，本该属于他们的气质被转移到了对方身上，就像本该在星期四让第四代成员发生点什么，却颠倒和转移到了第五代成员身上。我在上文所说的第五代去学习神学的何塞·阿尔卡蒂奥，正是奥雷里亚诺第二的儿子，颠倒通过代际遗传的方式，扭曲了发生在第四代、第五代成员身上对应的星期时间。

星期六：第六代奥雷里亚诺·巴比伦。这个角色是第五代女性梅梅和电表工人的私生子。马尔克斯没有用上述那些直接的笔触写他身上发生在星期六的事件，而是用了"曲笔"把他的出生归咎于星期六。美国人的到来加速了马孔多的现代化，梅梅爱上了外出跳舞和看电影，"她第一次和父亲星期六去看电影的时候，又见到了马乌里肖·巴比伦，他穿着亚麻正装，坐在离他们不远的地方。"两人一见钟情，从此以后，每个星期六都成为他们幽会的时间，黄色蝴蝶翩然降临在这对爱侣身边。关于黄蝴蝶，也可以多说一句，它看起来像小说中的黄玫瑰一样，仅仅是马尔克斯个人的迷信偏好。但在《番石榴飘香》中，马尔克斯回忆起 5 岁时的一段往事，他们家总有个电表工人来修缮，祖母一看到此人就抱怨说，这个家伙一来，就会有黄蝴蝶，所以，黄蝴蝶的情节和美人蕾梅黛丝抓着白床单上天或者丽贝卡吃土一样，都是马尔克斯从童年记忆中挪用并篡改的。梅梅和电表工的爱情没有善终，因为两人在幽会时，男人被当作偷鸡贼打死，梅梅生下了私生子，也就是第六代奥雷里亚诺·巴比伦，所以，我们可以说，第六代成员生于星期六的孽缘。

星期天：第七代长有猪尾巴的男孩。 星期天，是一周结束的日子，也是一个家族的兴衰史画上句号的日子，所以，第七代成员在这一天出生，他是阿玛兰妲·乌尔苏拉与奥雷里亚诺乱伦的产物，当年，那个令老乌尔苏拉害怕的噩梦寓言终于成了真，一个长着猪尾巴的男婴出生了："一个星期天的下午六点，阿玛兰妲·乌尔苏拉迎来了产前的阵痛。那位一脸微笑、为卖身糊口的女孩们接生的产婆让她躺上饭厅的餐桌，跨坐在她的腹部，粗暴地摆弄直到她的尖叫被一个巨大男婴的洪亮哭声压过。"这个孩子很快被蚂蚁吃光了。

由此，一周七天的日期完整地对应了一个家族七代人的命运："家族的第一个人被捆在树上，最后一个正被蚂蚁吃掉"。每一个星期一，上帝开始劳作，马孔多家族开始生生不息，每一个星期天，劳作结束，休养生息，一切归于平静，马孔多家族被一阵飓风卷得无影无踪。如果《百年孤独》是一本永远不会完结的书——就像博尔赫斯在很多小说中设置的永恒内循环的模式那样——那么，可以想象，也许在某个无名的星期一，又会有一个年轻人登场，用细嫩的手指重新种下一棵栗树的种子，指认万事万物的名字，最终成为某个新家族的第一代老族长。

通过将星期与代际相对应，马尔克斯展现出一种古老又优雅的写作技艺：越是看起来驳杂混乱的故事，越需要用精细到近乎无形的铁丝将其条分缕析地捆扎与收束。我们最早在索福克勒斯的《俄狄浦斯王》中看到了这样平衡于故事与修辞之间的技法，继而又在福克纳、伍尔夫、特雷弗等作家笔下看到了该技法的延续与发展，他们以各种各样的方式在混沌中斧凿出清晰的线条，由此驯服了混沌。如果读者期待那种真正超逸了严丝合缝的结构的文本，倒应该在罗伯特·瓦尔泽之类的作家作品中寻找，比喻与反讽、印象与知觉、梦境与意象在感官的指引下交汇融合，入眼即化，缥缈无踪。

但是，对绝大多数故事来说，结构仍然是不可移易的法度。

4

《百年孤独》中的星期日期遵循着与家族成员代际相对应的人为关系，但这并不意味着马尔克斯在写每一处星期日期时都在精打细算，有时候，日期的选择是随机的，有时候也要遵循背景中的文化常识。

比如，小说里"星期天"出现的频率最高，这并不难理解，星期天是做弥撒的日子，免不了与宗教、结婚、集会等常规礼仪性活动相关联，所以它出现的频率必然会更高，比如第一代老族长何塞·阿尔卡蒂奥·布恩迪亚是在星期天的斗鸡比赛中杀死了对手，而星期天正是拉美很多地区举办斗鸡比赛的好日子。鲁尔福的《金鸡》中，虽然没有明确开篇斗鸡场景的具体日子，但同样指出这是大家去做弥撒的时间，而且是"拂晓"，所以应该还是星期天的早上，因为只有这一天的弥散是从早上开始。

然而，"星期二"的出现还是有些特殊。很多时候，它确实与家族中第二代人物的事件相关，同时，这一天往往会成为与家族命运走向更为关切的叙事拐点，几乎所有和星期二有关的故事都围绕着家族孤独宿命的寓言展开。我们来看看文本里的这一天都涉及哪些重大事件：最开始，第一代的何塞·阿尔卡蒂奥·布恩迪亚沉迷于吉卜赛人带来的新发明时，他于这一天发现了一个重大的事实：

> 在十二月一个星期二的午饭时分，他从所有的折磨中一下解脱了。孩子们终其一生都将记得父亲如何在桌首庄严入座，被长期熬夜和苦思冥想折磨得形销骨立，因激动而颤抖着，向他们透露自己的发现：
> "地球是圆的，就像个橙子。"
>
> （范晔 译）

这是一个让人哑然失笑的片段。马尔克斯以他特有的

"拿捏"视角的方式，为读者营造出一种认知上的错位之感，正是这种错位感诱发了幽默的小火苗：何塞·阿尔卡蒂奥·布恩迪亚把我们早已熟悉的常识当成了新知。小说无数次重复这种手法，比如在故事开篇，当吉卜赛人带来磁铁时，马尔克斯是站在镇上人的视角与思维来观看磁铁的，所以他们无法知道"磁铁"之名，只能看到锅碗瓢盆被一一吸住的现象，这样一来，读者在常识中变得慵懒麻木的视角忽然被无知的童稚视角刷新，由此进入一个无比清新的陌生化的世界。实际上，文学的悲剧之核不由作品单独提供，而是往往藏在作者、读者与人物共同筑成的视角错层中，读者的情感反应是激活文本生命的化学秘剂，我们有时候和作者一样，知道了事情的真相，却只能眼睁睁看着被蒙蔽的主人公一步步走向深渊，我们的无力感或者哑然失笑感都强化了文本自身的张力，《俄狄浦斯王》是由视角错位构成的悲剧的典型与源头，而这部古典之作也正是马尔克斯最喜爱的作品。在《百年孤独》中，何塞·阿尔卡蒂奥·布恩迪亚在星期二这一天的"重大"发现强化了马孔多镇上人们"知其然不知其所以然"的认知状态，他们智如婴童，对应着人类童年的思维形式，也指向了他们与外界的认知隔膜，当世界飞速运转时，马孔多悬置如瓶中之景，孤岛般的自生自灭将成为这个家族永恒的宿命。

5

另一个星期二发生的事情悄然泄露出家族同样的秘密。上一节已经提到，家里来了一个叫作皮埃特罗·克雷斯皮的年轻人，他非常注重仪表，富有教养，负责调试家中的自动钢琴，他的出现引发了阿玛兰妲和丽贝卡姐妹俩之间的争风吃醋，在丽贝卡抛弃他并投向自己兄弟的怀抱时，受伤的钢琴师转而向曾经为他忽视的阿玛兰妲求婚，这一天，正是星期二：

> 一个星期二，发生了众人意料中早晚会发生的事：皮埃特罗·克雷斯皮向她求婚。她没有停下手里的活计，等耳边火热的红潮退去才开口，镇静的声音显出老成持重。
>
> "当然可以，克雷斯皮，"她回答，"但要等了解更深的时候。太着急总是不好。"

表面上看，这只是一段争风吃醋的滑稽情节，但它充满了隐喻性，并且再一次回应了小说的核心主题：家族终会在与世隔绝中走向灭亡。阿玛兰妲拒绝钢琴师的这段情节，是紧接在她的姐妹丽贝卡抛弃了钢琴师、投向自己兄弟怀抱的情节之后发生的，也就是说拒绝求婚是乱伦行为的一个后续。所以，需要先解决乱伦这个问题，才能理解星期二这天阿玛兰妲的拒绝为什么意义重大。

其实，并非只有马尔克斯迷恋乱伦主题——福克纳在《喧哗与骚动》中，驱使没落家族的二儿子昆廷不停地对自己的妹妹凯蒂产生欲念，他所有的痛苦也都来自对妹妹颠倒伦常的欲望烧灼，最终他以自杀终结了自己；爱伦·坡的名作《厄舍府之倒塌》中，叙事者"我"受邀来到一对兄妹生活的偏僻府邸，却最终窥破了兄妹在进行着"疯狂的约会"的事实，小说在兄妹同归于尽、大厦将倾的惨烈中结束；麦克尤恩的《水泥花园》中，少年与妹妹为了避免外界知道母亲的死讯从而寄人篱下，他们模糊了兄妹的界限，扮演起父亲和母亲的角色，把真正的母亲藏尸于水泥之下；至于科塔萨尔的短篇《被占的宅子》，无父无母的兄妹俩相依为命，整日闭门锁户，妹妹拒绝嫁人、只愿意和哥哥厮守的动机同样令人感觉蹊跷——不知道读者是否发现，我列举的所有这些关于兄妹乱伦的故事里，都有一个核心的、高度相似的框架：必须把这些人物安排在与世隔绝的孤岛中，既让他们无父无母（昆廷的母亲只出现在记忆的追溯中），又让他们无法接触外人，一旦有外人介入他们的世界，毁灭的时刻也将到来。每一对兄妹都活得如同孤岛。

孤岛般的生活缭绕着强烈的生殖焦虑与躁动的生命欲求——当生殖与种族的延续无法借助外人实现时，只能"自产自销"。想象一下，在原始而蛮荒的时代，乱伦的禁忌观念尚未成形，当一个部落中的人只剩下零星几个亲戚时，为了部落的延续，近亲繁殖可能是唯一可行的下策。只是随着人类的繁衍与发展，同一血族之间的交配所激发出的致命或者致病的隐性基因变得越来越明显，乱伦行为才逐渐成为一种禁忌。我们应该能回想起《神谱》中，当奥林匹斯山上的众神陷入兄妹父子之间的婚约与生育组合时，赫西俄德的口吻多么平静如常，而到了之后的《俄狄浦斯王》中时，乱伦已经是一桩不可饶恕的罪了。也许，当我们为《神谱》中那讲述着氏族乱伦往事的平淡口吻所震惊时，浑然忘了自己早已是把禁忌与文明刻在心里的现代人。所以，文学中的兄妹乱伦主题往往指向主角生存境遇的孤绝或者自恋，在福克纳笔下，南方庄园经济每况愈下，曾经的荣耀大族如今已经油尽灯枯，为了延续家族梦想而妄图通过兄妹乱伦保存"纯洁高贵"血脉的野心显得愚不可及；在马尔克斯笔下，拉美大陆在被哥伦布发现以前的孤绝状态也投射到了整个家族"自产自销、自生自灭"的内部生殖循环中，理解了这一点，就理解了为什么优雅的、象征着外来文明的钢琴师会被两姐妹拒绝，而其中一人甚至情愿和自己的兄弟结合：这些人、这个家族连同这块大陆，都拒绝外来者的介入，他们陷入了宿命般的孤独之中。

6

至于选择在星期二起义的第二代重要角色上校，更不消说，一次次的叛乱与暴动将他自己与整个镇子都拖入了永恒的孤绝之中，以至于他在权力极盛时要一根粉笔画出只有他一人能进入的圆圈，其他所有人都只能待在粉笔圈外，到了晚年，他则把自己关在屋子里，专心地打造起小金鱼来，做完一只再将其销毁，反复重来，这是孤独最具象化的呈现。

在星期二这天起事的上校用粉笔将自我与他者隔绝起来，但另一个发生在星期二的故事中，人物手里拿的是一把钥匙，有一些东西将被开启：如果读者能想到马尔克斯那篇重要的短篇小说《礼拜二午睡时刻》中的故事也发生在星期二，那么事情就变得更好玩了。这则小说讲述了马尔克斯童年时目睹的一桩真实经历：一个少年小偷在行窃时被打死，他的母亲与妹妹前来认尸，虽然在众人的审判中，少年之死是罪有应得，但他的母亲仍然强忍悲痛，展现出一种动人的尊严。在母亲认领尸体的过程中，马尔克斯强调了两个细节：这是星期二的两点左右，大家都在午睡，没人情愿应付这对母女。也就是说，"睡"与"醒"构成了小说中关于意识分明的界限，一个愿意在星期二醒着的人既是清醒地领受痛苦的人，也肯定是积极在谋求最后的尊严的人，尊严与痛苦构成了母亲的一体两面。

第二个细节是关于钥匙的，母亲向神父借教堂公墓的钥匙，前去寻找儿子的墓地：

　　神父又走到柜子跟前。在柜门内侧的钉子上挂着两把大钥匙，上面长满了锈。在小女孩的想象中，在女孩妈妈幼时的幻想中，甚至在神父本人也必定有过的想象中，圣彼得的钥匙就是这个样子的。神父把钥匙摘下来，放在栏杆上那本打开的笔记本上，用食指指着写了字的那页上的一处地方，眼睛瞧着那个女人，说：

"在这儿签个字。"

马尔克斯是有意写下关于钥匙的细节的吗？在非洲约鲁巴人的原始宗教中，星期二正是祭祀奥贡的日子，这位神祇掌管战争与金属。15世纪末西班牙人登上拉美的土地后，在三百年间运送了不下于三十五万非洲原住民到拉美从事艰苦的体力劳动，所以，非洲本土的宗教很自然地与宗主国的天主教混合，以至于他们原本崇拜的奥贡神演变和对应上了天主教里的圣彼得，也就是马尔克斯在这段引文中提到的圣徒。圣彼得掌管着天堂的钥匙，他本人也是天国的守门人，《马太福音》里说："我要把天国的钥匙给你，凡你在地上所捆绑的，在天上也要捆绑；凡你在地上所释放的，在天上也要释放。"——好了，线索大致梳理完毕，读者可能已经发现，马尔克斯择定星期二与马孔多家族自我隔绝的宿命相关，除了数字的对应关系外，可能还有一些更为有趣的原因：浸淫在拉美"混血儿"般的宗教传统中长大的他，有意让"星期二"融汇了天主教与非洲原始宗教里的不同含义，于是，这个原本普通的日子一下子涌入了"战争、金属、钥匙、开门关门"等概念，也成了文化上的混血儿。马尔克斯在处理不同故事里的星期二时，也许会根据语境的需要分配这个混合概念里的不同含义，当《礼拜二午睡时刻》中的母亲被分配了"取得钥匙、打开墓门、护送儿子进入天国"这些文化含义时,《百年孤独》中的上校及其父亲、兄妹则移植了"打造小金鱼(金属)、发动起义(战争)以及关上家族之门(孤独)"这些与星期二同样相关的概念。

在某些时刻,马尔克斯看上去更像一个甜点师,把一个混合概念的面团切分、分类,最后塑形成面貌大异其趣的点心。

自然,"星期二"就是他的面团。

7

马尔克斯是《百年孤独》的造物主,他指定人物在一周的每一天对应地劳作,直到第七天让一切都烟消云散,而在卡夫卡的故事里,连星期天也是不能休息的。

《审判》的故事一句话就能概括:K.被判有罪,却不知其罪,他费尽心思打听罪名、洗刷诬告,但还是在徒劳的努力后像一条狗似的被打死了。有趣的是,K.所有为了打听罪名、洗刷诬告的活动,都发生在星期天。卡夫卡当然也写了K.在银行工作的日子,但从来没有写过具体的日期,换言之,关于小说里的时间,只出现过对"星期天"的精确描述,再无其他,K.简直像患上了"星期天强迫症"。我们可以先看看原文怎么写的:

K.接到电话通知,下个星期天将会针对他这起事件,进行一场小型调查。这使他注意到，从现在开始，这类调查将会是常态了，即便或许不是每周一次，调查本身也会变得越来越频繁。（第二章《初次调查》）

K. 也强迫自己逐一回应他，但心里想的首先还是：星期天上午最好九点钟就到，因为在工作日里，所有法院都是在这个时候开始上班的。（同上）

预期的通知，果真直到星期六都还没来，于是，K. 认为，这表示对方已默认传唤过了，因此，自己需要在与上次相同的时间、到同一栋房子里出庭，继续接受审讯调查。就这样，到了星期天，他便主动前往那里。（第三章《在空集会室内—大学生—办事处》）

K. 告诉她，下个礼拜天，自己将全天守在房间里，等待她向自己抛出橄榄枝——可以如信中所说，满足他的请求，或者至少解释一下在他都已经答应满足她一切条件的前提下，为什么还不愿意接受他的区区请求。哪里知道，到了星期天，他竟然得到了一则相关的信息，这则信息的明确程度，相比自己原先的设想而言，也算是足够的。（第四章《布尔斯特纳小姐的女性朋友》）

（文泽尔 译）

明确出现"星期天"的描述在第四章以后就消失了，但我推测后文还有一处重要的场景很可能发生在星期天，也就是第九章《在大教堂》。不仅因为这一天 K. 要做的是陪一个意大利客户参观大教堂（观光活动往往是在非工作日展开），还因为 K. 进入大教堂后，发现里面有一位神父开始向他布道，布道的内容则是关于 K. 的罪行与审判，这一天的布道让人想到"星期天的布道"。通常来说，基督教会都是在星期天做礼拜，星期天也被称为"主日"，因为，耶稣复活、教会诞生、接受使命、圣灵降临这些奠基性的事件都发生在星期天，耶稣自己选择了这一天作为属于他的一天。所以，绝大多数情况下，牧师也在这一天选择布道。只不过，由于每次布道的时间少则四十分钟，多则几个小时，在世俗语境里，"星期天的布道"就带上了些"道德说教"的贬义，连莎士比亚都在戏剧里讽刺过它的冗长和无聊。

所以，可以推断，重复出现的星期天构成了 K. 从头到尾申诉行动的主要时间段。

8

为什么非得是星期天，因为 K. 害怕占用他的工作时间。

在国庆假期后的第一堂课上，我问大家：有多少人是彻底疯玩了七天，然后毫无心理负担地坐回了教室中？没有人举手，许多张脸上浮现出心虚的笑容，绝大多数人表示，他们在玩的时候还是会想到专业课作业没做完、申报的项目书没写完、这个月的团学积分还没凑满、该看的书还没读完，哪怕重度拖延症暂时能成为一个人的精神庇护所，但焦虑与窃喜还是会轮番上演，彼此交织。过去几十年的强迫式教育已经让大家不会彻底放松了，或者说，逼迫大家在哪怕应该放松的时候仍然穿戴自责的枷锁，人与人之间的"互卷"如此悄然变成了一个人内在的、强迫症式的"自我约束"。

K. 的情况与此类似，只不过更具有伪装性。

让我先从那场不起眼的感冒说起。在小说的第九章，K. 患上了严重的感冒，他应该在家好生休养，但他做的选择是什么呢？遮掩病情，努力上班，生怕别人不让他出差："K. 连哪怕一天也不想离开银行相关业务，因为在他心中，一旦拉开距离就再也赶不上的恐惧太强烈了。"韩炳哲讽刺现代人是"把工位背在身上"，就算在洱海边吹着风说不定也要掏出笔记本电脑办公，这样的人倒是可以尊称 K. 一声"前辈"，他恨不得把工作日延长到一星期里的每一天。也就是说，银行的工作让他背负上了一种强迫症似的工作激情，以至于他不敢稍微"误工"，对工作日"误工"的担心最终演变成在星期天休息时的良心不安与自我审判。这样一来，第九章意大利人评价 K. 为"早起者"也就有了解释。K. 并不精通意大利语，原文的"早起者"也是用德语写成的，意大利语中的"早起者"其实是 mattinièro，它既可以指早起去工作的人，也可以指早起去教堂的人——只有心里有愧的人才会早早去教堂忏悔。也许，每一个星期天发生的诉讼事件，其实都是他在银行工作时受到的压力与恐惧的投射与延展，他是多么害怕耽误工作、浪费时间啊！卡夫卡向我们暗示了这样一种可能：就算 K. 的身体已经躺在了星期天舒服的床上，但是愧疚的大脑仍在不停地审判与指责自己的放松。

简而言之，法庭世界可能并不真实存在，它是银行世界的曲笔、隐喻与投射，更是 K. 在星期天重复做的一个噩梦——惩罚的就是自己"胆敢休息"。

据说中国人一辈子的噩梦都是关于高考的。哪怕在毕业几十年后，仍然会被梦中做不出数学题的窘迫场景吓得够呛，所以，许多人的一生被高考分成了两个阶段，好一点的话，用后半程治愈前半程，糟一点的话，后半程沦为前半程的延续。梦是睡眠的产物，在休憩的时刻，人们才能睡眠，只是，被困在紧张情绪的樊笼中的人，哪怕已经休憩与睡眠，仍然满脑子都是做题，紧张与压抑如此自然地接管了我们本该放松的时间乃至意识。如果你恰好是困在高考噩梦中的人，想必会对 K. 感同身受。只不过，我们梦中的内容是高考场景的一次次重演，而在 K. 的噩梦中，噩梦中的法庭与审判是工作日内容的借尸还魂，而且，只有将自己置身于法庭中，才更具有法学的惩罚色彩。

其实，在卡夫卡的小说中，睡眠、床、瞌睡都是极为醒目的细节：角色们总是想在夜幕里找到栖身和睡觉的地方，或者赖在床上、躲在羽绒被子里办公，又或者因为瞌睡而极度疲倦。此外，他小说里的人往往会经历一个"唤醒时刻"，人们从睡梦中醒来的那一刻可能会发生许多不愉快的事情。试着回想一下《变形记》的开篇，格里高尔从"不安的梦中"醒来，发现自己变成了巨大的甲虫；《致某科学院的报告》中，"我"这只猿猴被击中后从"一只笼子里醒过来"；《城堡》中 K. 醒来后，发现自己被一群小孩赤裸裸地围观；《审判》也不例外，K. 在 30 岁生日这天醒来后，发现自己被捕了。甚至，我们能在卡夫卡的日记里找到他对"唤醒时刻"不快事件的素描，在 1915 年 1 月 19 日的日记里，他匆匆写下了这么一个令人悚然的残篇：一个人在与朋友约会的当天睡过头，被朋友敲门唤醒，结果他的模样吓了朋友一跳。

> 一把古老的骑士长剑，十字形的剑柄以下都插在我背上，可是剑锋不可思议地精准插在皮肤和肌肉之间，没有造成伤害。
>
> （姬健梅 译）

我们被卡夫卡吓坏了，在他的故事里，"唤醒"并不意味着从梦里回到现实，而是意味着从一个糟糕的世界进入一个更糟糕的世界，醒来也与清醒无关，更像是按下了进入下一层地狱的开关，令人如芒在背，如剑在脊。可是，只有把醒来后经历的一切当成噩梦（或者噩梦般的现实的延续），故事里所有矛盾和错乱的地方才能够说得通。

9

《审判》充斥着大量错乱和矛盾的细节。我们在细读的时候发现，小说中的季节是无序且不统一的，在上一章，自然景观还是飘着雪的阴沉沉的冬天，下一章，就变成了秋季风雨飘摇的早晨；小说里的空间地理也是混乱而不可思议的，K.在进入法院前来到三个楼梯口前，他随便选了一个，居然还是可以进入法庭；小说一直将K.刻画为一个极其勤勉和专业的银行员工，但在第九章，又突兀而生硬地介绍他有一定的艺术修养，可以胜任导游的工作……

只有把教堂世界里发生的一切当成噩梦，才能解释上述不通之处。回忆我们的梦境，还会发现，梦中绝大多数的材料都是从现实里取材的，梦窃取现实、篡改现实、再造现实。故而，卡夫卡有意把法庭世界设计成银行世界的倒影，K.在梦里建构法庭世界的绝大多数素材都是从银行世界移植来的。表面上看，这两个世界截然不同：在K.工作的银行世界里，他如鱼得水、受到尊敬、领导赏识，甚至有望晋升，看起来，这个光明、有序、体面的世界和K.被迫在其中逃亡的法庭世界泾渭分明，可是，法庭世界不仅在空间结构上与银行世界彼此渗透，甚至当K.奔走其中时，他所做出的动作、他的思维模式乃至他所见到的人，都是银行世界的翻版与颠倒。让我们设想这样一种相似的可能：《城堡》中K.为何迟迟无法进入城堡，乃是因为他就在城堡里，"只缘身在此山中"，他在城堡村的客店里已经清晰地看到了本来应该出现在城堡内部的办公场景与制度结构，既在其中，又谈何"进入"？同样，在《审判》中，K.始终在法庭世界里如无头苍蝇一般乱撞，却不知道自己究竟犯的是什么罪，乃是因为这个世界是银行世界噩梦的投影，他痛苦与困惑的真正根源都在现实的银行场景中，他在星期天用来放松的睡眠中持续以噩梦的形式审判着自己的懈怠与偷闲耍懒。

小说中，法庭世界与银行世界的空间发生了奇妙的交叠。在第五章《打手》中，K.结束了一天的工作准备下班时，经过一处杂物间，被里面传来的叹息声引诱进去，却发现里面的三个男人其实是之前从法院派来对他传讯的看守。三个人在他面前表演了一番残酷的"鞭打秀"，像是在提示K.，如果他不从将会面临暴力惩罚。这样一来，法庭的惩戒空间就莫名其妙地交错进了银行的空间里，卡夫卡还不忘抛给读者几个素描的关键词：

> 这里确实是杂物间：全无用处的旧印刷品、还没来得及扔掉的陶瓷墨水瓶堆积在这扇门后面。不过，此时的房间里面，竟然有三个男人，他们委身于这低矮的空间，弓着背站立着。

这真是一个绝妙的画面！

一个习以为常的办公场景里，飘散着一丝淡淡的血痕与压迫的味道。此外，还有一处很明显的空间颠倒，在第三章K.来到法院的办事处，又一个办公场景出现了，当待在走廊里等着办事的人们看到 K. 和法院杂役走进来时，纷纷站起来行礼，"他们绝对不会完全站直身体，背脊一直都是弯着的，膝盖曲折，站姿跟街上的乞丐没什么两样。"在这里，K. 其实有点狐假虎威的意思，因为人们当然不是朝他敬礼，而是朝法院杂役敬礼，在权力的金字塔下，哪怕只是最底层的小蚂蚁，也能尝到代理权力的快感和好处。而在小说第九章，当 K. 准备离开银行办公室去陪意大利客户时，重复的场景又出现了：

> K. 办公室的门一经开启，在半亮不亮的办公室前厅里守候着的人们便纷纷探头，犹犹豫豫地朝里面鞠躬，希望能够引起里面的人注意，但又不确定自己这样做是不是能被看见。

只不过这一次，K. 不再是法院里那个东奔西跑的无名小卒了，他成了他自己世界里的"掌权者"，享受到了真正的卑躬屈膝。所以，这两个同样发生在星期天的空间与场景其实可以合二为一，也许，并不存在什么古怪的法庭世界，它只不过是 K. 在痛苦中、在噩梦里延伸出来的银行世界。当两个世界互为镜像时，权力也会发生翻转和扭曲，法庭世界里 K. 所感受到的渺小无助，是否也暗示着读者，在银行世界里 K. 所享受与掌握的那些权力，其实不过是虚无的幻觉，或者是真正的大佬从天庭洒下的残渣罢了？我们不该忘记，K. 是多么仰仗于银行行长的鼻息，又是多么胆战心惊于自己的位置被别人顶替。

　　除了空间与场景的重叠外，两个世界里的人与思维也在大多数情况下是互为镜像、彼此交错的。小说刚开篇，有三个看守闯入 K. 的住所，对他宣判有罪，这三个人明明代表着法庭的立场，K. 却发现他们其实是自己银行里的低级办事人员，他们不止一次地通知 K.，"你被捕但并不妨碍你去上班"，也就是说，司法惩戒与银行工作其实是并行不悖甚至合二为一的。当 K. 为案子不断奔走求人时，他所遇到的人虽然身份各异，有律师、有女仆、有画家还有商人，但 K. 与他们的交往核心几乎都牵扯到了"利益交换"：我给你一点什么好处，你帮我办一点事，这是资本交易的标准逻辑。很多时候，K. 在处理诉讼问题时不自觉地涌出银行的思维，频率之高，简直令人哑然失笑，可正是这些思维提示着他真正的所在——K. 极其守时，这是在银行工作时养成的习惯，所以，哪怕法院没有传唤他，他仍然主动且准时在星期天早上前往法院，在星期天早上十点左右到达与意大利客商约定的大教堂。K. 作为优秀的银行员工，最重要的工作内容就是争取大客户，他深谙说理乃至说服的技巧，所以，当他在星期天来到法院，发现被一大群围观的民众包围时，他竟然忘记了自己的身份，开始侃侃而谈，试图争取更多的人的支持。K. 满脑子都是交易和买卖，这还是银行思维，所以，当他在法院看到两个人聊天时，哪怕并没有听清谈话内容，他依然会根据自己的职业习惯脑补两人的动机："站在门旁边聊天的两人中（其中一个人双手向前伸出很远，做出像是要付钱的动作，另一个则对他怒目而视）有一人伸出一只手来，抓住了K.。"

当然，还是让K.自己来说明法庭世界与银行世界的重合吧，他相信："法庭审判这种事，只不过是一笔大生意罢了，跟K.为银行谈的那些时常会带来收益的业务相比，并没有本质区别。"

卡夫卡一再混淆银行世界与法庭世界，就像他有意混淆现实与梦境那般。

10

当一个"工作狂"连做梦都不放松与放过自己时，他可能只会产生一种感受：累。

没错，我们在《审判》中越来越频繁地读到K.的疲惫。当他第一次来到法院办事处时，疲惫感潮水般向他涌来，他发现自己迷失在办事处内部迷宫般的世界里，"的确感到很累"，最后，他甚至疲惫到无法把沾到自己手上的煤烟清理干净。第九章《在大教堂》可以视为对全书前文的浓缩，这一章里重新上演了前文出现过的莫名被捕、试图贿赂、无法离开等内容，自然，"累"的感觉也再次袭来：

> K.实在是很累了，想要找个地方坐下来休息，所以
> 又回到了大教堂里。

他实在是太累了，累到没办法去综观由这个故事中引申出来的全部观点。

疲惫和无力感，可以说是现代文学里除了"无聊"之外的另一个重大主题。感觉到累，听起来总有点消极的味道，一个恋人要是听到"累觉不爱"这几个字，简直像是听到了死刑审判。19 世纪以来，人们要么将疲惫痛斥为颓废放纵的证据，要么将它与偷闲耍懒可疑地联系在一起，所以，冷水澡、盲人按摩、SPA、冰美式、"人生苦短、趁热拿铁"都成为"糟糕的疲惫感"的解毒剂。你会在哪些时刻感觉疲惫呢？擦了一上午的窗子，抑或是在一段食之无味、弃之可惜的感情里纠结了很久？人们也习惯于把疲惫描述成身体的消耗或者轻易地采信心理学的观点，觉得那是由于内心的紧张与焦虑带来的内在体验。卡夫卡总爱在长篇小说的后半程让人物持续和渐进地感觉到累，但我疑心，卡夫卡并不想单纯地描述某种"消极的"生理或者心理体验，他试图抓取的是存在本身的形态，他让我想到列维纳斯在"二战"被囚期间写下的对疲惫的描述：疲惫是对存在所采取的一种立场。

立场就意味着，它不是被动的感觉，而是与思维、感情、意志一样，是一种主动选择的态度。列维纳斯将疲惫与努力并列在一起讨论，与卡夫卡在《审判》中将工作狂与累联系在一起，倒颇有几分异曲同工之妙。两人都意识到"努力上进"里饱含着令人不快的、强制性的、痛苦的内容。当一个中学生习惯性地在等待打饭的长队里掏出英语单词来背诵时，当一个自称"牛马"的公司白领高兴地在候机厅抢占到电脑电源时，当一个科研工作者在病榻上仍然抱怨论文未通过高级专家评审时，所有这些自觉自愿的努力，不都饱含着卡夫卡或者列维纳斯观察到的"屈服"？列维纳斯的描述让人无法再笑出来：在我们"不得不行动"的深处，似乎饱含着"不得不存在"，我们屈服于"拥有"的重压，被套上了任务之轭，任其处置，一个躬身于劳作的人的谦卑中，包含着一种放弃，一种听天由命，埋头苦干与投降是一体两面的。所以，在社会语境中被打上了"消极"标签的疲惫，在列维纳斯这里获得了某种新生：它是对作为存在重负本身的一种无力且无趣的反感。在一次次星期天上演的噩梦的自我惩罚中，K.终于感觉到了累，他虽然还不明确令他厌恶的东西是什么，但已经在减弱与放松之前"抓紧"的状态，他对"努力内卷"的天谴产生了犹豫。只可惜，他还没走到列维纳斯所说的用"偷懒"来与存在重负短兵相接的时刻，就先行被杀死了。

小说既然是隐喻，那么也不必把结尾处的死刑理解成K.真的死了，因为卡夫卡在最后说了这样一句意味深长的话：

> "像一条狗！" K.这样说道，仿佛耻辱于他身故之后，尚可苟且偷生。

不妨将小说最后的这句话理解成：K.的肉身没死，但

"疲惫"带来的些许抵抗已经荡然无存,他彻底将自己交付给以繁重的银行工作为象征的生存重负,他投降、接受、认输,如同行尸走肉,他放弃了星期天,把每一天都变成了工作日。

11

文学的工作与社会学是永远不同的,或者说,文学专注于呈现而非批判,所以,我们不能把卡夫卡简单地理解为一个批判资本主义内卷文化的先驱,因为这又走上了"憎恨学派"的老路子。

卡夫卡所有的写作首先解决的都是内在的困惑与问题。《审判》起源于他与女友菲莉丝·鲍尔的关系困惑,这是人们熟悉的故事:两人于1912年相识,两年后订婚,其间,卡夫卡在日记里不断地抱怨自己像被锁住,他还天真地把想法告诉了一位朋友,没想到,朋友转头就把卡夫卡的抱怨泄露给了菲莉丝·鲍尔。于是,怒气冲冲的女友在1914年7月23日这天把卡夫卡叫到一家旅馆里,和其他一些亲友对他进行了集体斥责。日记中,卡夫卡把这一幕描述为:

> 在旅馆的法庭。搭乘马车,菲莉丝的脸,她的手抚
> 过头发,打着哈欠,突然站起来,讲出事先想好的话,
> 埋藏在心底很久的话,充满敌意的话。

很不幸，对卡夫卡来说，即将到来的婚姻乃至旅馆里的围攻都像是对他的关押与审判，他的痛苦与困惑也开启了整部小说，但是我觉得卡夫卡很快就超越了对两性关系困惑的讨论，进入他更为关切的主题上：写作对他而言到底意味着什么，或者说，夜间写作与白天办公室工作之间的关系到底是怎样的。比起一段感情带来的烦恼，工作持续性地妨碍写作才是他痛苦的根源所在。卡夫卡经常说，他在工人意外伤害保险协会的工作分散了他对真正的创作使命的注意力，可是，他的工作也反作用到了他的写作中。《审判》中 K. 在星期天重复做着关于被定罪的噩梦，以一种令人唏嘘与惆怅的方式，向我们揭示出这样的可能：一个人是怎样与他憎恨的东西相依相存的，甚至，一个人是怎样从他憎恨的东西里获得无尽的生命养分的。

没错，和卡夫卡传奇的作家生涯相比，他的职业生涯显得如此乏味无趣，再加上他不厌其烦地抱怨职业，全世界的读者想必都会对他心怀怜悯——唉，又一个"狗屁工作"的受害者。然而，《城堡》《审判》却以耐人寻味的方式呈现出卡夫卡对办公室工作充满抗拒的依赖关系。他从布拉格查理大学获得法学博士学位后，很快改变了职业方向，进入保险协会担任助理法律文员。像每一个进入社会准备摩拳擦掌的小青年一样，卡夫卡刚加入保险协会后，就跟当时的女友说："虽然我目前的工作很沉闷，但我对整个保险业本身非常感兴趣。"而且，可能与大众的想象相反，他的工作十分成功顺利、充满了成就，他可不是佩索阿那样的小职员，也不是抄写员巴特尔比那种一门心思与上司对着干的特立独行者，非要做比较的话，他更像美国诗人华莱士·史蒂文斯，后者同样是一家大型事故赔偿机构的高级职员。卡夫卡的工作包含为工业企业——包括农场、采石场、玩具制造商、汽车公司和安装了电梯的旅馆——制定保险方案和获取保险赔偿。与此同时，他还负责改进事故预防、公共关系（撰写演讲稿和期刊文章），并在战争期间开展宣传活动，以改善受伤退伍军人的医疗条件。他干的活儿远远超出了他得到的报酬。

也就是说，我们不应把卡夫卡办公室的工作想当然地理解为他文学创作的仇敌，因为卡夫卡白天在办公室里写的并不是一堆用来撑场面的废话，更不是机械地动动手指就行了，他所写的内容具有复杂的社会意义，关乎许多普通人的生命和生计，正是在他的撰文倡议下，不易切断工人手指的圆柱形车床轴、禁止在采石场炸药库附近喝白兰地和抽烟斗等举措才开始实施。当他在书信与日记里不停抱怨写作与办公室无法调和的矛盾时，是否意识到，他所写的内容，几乎都是办公室经历的投射，也是他艺术梦幻般转换的不可或缺的基础。没有白天那些令他厌恶和痛苦的办公室书写，就没有夜晚喷涌的文学灵感。在《审判》中，K.在银行里的大窗子与卡夫卡办公室的大窗子极为相似；K.最后被处死的地方是采石场，一个卡夫卡经常要处理事故的地方；K.动不动就想说服别人的习惯，也与卡夫卡所从事的保险说服思维极为相似；更不用说，法庭与银行所呈现出的官僚体制，正是他每天浸淫其中、熟稔无比的庞大体系。令人感到五味杂陈的地方也在这里，卡夫卡是多么厌恶工作，但在实际的创作中，与工作相关的一切又为他提供了绝无仅有的"文本"，夜晚的卡夫卡不是白天的卡夫卡的对立面，而是延伸，正如K.的星期天不是工作日的对立面，而是工作日的延伸一般。我没法想象一个彻底不工作的卡夫卡会写出什么。

当卡夫卡驱使笔下的K.把唯一用来休息的星期天变成应该工作的日子，并以循环的噩梦来不断自我惩罚时，他是痛苦的，还是喜悦的？

思维的乐趣与"更进一步"

1

我没有福气领受作家们灵感乍现的时刻，也想不出他们创造出一个完美细节时的快感，幸好，我能讲课，在讲课的过程中，我经历了也许同样神奇的体验：一个细节，坐在书斋里苦思冥想时，只能想出一个比较浅白的解释，再往深处想，就堵死了。但是，一旦开始在课堂上讲，堵住思路的地方突然畅通起来，就好像一块软木塞突然被拔走，热气轰轰地冒出来，思路开始流淌四溢，解读的内容就比之前枯坐时想得更进了一步。

这个体验实在是太美妙了，这也是课堂讲授不可能被书写与思考完全取代的原因。

讲艾丽丝·门罗的名篇《逃离》时，我经历过一次神秘的"更进一步"的体验。《逃离》这篇小说，讲的是一个对丈夫感到绝望的年轻女人决定离开丈夫的故事，她在一个新近守寡的老年女人的帮助下成功地坐上大巴，打算一走了之，但又无法独自面对未来生活，最后还是回到了家里，这一举动让丈夫更加扬扬得意，也让施以援手的老年女人尴尬和灰心。我的讲法还是先把文本提前发给大家，让大家有充分的时间阅读和准备，然后用一节课听他们的发现，一节课补充和总结。

小说里出现过几次环境细节的描写，我在备课时就注意到了：草。小说中的这对年轻夫妇从事着养马驯马的行业，旅游旺季时，会有游客来这里骑马，他们也就可以通过相应的服务赚钱。所以，他们生活的环境周边有很多可供马儿散步与吃食的草地。门罗这样写道：

> 小路上泥泞很深，长长的草吸饱了水……

> 这三匹马，连同他们自己的那四匹，此刻正放养在外面的田野里，在树底下四处啃草觅食。

> 小道上布满了水坑，路两旁是蘸饱了水的高高的草，还有新近开了花的野胡萝卜……

> 风够大的，足以把路边的草都吹干伸直，足以把成熟的种子从湿漉漉的枝梗上吹得飞散出去。

> （李文俊 译）

不厌其烦地写到草，本身就是一种强化，从写作与细读的惯例来说，应该是有隐喻的，也是可以大做文章的。我在阅读的时候，脑海里冒出一个词"水草丰茂"，很自然地就联想到天堂的场景，吸饱了水的草叶低低垂下，徜徉其中的，则是放牧和管理牛马的亚当和夏娃。但是，这个联想到这儿就结束了，我还没有想好应该如何推进更深入的解读。

在课堂上，我还是把这个联想分享给了大家，奇妙的是，当我开始讲这个发现时，后续的解读忽然自动地生成了，它们潜入我的大脑、滑入我的嘴巴，加拿大的理论家诺斯洛普·弗莱的"神话原型批评"出现在我脑海里（虽然我已经十多年没读他的东西了），他的理论认为，读一个现代的文本可以"向后看"，也就是回到这个主题可能发源的远古神话世界里。这就类似于我们想要综观一幅油画的布局而不是其笔法时，我们就得站得远一些。在伊甸园的神话原型里，亚当和夏娃经历了一次幻灭的"失落"，他们因为受了蛇的引诱后偷吃了智慧果，从"伊甸园"跌落到"失乐园"。那么，这个遥远的神话模型和《逃离》有关系吗？小说中真的有一段关于蛇与苹果的细节：

在第一个梦里，弗洛拉径直走到床前，嘴里叼着一只红苹果，而在第二个梦里——也就是在昨天晚上——它看到卡拉过来，就跑了开。它一条腿似乎受了伤，但它还是跑开了。它引导卡拉来到一道铁丝网栅栏跟前，也就是某些战场上用的那一种，接下去它——也就是弗洛拉——从那底下钻过去了，受伤的脚以及整个身子，就像一条白鳗鱼似的扭着钻了过去，然后就不见了。

这一段描写是女主角的梦境,她梦见自己走丢的小羊弗洛拉又回来了。在梦里,两个关键的细节出现了:红苹果和白鳗鱼。白鳗鱼像极了蛇的形态,其姿态是"扭"和"钻",而红苹果被咬过了——"叨着"。它们以一种潜在的方式呼应着失乐园故事中的蛇与吃下智慧果的细节。实际上,在备课时我对这一段是有印象的,但是直到我联想到整个伊甸园的神话原型故事时,这些细节才会像散落四处的金属零件一样,被吸入我的解释的吸铁石。到这里,《逃离》中的一个主题就明确起来了:男女主人公的婚姻,或者说一切婚姻的开始,总是受到了祝福,也总是憧憬着美好。小说中女人最开始也是违抗父母之命与男人结婚的,她以为她能获得幸福。但是,男人的冷暴力让她痛苦,在遇到了一个颇有智慧的老年女人后,年轻的女人受到了蛊惑与允诺,决定离开。我们不妨把老年女人帮助年轻女人逃走的行动视为一场诱惑,吃下智慧果后,亚当和夏娃有了羞耻心,而喝下了老年女人提供的酒以后,年轻女人决定写信给丈夫告别,吃与喝在文本里都指向了一种对外在物的吸收与消化,它们更新了一个人的内在,使其觉醒并获得前所未有的勇气。

所以,单就"草"这个细节来说,我想至少可以结合其他次要细节推导出一种较为完整的解读思路:《逃离》是一个现代版的《失乐园》的故事,女人受到了某种启蒙,决定逃离令人窒息的婚姻与男人的掌控,这也是对传统圣经故事中夫妻互敬互爱关系的一种解构,她的出逃类似于夏娃离开伊甸园。同时,这个《失乐园》的故事又是残缺版本或者次等版本的，在传统的圣经叙事中，亚当和夏娃被逐出天堂后，永久流放人间，可是在《逃离》中，女人在觉醒与启蒙后，又再次回到了男人身边。这个返身回去的动作，也以一种更为柔性的视角对女性的觉醒发出了轻轻的嘲弄：她到底是要逃离男性的掌控，还是要逃离自己不可面对的孤独？也就是说，门罗没有简单地处理女性内心的情绪，将其交给"勇气""出走"后就结束了讨论，她掀开了"勇气"与"出走"背后更私密与真实的情感：懦弱、犹豫与人的惯性。一个人，正是在这些复杂又矛盾的情绪中叠加和耦合而成的。

文学批评与解读中的"更进一步"意味着批评不提供某个固定的答案。它让我想到苏格拉底与人聊天时的状态，他似乎并不那么想认识真理、把握真理，也不太关心确定性，而是在不断的追问中进行深化，迫使与之对话的人不断地审视自己的灵魂，"关心自己"。也就是说，真理于苏格拉底而言，不是目的或者结果，真理处于动态中，处于总是会"更进一步"的可能性之中，故而，真理也会显现在追求真理的过程内部。如果我们按照苏格拉底走在真理之路上的状态来理解文学批评，大概也能接受批评的魅力不在于最后得出某个振聋发聩的结论，而在于思辨过程中一步步展开、推进、深化的魅力。这正是思维的乐趣所在。

作为一名文学教师，我必须承认，我的小小虚荣心在于，当一种解读抛出时能引发学生们的肯定甚至轻叹。这一切，又并非我在书斋独坐、苦思冥想的结果，而是在讲课过程中如有神助，更进一步流淌出来的思绪。因为即兴，它显得更好玩儿了。

2

"更进一步"确实常常来自即兴，也来自对学生观察的补充，在课堂上，我并不知道他们会抛出怎样的解读，所以，对他们发现的补充也总是一个意料之外的延伸。

也就是说，细节的解读从来不是"毕其功于一役"的活动，理想的文学阅读也不应该仅仅是发生在图书馆里的个体的默读。文学的解读应该存乎众人的争辩与响应之中。契诃夫在《大学生》里写过一条神奇的绳子，拉拉这头，那头就会震动起来，想来，他比喻的就是一种精神、思想与感情在人群中同频辐射又彼此激发的状态。或者说，文学批评的本质应该是传播与再生产，依靠在文本中得到的启发与析出的理解，人与人在观念的传递、分享与扩展中统一了起来。在一堂文学批评与细读的课上，聆听与表达同样重要，我们总是会借由别人编织好的一段绳子，继续加入自己的材料，把理解之索延展向更深与更长之处。

在讲授海明威的《在异乡》时，也发生过这么一次解读的"接力赛"。

《在异乡》是海明威自己最喜欢的一篇小说，但并不是他最经常被谈论起的作品。人们更喜欢他那些戏剧效果强烈的故事，比如《杀手》《弗朗西斯·麦康伯短促的幸福生活》等等，他的部分小说情节非常平淡，解读的难度不小，《在异乡》就是如此。小说的情节非常简单，以一个负伤下了战场的人的口吻开始叙述，记录了他每天都去医院，坐在理疗椅上治疗的经历。在此过程中，他遇到了各种各样因伤下火线的战友，并且记录了他们的故事。总体上，读者并不能从这个故事里获得类似于《弗朗西斯》中通过细节"解密"的快感，隐喻是存在的，但指向的是生存层面的哀痛之感，并非情节上的"反转"。

小说开篇的第一段是这样的：

秋天，大战还在进行着，但我们再也不去打仗了。米兰的秋天冷飕飕的，天黑得很早。转眼间华灯初上，沿街看看橱窗很惬意。店门外挂着许多野味，雪花洒在狐狸的皮毛上，寒风吹动它们的尾巴。掏空内脏的僵硬的鹿沉甸甸地给吊着，一串串小鸟在风中飘摇，风儿吹动它们的羽毛。这是个很冷的秋天，风从山岗上朝南吹来。

（宗白 译）

这一段话，可以有很多解读。一些学生想到了我们之前读的《你们绝不会这样》中的"口袋"的细节，在海明威的那篇小说中，他用被掏空的口袋隐喻被战争耗损殆尽、最后弃尸荒野的士兵，这些死去士兵的口袋都被掏了一遍，杂物四散。而在这篇小说中，同样出现了"掏空"的细节，"掏空内脏的僵硬的鹿沉甸甸地给吊着"，所以，死去动物干瘪、空洞、僵硬的尸体，就可以理解为对战后失魂落魄的士兵身心处境的隐喻，他们的躯体虽存，内在却已经空洞风干，有如行尸走肉。

这种理解确实可以在近代文学的发展脉络中找到一些根由。20世纪以来爆发的两次世界大战，催生了西方文学中大量创伤士兵的书写，其中一种古已有之的文学传统被强化和放大了：将退下火线的士兵描述成亡灵（revenant）。Revenant 的词义很广，指的是所有死而复生的人，无论是肉体还是灵魂。作家们相信，经历过血腥沙场的士兵很多都患上了精神创伤，丢了魂，哪怕回到日常，仍然像亡灵一般，不过是一具行尸走肉，内在的血肉已经被掏空。所以，从中世纪以来，文学中就有一个谱系，专门描述从战场返回的亡灵，很多鬼故事里甚至会出现"亡灵军团"，哪怕现在的一些"都市传说"或者"城市鬼故事"里，士兵都是常见的角色，一些充满噱头的灵异新闻仍在持续报道某地的水管工看到一队古代士兵，或者某个游览罗马古路的游客目击了一支古罗马军队移动。20世纪的作家们在世界大战的影响下，延续了这个主题，不独海明威，从吉卜林到伍尔夫 [1] 再到写过"心有猛虎，细嗅蔷薇"的反战诗人沙逊，都创作过亡灵般的退伍士兵形象。只不过，到了他们这一代人，写行尸走

---

[1] 如吉卜林《战壕里的圣母》或者伍尔夫《达洛维夫人》。

肉般的士兵，就不仅仅是为了制造噱头、吓唬读者了，他们有着更深的诉求：对现代战争的非理性进行批判。这自然也是海明威的一个核心主题。

如果这个说法是成立的，回到小说的标题《在异乡》（In Another Country），我们会发现对标题的解读也深化了起来。小说中的故事发生在意大利米兰，但主人公是美国人，这是第一层的身在异乡之感；士兵饱受创伤，走在路上也无法融入街头欢乐的人群，反而受到疏远和冷眼，这是第二层异乡之感；还有没有呢？如果我们把退下火线的士兵理解成行尸走肉的亡灵，那么，又可以把他们理解为被隔绝在热热闹闹、结结实实的人世间之外的一群孤魂野鬼，这也是一种在异乡的感觉，而且充满了人鬼殊途的异样之感。

本来，解读到这里，我觉得已经差不多了，备课也仅仅备到了这个程度。但是，还有一位学生坚持要继续细读里面的一些表达，比如："雪花洒在狐狸的皮毛上，寒风吹动它们的尾巴……一串串小鸟在风中飘摇，风儿吹动它们的羽毛。"他发现，这几个描述里有我在《细节ABC》里提到的"被动"之感，我们如果乍一看狐狸和小鸟，会以为它们还活着，毕竟羽毛与皮毛都在动，但是，这种"动"其实是假象，"动"实乃"被动"，羽毛与皮毛都是被外力的风吹拂，造成了它们虽死犹生的幻觉。这位学生感到，这里关于被动的描述，强化了士兵们亡灵的状态，他们其实早已心灰意冷、哀于心死，但仍机械地活在人世间。

我听到他的解释后，突然又被激发了灵感，因为小说接着就描述这些士兵如何每天到一家医院接受治疗，所有人都是头痛医头，脚痛医脚，他们需要规规矩矩地坐在椅子上，等待着医生对他们的摆布：

> 我的膝关节弯不动，大腿从膝盖直削到踝节，没有腿肚子，要由这理疗器来使膝关节能弯曲。像蹬三轮自行车那样灵活。可是眼下还不能弯，而那理疗器触及膝关节时便会往一边倾斜。医生说："一切都会顺利的。小伙子，你是个幸运儿。你将能重新踢足球，像个锦标选手。"

原本在备课和自己阅读时，我看到了这一段，但是没想太多，至多想谈一谈现代文学对现代技术（治疗椅）的反思。但是学生说羽毛"被"吹动的细节让我"更进一步"地发现了小说内部在细节与意象之间的关联性：坐在椅子上接受治疗的士兵们，不正像被风吹动的死鸟或者死狐狸吗？他们丧失了自主性，也没有自发的行动，一切的动作都依赖机器帮他们完成，"要由这理疗器来使膝关节能弯曲"，机器就像风一样，造成一种动态的幻觉，然而它的本质，又指向了死亡的僵直。也就是说，医院里提供的这些治疗更像是一种欺人又自欺的办法，它总是安慰人们，经历过治疗，一切都会变好的，所有的伤痛都会被抚平。但所有人都知道：回不去了。小说因此从开篇的动物尸体到中段的治疗椅（它们都是冰冷的！）持续性地传递出一种伤感与无可奈何的情绪。所以，海明威的细节并不是孤立的，看似描述的对象各不相同，但内里有一股强大的核心逻辑，将它们拧成一股麻花。

总体而言，文本细读的所有解读首先还是应该从字里行间出发，先尽可能地贴合文本表面的皮肤与气孔，追踪不同气孔之间吐纳循环的气流，然后再往高处和抽象之处进行解读和生发——套用奥康纳的书名来说——上升的一切必将汇合。

这节课的讨论依旧让我体会到了由阐释的接力带来的思维的快乐。

3

那些以细节著称的作家，几乎都擅长"更进一步"的刻画手法。

更进一步里有一种不满足，作家们不满足挖一口竖井，还想在竖井的底部再铲出一抔土，也不满足开采出一条矿洞的隧道，总想要在隧道的最深处再敲下一块煤石。每一个伟大细节都产生于更微小和深邃的细部。

人们熟悉普鲁斯特《追忆似水年华》中著名的"小玛德莱娜点心"的细节。不过，有时候"太过熟悉"对文学作品来说未必是件好事，这些片段会像一块石头那样，在反复谈论的过程中被磨得圆润光滑，让人们期待停驻的棱角消失，使人的注意力脚底打滑。大家乐意谈这块点心是如何引发

"我"的回忆的，但如果把原文呈上，再次摩挲，会发现除了"唤起记忆"，普鲁斯特还说了点别的，他的细节之所以令人印象深刻，恰恰在于他的"更进一步"，当主角把椴花茶倒入开水时，茶叶泡发，普鲁斯特写道：

> 干燥的花梗变得弯弯曲曲，梗梗相勾地组成荒诞不经的图案，其中绽出一朵朵苍白的小花，像是由哪位画家按照最完美的装饰意图有心点缀上去的。失去了本色或者改变了原貌的叶片变成了一堆七零八落的碎片，有的像飞虫透明的翅翼，有的像一枚标签的白色的反面，……

> （李恒基、徐继曾 等译）

真正引起我注意的，是最后的那个"反面"。

前面提到的各种比喻，虽然细腻，但也还算常规，大抵沿着自然的观察就能抵达，把泡发的茶叶比作碎片、透明的翅翼、标签都没什么了不起，写到这个程度，也已经很细了。可是，在写到"标签"这个细节时，普鲁斯特又进了一步，写到了标签的"白色的反面"。为什么这个关于反面的补充和延伸如此重要？因为它突破了常规的观察与可触及的感官的边界，以想象代替了观察，而谁以这样的方式进行想象，谁就能摆脱对观察的过度依赖。通常来说，好的细节总是浸润着观察与经验的汁液，海明威写藏在桑叶背后的武器被大太阳蒸腾起"一股股热浪"，或者斯坦贝克写风沙地带的玉米连"茎叶连接处的凹陷里都满是沙土"，这些细节，一定是当过兵、做过农民才写得出来的，它们具有来自生活深处的质感，但与此同时，好的细节也依赖于超越经验的想象。

一枚泡在水里的白色标签的反面，只能够隐隐约约地看到趋于模糊的文字，而文字的墨痕也会随着浸润时间的推移而逐渐淡去，这种隐约模糊之感，不仅可以视为对漫漶于水中的茶叶形态的高度还原，甚至可以理解为整部小说的一个核心隐喻——虽然主人公以一种看似精确的方式锱铢必较地记录着早年生活的点滴，但他也几乎在每一章都承认"我记不清楚"或者"我不记得"。记忆是以遗忘为代价的，对往事再为精细的追忆，也都会因为往事已然过去、不再复现而成为"白色标签的反面"，甚至，我们可以把整部小说理解成"白色标签的反面"。

这种"更进一步"的手法，在普鲁斯特笔下俯拾皆是，在每一个循规蹈矩的读者和平平常常的作家都觉得"可以了""写得足够多"的地方，他都一定会再摸索着往前推进一寸乃至又一寸。于是，在他的小说里，一种最细微的情感或者细节都会立即唤起更多的联想，进一步延伸、解释或环绕它。一个细节刚被精心描摹过，无数的细节就会相继跟进，寸寸推进、步步为营、接踵而至，构成一团包裹在彗核周围的尘云，随着彗核的轨迹摆动、起伏和扭曲。也就是说，在普鲁斯特纯粹的感性世界中，感觉、情感和记忆相互交织或相互包含，最后在无尽的延续和推进中绵延。自然，拉美的作家们也热衷于用无穷无尽的细节包裹住他们描述的对象，在马尔克斯或者卡彭铁尔笔下，细节经历着类似的繁殖，但细节推进的方式并不是顺着一条无形的线索一步步地递进，将语言纤细的触须探向描述的深渊，倒像一个浑身挂满手榴弹的人，在一瞬间拉响引绳，使得大大小小的细节围绕在其描述的对象四周同时爆炸，产生一团蘑菇云的效果。我常常感到，支撑整个《追忆》大厦的核心情感是好奇，在如此大体量的作品中，读者常常会发现记录的全都是小事，对小事的好奇成为推进细节的锋利钻头，每件小事都被赋予了郑重其事的宏大味道。

所以，他会怎么描述一节芦笋呢？

芦笋淡红色的外皮上端有一圈蓝颜色，像是把芦笋头轻轻箍住的头饰，那上面细致入微地勾画出并列的一颗颗星星，宛如帕多瓦教堂的壁画"品德图"中缚在那女子头上的那圈花环，又像插在那女子的花篮中的成排的花朵。

他又会怎么写煮牛奶呢？

他要煮牛奶也不得不用眼睛紧紧盯着掀开的锅盖，窥伺着像是预示一场北极暴风雪的白光，这是牛奶煮沸的前兆。明智的做法是看见这个前兆就拔去电插头，就像上帝挡住波涛一样。因为牛奶煮沸了，奶孵出的卵在痉挛，在升腾，经过几次斜向的翻滚，完成了发育，几叶被奶皮弄得皱巴巴的风帆倾斜着，鼓满了风，一叶珠色的风帆向着暴风雪中冲去；如果切断电流，及时驱除暴风雪，就会使风帆原地旋转，变成木兰花瓣，在奶的海洋中漂流。如果这个病人没有及时采取措施，切断电源，他的书，他的表，顷刻间就会被牛奶的白色海洋吞噬，怒潮过后微微露出海面，他只得喊叫他的老女仆前来帮忙……

也许，普通作家在"星星"的地方就会停笔了，这个联想已经够远了，已经为日常的蔬菜点染上了一些自然、神秘的色彩，可是，普鲁斯特会继续推进，把关于这圈颜色的想象更深入地扩展到画中女子的花环上，写到花环还不够，因为花环还可以再一次拆分，还可以进入花篮中更为具体、无法再细化的物品——花朵。至于煮牛奶，这可真是"茶杯里的风暴"了，不过是奶煮沸了，居然牵扯出一桩白色海洋上的历险来！把奶皮写成风帆就够"离谱"了，他还要进一步写风帆在暴风雪中的可能，天知道普鲁斯特曾经盯着煮沸了的奶锅看了多久。

在普鲁斯特的小说中，每一个瞬间都是无法完全表现的，他的细节似乎是无限的，无法穷尽的，永远等待着更进一步。

这种曲折往深处探索的词语冒险，让普鲁斯特变得像一位化学家，用蒸馏瓶不断萃取和提纯，最后从植物中淬炼出不可再分解的芬芳因子，或者是一位生物学家，不断捣碎研磨他的实验对象，从中提取出携带遗传信息的最基本单位DNA。细节之处持续性的"更进一步"，使得他的小说如海绵一般，结构上并不规则。与之相比，英国或者法国19世纪的小说中则充满了规则与纪律感，再复杂的生活都会通过有节制的细节和环环相扣的事件得到解释。只是，我疑惑，对清晰度的追求有时会使文学作品在表现心灵历险时过于简单化，真正的心灵状态正是不规则、无纪律的，它也永远处于等待被"更进一步"表达与探索的黑洞之中。

4

"更进一步"是对传统写法的突破与叛逆，也是最能够体现作家挣脱束缚能力的地方。未必总需要像普鲁斯特这样在无限的"下一步"中绵延，还有一些作家采取的是一种更为雷厉风行、简短干脆的办法：补一句。

我在雷马克的伟大作品《西线无战事》中注意到，他是"补一句"的高手。不用说更多，只用在已经描述清楚的细节中，再添加一句话，往往就能达到四两拨千斤的效果，这也是对陈规描写的一种突破。在过去的许多作品中，作家们都喜欢通过描述战争中人或者战马的肠穿肚烂来表现战争的残酷，从荷马开始，这几乎成了一个套路：

那击中他的佩罗奥斯跑上去，一枪刺中

他的肚脐，他的肠子落到地上，

一片黑暗飘来笼罩住他的眼睛。

（《伊利亚特·第四卷》）

枪头穿进身体再从肚脐穿出，

他大叫一声跪下，眼前一阵昏黑，

用手堵住流出的肚肠栽倒地上。

（《伊利亚特·第二十卷》）

《堂吉诃德》中，堂吉诃德列举了游侠骑士的惯例：

受了伤，哪怕从伤口掉出肠子来，也从不叫痛。

再看约瑟夫·海勒的《第二十二条军规》：

约塞连在轰炸阿维尼翁的任务中被吓得失魂落魄，
是因为斯诺登的肠子被炸没了。

（吴冰青 译）

　　由于作家们没完没了地重复讲述肠子掉出来的细节，读者的感受已经从最初的恐惧变得麻木，仿佛这个细节是所有战争故事里都必不可少的一道乏味的开胃菜。但是雷马克在《西线无战事》中的处理稍显不同，他确实还是讲了肠子

（这次是马的肠子）掉出身体的场景，可是他又补了一句：

> 有的马肚子上中了弹，肠子流了一地，绊住了蹄子，
> 跌倒在地上，随后又站了起来。

（姜乙 译）

我第一次读到这里时，轻轻地倒吸了一口气。

我感到雷马克和之前所有描写战争的作家都不同。他没有把掉出肠子当成一个已经完成的细节来写，他持续跟进了后续的情况，也就是说他试图将一幅静态的刻板的图画转化一个动态的、连续的、有因果关系的系列场景。这使得肠穿肚烂的战争元素不再简单地停留于"黑暗飘来笼罩住他的眼睛"，而是逼迫读者与他笔下的生物不间断地、反反复复地、跌跌撞撞地与痛苦纠缠。

从词源上来说，肠子本身就带有一定的隐喻性。肠道作为情绪所在地的观念非常古老，从埃斯库罗斯开始的希腊诗人将肠道视为愤怒、爱等更激烈的情感的所在之处，而在希伯来人看来，它们是柔情的所在之处，尤其是仁慈、善意和同情，就连传统中医里也相信"脾胃"是与思虑相关的情志器官。古英文中，与肠子相关的词（gutta 或者 bowels）都不仅仅指代生理器官，也常常隐喻勇气、精神等概念，所以，当肠子被剖出，支撑着士兵与战马的勇气也一泻千里。

泄气的身体提醒着我们更深的东西。身体，是战争充满矛盾色彩的符号，伊莱恩·斯凯瑞（Elaine Scarry）在《痛苦

的身体》中提出过令人印象深刻的论断，她认为，如果士兵活着，穿着不同国家的军服，那么美军、法军、俄军都会被区别开来，每个人也得为自己的立场而战，可是，人一旦死了，军服被炸飞、尸体裸露、内脏被翻出来，我们又从什么来判断它们的归属与性质呢？死亡与被破坏的尸体是不分青红皂白的，它会瓦解一切人为规定的立场与阵营，重要的军装或者战马的战袍所宣示的，正是受伤的肉体所无视的。无论是志愿兵还是应征入伍者，无论是男人还是女人，无论是人还是马——最明显、最不可逆转地破坏独特性或边界感的都是身体。我想，这也是战争小说中如此强调身体被破坏、被戳穿的一个潜在的原因，只有将我们的目光引向那些终将消除所有人为分界的存在物，也就是躯体本身，战争及其所宣扬的一切口号，才会显得无比荒诞。

在《西线无战事》中，雷马克每次都借助被伤害的身体与"补一句"的手法强化战争的无稽，当一个士兵被炸碎了下半身后，雷马克说他上半身还保存着，嘴里叼着一根烟，这时候，他又神来一笔地补了一句："它发着微光，一直烧到嘴唇才熄灭。"

只有在这个"更进一步"的细节递进中，我们才会看到一种滑稽又恐惧的生死颠倒：人造物（烟）倒比人活得更久。

"更进一步"也是作家余力的体现。

就好像一支完整的曲子已经唱完，但紧接着最后一个音符，又飘出了一个颤音，这个颤音看上去与前面的曲子也许并不兼容，但以一种相反相成的方式，为整首曲子带来了全新的气息，它从根部重置了整首曲子的某些腔调，因而余力悠悠。

理查德·耶茨在《革命之路》里写一对夫妻开车时吵架，吵得越来越厉害，干脆停了车继续吵。这个时候，作家肯定会加把劲，火上浇油地写吵架的情形，没错，男人越来越生气，因此举起颤抖的拳头挥向女人，女人赶紧躲过去，面露恐惧。男人出于克制，没有追着打下去，转而用拳头砸车的顶盖，耶茨连着写出了四声拟声词："砰——砰——砰——砰"。写到这里，我们感觉已经到冲突的顶点，再往上堆情绪、动作、语言或者声音好像都显得有些徒劳了，一场动人心魄的吵架可不就是这个样子嘛。然而，在捶打车顶撒气的声音结束以后，耶茨从容地补了一句：

> 周围几英里内只听得见雨蛙的清脆的鸣叫声。

（侯小翊 译）

唉，这个细节真是令人叹惋地好！

只有安静下来，才能听到雨蛙的声音，只有雨蛙的鸣叫声，才能反过来说明刚才的吵架和厮打有多么激烈嘈杂，以至于遮蔽了一切自然环境的声调。耶茨在这里出其不意地使用了"再进一步"的手法，但是并没有完全延续前文的逻辑，因为如果这么写，只会让这段吵架显得聒噪无比和没完没了，读者一定会读烦的。他荡开一笔，从与吵架无关的东西写，从与人声相悖的声音写，雨蛙的声音作为一种细节的递进，不仅使我们得以在一个更大气、更客观的世界里观察这对夫妻，也让他们脱离自己情绪的旋涡，跳出来自我关照，也许在这一刻，他们意识到了刚才的愚蠢和激动。

在小说对余力的表现中，音响常常充当着较为常见手段，中国古典表达中的"余音绕梁""曲终人不见，江上数峰青"也是类似的技巧。这大概是因为，声音具有一种魅力非凡的不在场性，它能在实体的对象或者符号的种种都讲完之后，以不再依赖实体的方式进行补充，它在眼睛之后接续了耳朵。故而，我们也会在马尔克斯《一桩事先张扬的凶杀案》中读到类似的手法，他描述了码头繁忙的场景：主教驾临，站在船头向岸边密集的人群机械地画十字，最后船儿载着他慢慢漂远。本来，这个视觉场景已经随着船只走远而结束，但是，马尔克斯又神来一笔，加了一个音响细节：

留下鸡鸣声一片。

（魏然 译）

这个再进一步需要好好体会。没有这鸡鸣一片，主教的行为就会变得简单和乏味。鸡鸣声提醒着我们世俗的日子依然是岸边老百姓生活的主调，主教神圣的祝福与他们而言，更像是转瞬即逝的梦幻体验，或许他们能在瞬间领会到幸福，但日后一成不变的庸常生活将很快淹没这种幻想式的领悟。这个补上一句的声音也从另一个侧面强化了主教的例行公事与麻木，他也并不相信自己做的事情能带来什么改变，无非机械作业罢了。主教乘船而来，漂流的、不确定的、流动的感受就是他的潜台词，神圣光辉因此显得不可信与不可靠，可是，鸡却安安稳稳地栖息在陆地上，蜗居在鸡窝里，敦敦实实地强调着人生存本质的沉重与乏味。这个解读甚至可以进一步引申到对整部小说核心主题的把握之上：不会出现奇迹，哪怕在凶杀案发生之前杀机已经被传得沸沸扬扬，被杀者也不会获得救赎，每个人都在寻常乏味的那一天共同推进到最终的谋杀事件，如同一枚枯叶终究随着浴缸底部打着转的旋涡被引入黑黢黢的下水道。

可以看出，"更进一步"在细节上并不总是按照前文逻辑延续的（不过普鲁斯特基本上都是按照逻辑顺序写的），有时候会反过来，补充一些异质的内容，比如在写完了常规的视觉现象后，跟进一个音响细节，从而强化对文本含义的整体把控；也有一些时候，补一句会提供一些前文阙如的内容，但总体上的效果都是强化了前文的内容。这类细节往往出现在对话中，有时候仅仅多说了一句，大量未曾被言明的信息就被补全了，读者观察的光圈也扩大了许多。

最后一个关于"更进一步"的例子来自斯坦贝克的《人

鼠之间》。小说中两个朋友去一座农场打工，一个是正常人，一个是傻子，正常人最大的担心就是傻子朋友的智力缺陷被别人看出来，因为这会害得他们一起丢工作，所以，他非常警惕地对待所有找他们聊天的人，生怕旁人看破了秘密到处宣扬。在两人刚抵达农场的那天，先后发生了两组对话，场景都是傻子有可能被识破的关键时刻，这让正常的这位显得忧心忡忡，所以，他总是带着紧张和质询的口吻要求别人不要宣扬，我们来看看两次问话有没有什么不同。

第一次，他问一个偷听到他们秘密的老杂工：

"你不会把我的话告诉科里[1]吧？"

（杨蔚 译）

第二次，他问一个看破秘密的牛仔：

"你不会说出去吧……"

如果问句到这里就结束了，那么我们只会觉得斯坦贝克重复又啰唆，塑造了两段同样效果的段落，无非强化了这个正常人的谨慎和恐惧。可是，妙就妙在，紧接着这句话，正常人自己补了一句"不，你当然不会"。也就是说，原文其实是这样的：

---

[1] 农场主的儿子。

"你不会说出去吧……不，你当然不会。"

补上这一句话，为什么至关重要呢？

因为斯坦贝克让读者在还不了解老杂工与牛仔的情况下，就借助人物自己的判断对尚未细致勾勒的角色做出了一些心理预判。作为读者，我们就会猜想，为什么正常人要这么跟老杂工说话，也许因为这个老杂工根本就是不可靠的，所以，他的第一句质问里就充满了怀疑、恐惧与威胁的意味。但是，当相同的场景再现时，第二个牛仔显然是值得信赖的，甚至不等牛仔自己回答，正常人那句威胁与质询的老话通过"补了一句"就瞬间改变了味道，这一处自问自答就是一个极为有力的反证：牛仔是多么值得信赖的人！在斯坦贝克笔下，"补一句"不仅写出了一个角色内心的惶恐，也间接地勾勒出另外两个角色的状态：老杂工肯定是到处八卦、嘴里守不住秘密的不可靠之人，确实，他一出场就在嚼别人舌根，牛仔则是一个光辉、可靠、有领导力的形象。这样高明的"补一句"，就像伦勃朗的画中人物轮廓边上模糊的光晕，并不从正面直接打在人物的面庞上，反而只是从深深的昏暗的背景中散发出来，却衬得角色如此真切可信。

轻轻地补了一句，却写活了三个人，真是非斯坦贝克所不能。这正是作家的余力。

302

参考文献

按出现顺序罗列

荷马:《伊利亚特》,罗念生译,上海人民出版社,2016。

柏拉图:《理想国》,郭斌和、张竹明译,商务印书馆,2011。

赫塔·米勒:《每一句话语都坐着别的眼睛》,李贻琼译,贵州人民出版社,2023。

Gregor Ian (ed.), *Reading the Victorian Novel: Detail into Form*, London: Vision Press, 1980.

托尔斯泰:《复活》,汝龙译,人民文学出版社,2015。

托尔斯泰:《安娜·卡列尼娜》,草婴译,译林出版社,2014。

狄更斯:《远大前程》,王科一译,上海译文出版社,2011。

Jack Zipes, Joseph Russo (eds.), *The Collected Sicilian Folk and Fairy Tales of Giuseppe Pitré*, London: Routledge, 2008.

伊塔洛·卡尔维诺:《树上的男爵》,吴正仪译,译林出版社,2012。

Walter Benjamin, *The Arcades Project*, trans. Howard Eiland, Cambridge: Belknap Press, 2002.

维吉尔:《埃涅阿斯纪》,杨周翰译,译林出版社,2018。

Edizione Inglese (ed.), *Speaking Volumes: Orality and Literacy in the Greek and Roman World*, Netherlands: Brill Academic Pub, 2001.

恩斯特·R. 库尔提乌斯:《欧洲文学与拉丁中世纪》,林振华译,浙江大学出版社,2017。

塞万提斯:《堂吉诃德》,屠孟超译,译林出版社,2011。

R. Alston and O. van Nijf (eds.), *Feeding the Ancient Greek City*, Leuven: Peeters Press, 2008.

赫塔·米勒：《呼吸秋千》，余杨、吴文权译，贵州人民出版社，2023。

DK, *Firearms: An Illustrated History*, New York: DK Press, 2014.

埃里希·奥尔巴赫：《摹仿论》，吴麟绶、周新建译，商务印书馆，2014。

维克多·雨果：《静观集》，程曾厚译，译林出版社，2013。

卡尔德隆：《人生如梦》，屠孟超译，译林出版社，1991。

亚里士多德：《修辞学》，罗念生译，上海人民出版社，2006。

但丁：《神曲·天堂篇》，黄国彬译，海南出版社，2021。

博尔赫斯：《诗艺》，陈重仁译，上海译文出版社，2015。

契诃夫：《契诃夫短篇小说选》，汝龙译，人民文学出版社，2015。

奥维德：《变形记》，杨周翰译，人民文学出版社，1984。

Naomi Schor, *Reading in Detail: Aesthetics and the Feminine*, London: Routledge, 2006.

Mary Lascelles, *Jane Austen and Her Art*, Oxford: Oxford University Press, 1970.

Aurelie Tremblet, "Between Classicism, Realism and Romanticism: Austen's Ambivalent Attention to Details", last modified 2021, https://hal.science/hal-03296960/document.

简·奥斯丁：《爱玛》，孙致礼译，译林出版社，2016。

简·奥斯丁：《劝导》，孙致礼译，译林出版社，2023。

夏洛蒂·勃朗特：《维莱特》，吴钧陶、西海译，上海译文出版社，2000。

罗杰·加洛蒂：《论无边的现实主义》，吴岳添译，百花文艺出版社，2008。

伊恩·P. 瓦特：《小说的兴起：笛福、理查逊、菲尔丁研究》，高原译，生活·读书·新知三联书店，1992。

Samuel Richardson, *Clarissa: or the History of a Young Lady*, London: Penguin Classics, 1986.

Daniel Defoe, *The Apparition of Mrs. Veal*, DigiCat, 2022.

Allen Kim, Charuta Pethe, Steven Skiena, "What time is it? Temporal Analysis of Novels", last modified 9 Nov 2020, https://aclanthology.org/2020.emnlp-main.730/.

Johannes Rudolf Wagner, *A Handbook of Chemical Technology*, New York: D. Appleton and Company, 1877.

查尔斯·狄更斯：《董贝父子》，王儒中译，上海三联书店，2015。

乔治·艾略特：《亚当·比德》，傅敬民译，复旦大学出版社，2011。

Charlotte Jones, "'This Spasm upon Canvas': George Eliot, Gustave Courbet and Realist Aesthetics", *Journal of Victorian Culture*, vol.26, no.2(Apr. 2021): 244-266.

K. Inglis, "Ophthalmoscopy in Charlotte Brontë's Villette", *Journal of Victorian Culture*, vol.15, no.3(Dec 2010): 348-369.

Francis O'Gorman, (ed.), *A Concise Companion to the Victorian Novel*, Hoboken: Blackwell Publishing, 2005.

查尔斯·狄更斯：《双城记》，宋兆霖译，译林出版社，2020。

冈察洛夫：《奥勃洛莫夫》，李辉凡译，上海三联书店，2015。

果戈理：《死魂灵》，满涛、许庆道译，人民文学出版社，2018。

伍尔夫：《一间自己的房间》，瞿世镜译，上海译文出版社，2023。

安德烈·布勒东：《超现实主义宣言》，袁俊生译，北京联合出版公司，2020。

克尔凯郭尔：《恐惧与战栗》，赵翔译，华夏出版社，2013。

黎紫书：《流俗地》，北京十月文艺出版社，2021。

Justin Weir, *Leo Tolstoy and the Alibi of Narrative*, New Haven: Yale University Press, 2001.

雷蒙德·卡佛：《请你安静些，好吗？》，小二译，译林出版社，2013。

福楼拜：《包法利夫人》，许渊冲译，译林出版社，2015。

阿摩司·奥兹：《故事开始了》，杨振同译，译林出版社，2013。

托马斯·曼：《布登勃洛克一家》，傅惟慈译，译林出版社，2013。

罗兰·巴特：《神话修辞术》，屠友祥译，上海人民出版社，2016。

克劳德·西蒙：《弗兰德公路》，林秀清译，上海译文出版社，2008。

彼得·汉德克：《守门员面对罚点球时的焦虑》，张世胜 等译，上海人民出版社，2013。

加缪：《局外人》，柳鸣九译，上海译文出版社，2013。

伊萨克·巴别尔：《红色骑兵军》，傅仲选译，上海人民出版社，2022。

巴尔扎克：《幻灭》，傅雷译，人民文学出版社，2020。

奥康纳：《好人难寻：奥康纳短篇小说精选集》，于是译，陕西师范大学出版总社，2018。

卡夫卡：《城堡》，高年生译，人民文学出版社，2018。

单士宏：《列维纳斯：与神圣性的对话》，姜丹丹 等译，华东师范大学出版社，2018。

理查德·耶茨：《复活节游行》，王青松译，上海译文出版社，2021。

阿利斯泰尔·麦克劳德：《海风中失落的血色馈赠》，陈以侃译，上海文
艺出版社，2015。

陀思妥耶夫斯基：《群魔》，臧仲伦译，上海三联书店，2015。

多丽丝·莱辛：《天黑前的夏天》，邱益鸿译，译林出版社，2023。

约瑟夫·康拉德：《黑暗的心·死者》，王智量译，华东师范大学出版社，
2013。

台奥多尔·冯塔纳：《艾菲·布里斯特》，韩世钟译，人民文学出版社，
2022。

卡夫卡：《变形记：卡夫卡中短篇小说集》，张荣昌译，上海译文出版社，
2012。

陀思妥耶夫斯基：《罪与罚》，朱海观、王汶译，人民文学出版社，2016。

塞林格：《麦田里的守望者》，孙仲旭译，译林出版社，2018。

托尔斯泰：《战争与和平》，刘辽逸译，人民文学出版社，2015。

Virginia Woolf, *Leave the Letters Till We're Dead: The Letters of Virginia
Woolf* (vol.6: 1936–1941), London: Hogarth, 1980.

C.S. 刘易斯：《惊悦》，丁骏译，上海文艺出版社，2016。

博尔赫斯：《博尔赫斯全集I》，王永年译，上海译文出版社，2015。

Edward Lear, *The Complete Nonsense Book*. New York: Legare Street Press,
2022.

威廉·福克纳：《喧哗与骚动》，方柏林译，译林出版社，2015。

海明威：《海明威短篇小说全集》，陈良廷、蔡慧 等译，上海译文出版社，
2019。

陀思妥耶夫斯基：《白痴》，荣如德译，上海译文出版社，2014。

T.S. 艾略特：《荒原：艾略特文集·诗歌》，汤永宽、裘小龙 等译，上海
译文出版社，2012。

爱伦·坡：《爱伦·坡暗黑故事全集》，曹明伦译，湖南文艺出版社，
2020。

斯蒂芬·金：《写作这回事：创作生涯回忆录》，张坤译，人民文学出版
社，2019。

西尔维娅·普拉斯：《钟形罩》，杨靖译，译林出版社，2014。

詹姆斯·乔伊斯：《都柏林人》，王逢振译，上海译文出版社，2010。

维克多·克莱普勒：《第三帝国的语言：一个语文学者的笔记》，印芝虹译，商务印书馆，2013。

Keith Houston, *Shady Characters: The Secret Life of Punctuation, Symbols, and Other Typographical Marks*, New York: W.W. Norton & Company, 2013.

凯文·巴利：《媳妇再临》，刘洋译，《世界文学》2021 年第 1 期。

威廉·福克纳：《押沙龙，押沙龙!》，李文俊译，人民文学出版社，2021。

詹姆斯·乔伊斯：《尤利西斯》，金隄译，人民文学出版社，2012。

若泽·萨拉马戈：《失明症漫记》，范维信译，河南文艺出版社，2022。

纳博科夫：《黑暗中的笑声》，龚文庠译，上海译文出版社，2019。

塞利纳：《长夜行》，徐和瑾译，广西师范大学出版社，2024。

托尔斯泰：《列夫·托尔斯泰中短篇小说选》，草婴译，人民文学出版社，2020。

理查德·耶茨：《天命》，齐彦婧译，上海译文出版社，2019。

巴尔扎克：《高老头》，韩沪麟译，译林出版社，2013。

E.H. 贡布里希：《阴影》，王立秋译，重庆大学出版社，2016。

伊拉斯谟：《愚人颂》，许崇信、李寅译，译林出版社，2010。

Jonathan Culler, *Flaubert: The Uses of Uncertainty*, London: Paul Elek, 1974.

福楼拜：《一颗简单的心》，李健吾、胡宗泰、郎维忠译，上海三联书店，2014。

Graham Falconer, "Flaubert, James and the Problem of Undecidability", *Comparative Literature*, vol.39, no.1 (winter, 1987): 1-18.

詹姆斯·伍德：《小说机杼》，黄远帆译，河南大学出版社，2015。

福楼拜：《情感教育》，王文融译，人民文学出版社，2021。

Nancy Armstrong, "Realism and Anachronism", *Novel: A Forum on Fiction*, vol.53, no.2 (2002): 137-142.

巴尔扎克：《驴皮记》，梁均译，江苏凤凰文艺出版社，2019。

福楼拜：《圣安东的诱惑》，李健吾译，上海译文出版社，2017。

卢卡奇：《小说理论：试从历史哲学论伟大史诗的诸形式》，燕宏远、李怀涛译，商务印书馆，2012。

L.M. Arnold, C.R. Baumann, A.M. Siegel: "Gustav Flaubert's 'Nervous Disease': an Autobiographic and Epileptological Approach", *Epilepsy & Behavior*, vol.11 (Sep. 2007): 212-217.

福楼拜：《萨郎宝》，李健吾、李玹 译，上海译文出版社，2017。

李健吾：《福楼拜评传》，广西师范大学出版社，2007。

福楼拜：《福楼拜文学书简》，丁世中译，北京燕山出版社，2012。

Eugene Goodheart: "Flaubert and the Powerlessness of Art", *The Centennial Review*, vol.19, no.3 (summer 1975): 157-171.

马尔克斯：《百年孤独》，范晔译，南海出版公司，2011。

马尔克斯、略萨：《两种孤独》，侯健译，南海出版公司，2023。

马尔克斯：《番石榴飘香》，林一安译，南海出版公司，2015。

马尔克斯：《礼拜二午睡时刻》，刘习良、笋季英译，南海出版公司，2015。

玛丽·阿拉纳：《银、剑、石：拉丁美洲的三重烙印》，林华译，中信出版集团，2021。

Gerald Martin, *The Cambridge Introduction to Gabriel Garcia Marquez*, Cambridge: Cambridge University Press, 2012.

William O. Deaver, "Garcia Marquez's Use of days in Several Short Stories", *Hispanófila*, no.133 (Sep. 2001): 95–102.

Eric Lawson Marson, *Kafka's Trial: The Case against Josef K.*, Brisbane: University of Queensland Press, 1975.

卡夫卡：《卡夫卡日记》，姬健梅译，商周出版，2022。

Carolin Duttlinger, *Franz Kafka in Context*, Cambridge: Cambridge University Press, 2017.

列维纳斯：《从存在到存在者》，吴蕙仪译，江苏教育出版社，2006。

韩炳哲：《倦怠社会》，王一力译，中信出版集团，2019。

卡夫卡：《审判》，文泽尔译，天津人民出版社，2019。

艾丽丝·门罗：《逃离》，李文俊译，北京十月文艺出版社，2016。

诺思洛普·弗莱：《诺思洛普·弗莱文论选集》，吴持哲编，中国社会科学出版社，1998。

Christian Livermore, *When the Dead Rise: Narratives of the Revenant from the Middle Ages to the Present Day*, Martlesham: D.S. Brewer, 2021.

普鲁斯特：《追忆似水年华》，李恒基、徐继曾 等译，译林出版社，2022。

约瑟夫·海勒：《第二十二条军规》，吴冰青译，译林出版社，2012。

雷马克：《西线无战事》，姜乙译，上海文艺出版社，2021。

Elaine Scarry, *The Body in Pain*, New York: Oxford University Press USA,

1987.

理查德・耶茨:《革命之路》,侯小翊译,上海译文出版社,2019。

马尔克斯:《一桩事先张扬的凶杀案》,魏然译,南海出版公司,2018。

斯坦贝克:《人鼠之间》,杨蔚译,江西人民出版社,2019。

文
景

Horizon

社 科 新 知　文 艺 新 潮

小说榫卯

张秋子 著

出 品 人：姚映然
责任编辑：杨 沁
营销编辑：杨 朗
封扉设计：一千遍

出　　品：北京世纪文景文化传播有限责任公司
　　　　　（北京朝阳区东土城路8号林达大厦A座4A 100013）
出版发行：上海人民出版社
印　　刷：山东临沂新华印刷物流集团有限责任公司
制　　版：北京百朗文化传播有限公司

开 本：850mm×1168mm　1/32
印 张：10　字 数：195,000　插页：2
2025年8月第1版　2025年10月第2次印刷
定 价：59.00元
ISBN：978-7-208-19562-2/I·2215

图书在版编目（CIP）数据

小说榫卯/张秋子著. -- 上海：上海人民出版社，
2025. -- ISBN 978-7-208-19562-2

Ⅰ. I106.4

中国国家版本馆 CIP 数据核字第 2025PT7075 号

本书如有印装错误，请致电本社更换　010-52187586

本书中文简体版由北京行距文化传媒有限公司授权

北京世纪文景文化传播有限责任公司在中国大陆地区

（不包括香港、澳门、台湾）独家出版、发行。

非经书面同意，不得以任何形式复制、转载。

社科新知　文艺新潮　│　与文景相遇